文治
© wénzhì books

简奇峰 林欣慧——著

想见你

Someday or One Day

影视剧原著小说

浙江人民出版社

目录

Contents

楔子

1998年，台南。

初夏。

车水马龙的街道上，汽车喇叭声与人声充斥，阳光耀眼，偶尔粉尘飞扬。

但拐进一条小巷后，四周随即安静下来。

低矮的斑驳的水泥墙、爬满青苔的老旧篱笆、朱漆铁门，从窄小的院子里延伸而出的巨大老树，其茂密枝叶提供了遮蔽阳光的阴影，浮躁的心于是慢慢沉静。

然后他听见蝉鸣。

接着是轻柔的音乐声。

那是一间开在寂静巷弄里的唱片行，沙哑低沉的男声嗓音缓缓叙述着一段凄美恋曲——

所以暂时将你眼睛闭了起来，

黑暗之中飘浮我的期待……

唱片行里的女孩闭上双眼，嘴角浮起一抹恬静的笑容。

守在唱片行外的男孩，看到她平静的脸上浮现的微光，拿下了耳朵里的助听器，仿佛跟着她，一起沉浸在那个漆黑但美好的世界里。

第一章

2019年，台北。

舞台上的歌手正在唱着动人的情歌，舞台下的她却只是专心地看着眼前的男人。

男人的眼角眉梢都还是她记忆中的模样，他走过来，在低沉沙哑的歌声里搂住她，将额头抵在她的额头上，于是她所有的视线都被他占满。

“你知道吗？早在认识你以前，我就已经喜欢上了你。”他这么说。

他说话的声音是那么地深情、温柔，她在他怀里，凝视着他，一刻都不想移开目光，仿佛一眨眼，他就会消失不见。

他开始轻轻地哼起歌。

你可以随着我的步伐轻轻柔柔地踩，
将美丽的回忆慢慢重来。

他从未忘记她的生日。

她每一年的生日，他总是准备了不同的惊喜给她。

她二十岁生日，他特地买了一个蛋糕，在她上班的店外等着她。

她二十一岁生日，他特地邀请了一群朋友替她庆生。

她二十二岁生日，他不知道从哪里弄来她最喜欢的布偶娃娃装，一面唱着生日快乐歌，一面笨拙地跳着舞为她庆生。

她二十三岁生日，他故意和她闹脾气，就在她要发作时，屋里忽然停电，灯光再度亮起的那一刻，他满脸恶作剧得逞的笑容，拿着她最爱的芋泥蛋糕，站在她面前。

她二十四岁生日，一打开家门就被滚滚而出的气球堆吓了一跳，他则端着生日蛋糕，从气球海里一面唱着生日快乐歌，一面走了出来，之后他们一面吃蛋糕庆生，一面用叉子戳气球，“砰砰砰”了一个晚上，惹得隔壁邻居都跑来抗议。

前年，她二十五岁生日那天，他穿着围裙，一身狼狈，脸上满是歉意地从厨房里端出一个丑到不行的蛋糕，但她一点都不在乎，把整个蛋糕都吃光光。

他说，他一定要雪耻，下一次绝对会做出全世界最好吃的蛋糕为她庆生。

“你说过，你绝对不会缺席我的每一次生日……”她想去抚摸他的脸颊，手伸到半途却停住。

忽然之间浪漫无法释怀，

明天我要离开……

他的微笑开始模糊，她眨眨眼，泪水从眼角滑下，不想看不清他微笑的面孔，可眼泪却不受控制地放肆地滚滚而落，直到她脸上戴着的 VR 眼镜仿佛再也承受不住她沉重的悲伤，从泪水满溢的双眼中缓缓滑落。

音乐渐渐消失，歌声渐渐变调，她只听见那句歌词不断地在脑海里重复……

明天我要离开……

骗子。

王诠胜，你这个骗子！

你说过你绝对不会缺席我的每一次生日，可是从两年前的那一天起，你从此，注定要缺席我所有的生日了。

*

“我们最新开发的 App 可以透过扫描照片，直接在预设的虚拟实境里建立 3D 影像，让大家都有机会可以亲自体验与偶像或心仪的对象近距离相处，完整地建立一个在现实生活中永远没有机会去实现的虚幻梦境——”

凯悦科技公司的会议室里，宅男工程师阿脱正兴致勃勃地介绍着自己刚开发成功的一款 App，号称即将重新定义 VR。会议室里的一群人在聚精会神地听着。

“目前我们也开放给公司内的员工试用。”阿脱的目光转向坐在会议桌最前面的一名短发年轻女性，问，“黄雨萱，你昨晚试用的结果如何？要不要说说你的感想？”

黄雨萱表情淡定，缓缓地点了点头，说：“还不错。”

阿脱可不服气了，连忙问：“还不错？只是还不错而已吗？小黛试用过后都开心得拼命尖叫了耶！连我在旁边出声音都不准，说会打断她的少女梦！”他用手指着坐在黄雨萱身旁的女孩。

小黛点头如捣蒜，正想热情地分享自己的使用心得，黄雨萱挥手打断她，跳至下一个话题：“不是说你们最近又新开发了一款软件，今天要正式提报吗？”

阿脱忍住想翻白眼的冲动，有些受不了黄雨萱总是冷冰冰的模样，仿佛对他们苦心研发的成果一点反应都没有。不过，自从前年那件事发生之后，她就一直是这个样子，表面上看起来是很平静，但平静过了头，平静到让人觉得不对劲。

不管是谁，遇到了那种事，恐怕都无法那么快就复原吧。

阿脱清了清喉咙，继续往下介绍：“好吧，那请想象一下，此时此刻，在这个世界上，有一个人和你完全没有任何血缘关系，却长得跟你一模一样，就像生存在另一个平行时空的自己，你……会不会想要找到这个人？”他的目光逐一扫过会议室众人，最后满意地发现大家都很投入，包括黄雨萱。

阿脱手一挥，屏幕上出现一张图片，标题是：寻找世界上的另一个自己。

“只要输入自己的照片和一些简单的资料，这款搜索软件就能通过网络帮助使用者在世界各地找出最相像的人，也就是没有血缘关系，但外表却一模一样的另一个自己。”

黄雨萱立刻举手问：“我有一个问题，你们怎么能确定这种以图搜人的方式，找到的不是使用者本人？”

阿脱解释：“这就是我们厉害的地方了！我们的运算方法会先将网络上所有与使用者相关的资料排除，包含可能长得相似的兄弟姐妹、爸爸妈妈、爷爷奶奶等亲属，再运用 AI 的图像运算技术，找出与使用者在网上无任何资料交集的对象，但外貌却十分相似。”

黄雨萱像是被说服了，微微地点了点头，说：“如果这个软件真能做到这一点，先不提能给公司带来多少实际效益，光是通过用户注册就可以快速建立客户数据了。”

“是不是？就说我们很厉害吧！”阿脱得意到不行。

“前提是，你们开发的这款软件能做到这一点。”黄雨萱冷不防地扔下一句话。

阿脱得意的笑容顿时僵住。

“小黛，你来试试看。”黄雨萱对身旁的助理说。

小黛起身想走到阿脱的电脑前试用，黄雨萱忽然说：“既然是App，就直接下载到小黛的手机里试用吧，顺便可以看看使用界面与稳定性如何。”

于是小黛将手机递给阿脱，他立刻连上公司的服务器，将软件下载到小黛的手机上，然后把手机还给小黛。

“黄雨萱，你要不要也试一试？”阿脱问。

黄雨萱想了想，点点头，也把自己的手机交给阿脱。

小黛在新下载的App内输入自己的资料与照片后，软件开始运行。

小黛又是期待又是紧张，不停地问阿脱：“这样就真的可以找到跟自己长得一模一样的人吗？”

这时软件运行完毕，电脑屏幕显示出一张图片，却是一个非洲黑人。

小黛不满地喊道：“这什么烂软件啊！我跟这黑人哪里像啊？”

阿脱急忙辩解：“可能是这张照片拍得太黑了点，系统辨识就出现误差了，不然，你有没有白一点的照片，再来试试看？”

小黛吐槽回去：“软件做得这么差还怪我？是不是还要我去打美

白针啊？我看你们干脆废掉重做吧！”

眼见两个人就要吵起来，黄雨萱连忙制止：“好了，别吵了，虽然软件还有问题没解决，但这样的构思，不论是效益或前瞻性，对公司来说还是有很大助益的。”

阿脱得意地看了一眼小黛，正想说些什么，只听黄雨萱又说：“阿脱，你们再调整一下这个软件，然后请媒体设计部门重新设计包装界面，看看能不能赶上这一次的资讯月[①]？”

“资讯月？不就在两个星期后？怎么可能来得及？”阿脱有些为难。

“只要你们做得到，这次资讯展的SHOW GIRL面试，你们就可以来帮忙。”黄雨萱深谙这群宅男工程师心里在想什么，这句话一说完，阿脱眼神立刻发亮，瞬间燃起斗志。

“没问题！就算不睡觉，我们也会拼出来的！”阿脱兴奋地双手握拳乱挥。

这时会议室的门突然被打开，负责公司行销业务的娜姐探头进来，一脸焦急，一见到黄雨萱便说：“哎哟，雨萱，厂商看到我们脸书粉丝页面上的资讯，说是有问题，怎么办？”

黄雨萱气定神闲，拿出手机，滑了一下，一面进入后台管理页面，一面问：“哪里有问题？我现在就——”话说到一半，她忽然停住。

娜姐好奇，伸长了脖子去看她的手机，只见她的脸书个人页面上出现了一则四年前的动态回顾，那是一段影片，里头有一个喝醉酒的男人，倒在沙发上，黄雨萱在一旁拿着马克笔，正在他脸上涂鸦。

黄雨萱手一抖，手指滑过影片，画面瞬间放大，下一个片段是酒

① 台湾地区特有的活动。一般为期一个月左右，集中展示某个行业最新的发展概况。

醉的男人跳起来对着镜头大喊："黄雨萱！我爱你！听到了没？喂喂喂，不要装没听见啦……"

会议室里瞬间安静了下来，所有人的目光都集中在愣愣不语的黄雨萱身上。

只见她一改平日干练冷漠的神情，无限思念地望着影片中的男人。

直到影片播毕，有那么几秒钟，她仍无法回过神，依然沉浸在过去。

那曾经有王诠胜的过去。

娜姐神色同情地看着她，想说些什么，却又不知该如何开口。

自从那件事发生后，没有人看见黄雨萱掉过一滴眼泪，但他们明白，不哭泣，并不代表不悲伤。

有时候，最深刻的悲伤，是痛到连眼泪都流不出来的。

会议室里气氛正尴尬时，有人敲门，接着门一开，一名助理探头进来，朝黄雨萱喊："雨萱，下午三点的客户到了，正在会客室里等你。"

黄雨萱立即恢复一脸淡漠，朝门口的助理点点头，收起手机，离开了会议室。

门一关上，大伙如释重负。

娜姐拍了拍自己的胸膛，说："吓死我了，影片就这样跳了出来，让人根本没有心理准备。"

阿脱问："我说你们会不会反应过度了？不过就是一段影片而已呀。"

小黛瞪了他一眼，说："你这个没谈过恋爱的死宅男，怎么可能了解她的心情？"

阿脱可不服气了，说："这和有没有谈过恋爱无关吧？我看黄雨萱的脸书和IG[①]上的帖文照片都很正常啊！每天搭车上班、下班、吃晚餐，周末放假不是出去玩就是看电影。"阿脱不服气地拿出手机滑了滑，然后推到小黛面前，"你们看，上个月她还出去玩，笑得那么开心，完全看不出来很伤心，好吗？有没有王诠胜，好像没什么差。"

"就是很正常，才不正常好吗？任何人经历那种事，怎么可能还这么云淡风轻？"小黛反驳，"雨萱只是一直在压抑自己，不想让我们担心而已。况且，你们真的了解她吗？"小黛抢过阿脱手上的手机，一张一张地滑着照片，几乎每一张都是自拍，几乎每一张都在微笑，但是……"你们觉得她真的笑得很开心吗？"

只要稍微仔细一点看，任谁都看得出来，那不过是强颜欢笑。

"不想笑，就别笑了嘛，干吗这么辛苦？"阿脱不解。

"她又不是笑给你看的。"小黛没好气地说，"你们若是仔细去看她的脸书或IG，就会发现她去吃饭的餐厅，每一间都是以前王诠胜带她去过的。周末她开车出去玩，开的还是王诠胜留下来的那台万年二手车。"

小黛看着黄雨萱的这些自拍照，深深地叹了口气，说："她会这样每天更新自己的近况，与其说是怕我们担心，表面上硬装没事，倒不如说，她是更新给王诠胜看的——"

阿脱仍是不解："可是他都已经——"

"你们讲完了没有？"黄雨萱的声音忽然从门口传来。

围绕在小黛周边的众人全都吓了一跳，娜姐随手抓起一沓资料，对小黛说："小黛，这企划案错字太多了，怎么能拿给客户？"

---

① 台湾地区对社交软件 Instagram 的简称。

小黛一头雾水："哪里有错字？我明明检查过好几次了——"

"还说没有？过来，我们重新讨论修改一下。"娜姐赶紧把小黛拉走。

其他人也找了个借口，迅速离开会议室。

只留下黄雨萱一个人。

确认会议室里的人都走光后，黄雨萱这才拿出自己的手机，默默地看着里面的照片。

最近更新的，是今天早上她搭公交车的照片。

今天清晨，下了场大雨，她出门时雨已经停了，人行道上虽然还是湿漉漉的，但太阳已经出来了，照在人身上满是暖意。

她上了 307 路公交车，找到位置坐下，就看见窗外的那一道彩虹。

举起手机拍下那道彩虹，正要上传时，公交车停了下来，一对年轻男女的身影吸引了她的注意力。

她想起自己还在念大学时，王诠胜明明有摩托车，但为了追她，星期一到星期五都陪她坐这班 307 路公交车去学校。

上车的年轻女孩找到了一个单人座位坐了下来，明明附近还有空位，男孩却宁愿站在她身旁，两人似乎正在热恋，有说有笑，一刻都不想分开。

有那么一瞬间，黄雨萱将那男孩看成了王诠胜，那时候他也常常就这样站在她身旁，低头看着她，脸上的微笑是那么灿烂、幸福。

好半天，黄雨萱才收起目光，低头将刚刚拍下的彩虹照片上传到 IG，手指同时敲下了一行字："你好吗？我很好。今天这道彩虹真美。"

但在上传前，她硬生生地将这行字消去。

所有的近况更新，都只有照片，没有文字。

文字会泄露太多情绪，她宁愿通通藏在自己心里。

*

快下班了。

阿脱揉了揉眼睛，从电脑屏幕前起身想去活动一下身子，为了黄雨萱一句话，他和几个同事几乎一整天都坐在电脑前，屁股都要黏在椅子上了。

阿脱想走出去抽根烟，经过厕所时，听见里头传来明显的哭声，忍不住一惊：该不会是黄雨萱吧？

阿脱心里顿时涌上罪恶感，在女厕前面徘徊，想着该怎么补救才好，却不知自己这行为看起来就像想偷窥的变态狂。

“你在这里干什么？”他身后忽然有人问。

阿脱搔搔脑袋，想也没想便说：“黄雨萱躲在女厕里面哭，我在想，要怎么安慰她？”

“你说谁在里面哭？”那人又问。

“黄雨萱啊！不过，我觉得她哭出来也是好事吧，毕竟压抑太久对身心都不好……”他忽然觉得不对劲，立刻转过身，“黄雨萱！你怎么在这里？那谁在女厕里面大哭？”

黄雨萱没好气地瞪了阿脱一眼，推开他，走入女厕，没多久便拎着哭得一把鼻涕一把泪的小黛出现。

“小黛，你躲在女厕里哭什么啊？又不是你男朋友——”阿脱瞬间发觉自己说错了话，赶紧住嘴，偷偷地瞄了黄雨萱一眼。

“我的猫咪布鲁斯王子不见了啦！”小黛放声大哭，“我妈妈打电话给我，说家里窗户没关好，布鲁斯王子就跑了出去，她找了一下午都没找到，呜哇……怎么办……它从来没有出过门，一定会被流浪猫欺负的，要是找不回来……”小黛越讲越伤心，冲回女厕抱了一卷卫生纸出来，一边哭，一边撕下卫生纸擦脸，一张脸越擦越花。

“不过就是丢了一只猫，有必要哭成这样吗？”阿脱不解。

小黛一听，哭得更伤心了。

黄雨萱瞪了他一眼，忙安慰小黛：“先别难过了，就快下班了，下班后我们再一起想办法找回你的猫，好吗？”

*

“你好，我就是上知小鸟，下知乌龟，左通猫咪，右通狗狗的Sunny老师！”

咖啡馆里，一个打扮得活像吉卜赛女郎的中年大婶，双手挂满闪亮亮的戒指，浓妆艳抹，只差面前没摆个水晶球，正热情地向黄雨萱和小黛打招呼。

“Sunny老师，网友都说你很灵，你可以帮我找回我的布鲁斯王子吗？”小黛坐在Sunny老师面前，模样虔诚。

黄雨萱坐在小黛身边，根本不信什么宠物沟通师的她，一开始就认定眼前这位怪里怪气的Sunny老师是个骗钱的神棍，偏偏小黛就是深信不疑，说什么某某知名猫咪网络群组超级推荐这位老师，找她绝对错不了。

黄雨萱本来想阻止小黛，但小黛反问她：“不然你告诉我，要怎么样才能找到布鲁斯王子？”

她语塞，一时间还真想不出什么办法，只好下班后陪着小黛来找这位 Sunny 老师。

“来，先给老师 look look 布鲁斯王子的照片，让老师 link link 感应一下。” Sunny 说。

听到 Sunny 的怪腔怪调加上不时穿插的英文单词，黄雨萱只能拼命忍住翻白眼的冲动。

小黛立刻秀出手机里她和猫咪的合照，那是一只高贵优雅的蓝猫，Sunny 接过手机后，闭上双眼，手掌对着手机上的照片，仿佛正在感应。小黛看得十分专心，黄雨萱却只想摇头叹气。

只见 Sunny 摇头晃脑了一阵，忽然说：“Yes! I've got it! 我感应到了！妈咪你有什么问题，可以开始问了。”

小黛立刻问：“布鲁斯王子，你现在好吗？”

Sunny 说：“布鲁斯王子说它现在很不好。So cold, so hungry, so scared, and so missing you...①”

小黛一听，眼泪又在眼眶里打转。

“布鲁斯王子还说，妈咪好忙，每天出门后，都要好久好久才回家，它被关在房间里等妈咪回家，等得好无聊，好寂寞……so lonely……”

黄雨萱看着 Sunny 胡言乱语，知道她不过是用话术来触动小黛，让她感到罪恶，然后借机换取她的信任。

黄雨萱开始感到有些愤怒。

这时小黛又问：“Sunny 老师，我要怎么样才能把布鲁斯王子找回来？”

---

① 我好冷，我好饿，我好怕，而且我还好想你……

Sunny又做了一个像是发功的手势，然后猛地张开眼，望向小黛，说："我看到了！I can feel it now!"

小黛也睁大了眼，着急问："老师，你看到了什么？"

"I see Jesus![1]"

小黛一脸疑惑。

Jesus?耶稣？上帝？哦不！难道布鲁斯王子上天堂了吗？

黄雨萱再也看不下去了，挥手示意小黛坐到一旁，自己坐到Sunny面前，冷冷地看着她。

Sunny见黄雨萱表情冷漠地直盯着自己，感受到敌意，身子不由自主地稍微往后倾，一时间气氛有些尴尬，这时黄雨萱忽然露出微笑，说："老师，最近我养的狗也不见了，能不能也帮我找一下？"

Sunny见又有生意上门，立即恢复笑容，说："Of course!当然没问题！你身上有没有狗狗的照片？让老师link link一下。"

黄雨萱想了一下，从手机里找出一张她抱着小狗的照片，然后将手机递给Sunny。

小黛狐疑地看着这一切，心里纳闷：从没听说黄雨萱养狗了啊。

"这只狗叫什么名字？"Sunny问。

黄雨萱想了想，说："小王。"

小黛睁大了眼，正想说些什么，黄雨萱一个眼神瞪过来，她只好噤声。

Sunny伸手感应照片，一脸认真，黄雨萱直盯着她，准备随时揭穿她的把戏。

过了一会儿，Sunny忽然问："可以问你一个问题吗？这照片是

---

① 我看到了耶稣！

谁拍的？”

“这和小狗有什么关系吗？”黄雨萱不解。

Sunny说：“我从这张照片里感受到一股很强烈的emotion，帮你拍照的人，对你来说应该非常重要。”

黄雨萱微微一愣，随即说：“老师，你说错了，帮我拍照的不过就是一个普通朋友。”

Sunny面不改色，继续说：“你当他是朋友，but他可不这么想，只是你不知道而已，but这不重要，重要的是，小王跟我说，你很宠它——”

黄雨萱立刻打断：“不，我对小王很不好，不但会凶它、骂它，有时候还会打它。”

Sunny嘴角抖了抖，立刻接下去说：“虽然如此，但小王还是告诉我，它很喜欢你，很miss你，还要我告诉你，它从来就没有想过要离开你，它离开是有不得已的苦衷，但它一直在等你，等你发现它，把它带回家……”

Sunny每次只要这么一说，饲主无不痛心懊悔，此刻她正等着看黄雨萱露出难过的表情，却见她一脸平淡，一点反应都没有。

“老师，既然你说它在等我，那我要怎么样才能找到小王呢？”黄雨萱又问。

Sunny于是再对着照片发功，而且似乎很认真，整张脸都皱到了一起。

糟了，这次怎么什么都感应不到？

Sunny已经隐约察觉到黄雨萱搞不好是来拆台的，这时更不能露怯，她偷偷地睁开眼想找一些灵感，正巧见到一个穿着NBA篮球上衣的男子走过餐厅门口，上头的球员号码是 32 号，她立刻喊：“Yes! I've got it! 是 32！”

“32？”黄雨萱一头雾水。

“That's right! 就是 32！只要你注意这个数字，就能找到小王了！”

黄雨萱露出冷笑，拍桌起身：“够了！不用再演了！我根本没有养狗，刚才那张照片里的狗，是我去公园时遇见的，我根本连它叫什么名字都不知道！”她用手指着 Sunny，“什么宠物沟通师，你根本就是个骗子！只会用一些话术来换取饲主的信任，你不觉得这样很缺德吗？”

Sunny 一愣，也跟着起身反呛：“Holy cow! [1] 谁骗谁还不知道耶！我就是真的感应到了啊！”不知道是不是因为太激动，她一下子变回闽南语腔。“不管是猫，还是狗，抑或是人，总之我就是能感应到你正在找一个很重要的东西哩！”

黄雨萱根本不相信，拉起小黛，转身离去。

与其把时间浪费在这个骗子这里，还不如直接去找猫比较实际！

*

“布鲁斯王子？小猫咪？你在哪里？”

黄雨萱与小黛拿着手电筒，走过小黛家附近一条又一条巷子，只要见到停在路边的车子，便跪在地上弯下腰，用手电筒照着车底，希望能找到猫咪的踪影。

---

① 不会吧！哇！

小黛一面找一面哭，最后累了，索性坐在了地上。

黄雨萱走过去，拍拍她的肩膀，安慰："还好吗？"

小黛用力地摇头，眼泪跟着甩落："不好，我一点都不好，我永远都找不回布鲁斯王子了。"

黄雨萱抱住她，说："不要哭，我们继续找。如果今天找不到，明天继续找。"

"那如果明天也找不到呢？"小黛近乎绝望地问。

"那就后天继续找啊。若是后天也找不到，我们大后天接着继续找，不管要找多久，你都不能放弃。"

"可是……可是这样不是会很难过吗？明明都已经找不到了，却还要一直找下去。"小黛问。

黄雨萱点点头："是会很难过没错，可是，至少，当你以后想起布鲁斯王子的时候，你心里难过的，是它离开你了，而不是难过自己怎么会这样就轻易丢下它……"

小黛仿佛听懂了什么，她低下头，想了想，吸了吸鼻子，然后重新抬起头，看着黄雨萱坚定地点了点头，说："我知道了，我会继续找的。"

黄雨萱把小黛扶起来，两人正要继续往下找时，前方一辆黑色轿车的底下忽然传来一声微弱的猫叫。

她们惊喜地互望一眼，小黛连忙冲向前，趴在地上，用手电筒往车底一照——

"布鲁斯王子，你果然在这里！太好了！"

小黛也顾不得地上脏，努力钻进车底想把猫咪救出来，黄雨萱主动走到车子前方，怕猫咪受到惊吓逃跑。她不经意地抬头一望，看见路边墙面上，贴着一张教会的宣传海报，上头是耶稣的画像。

“老师，你看到了什么？”

“I see Jesus! ”

这一定只是巧合。

*

与小黛合力将布鲁斯王子从车底下救出后，小黛赶紧抱着爱猫回家，黄雨萱则独自往地铁站的方向走去。

走着走着，经过了一个公交站牌，她忽然想到了什么，又折回到站牌下，抬头一看，站牌上写着一个大大的“32”。

“That's right! 就是 32！只要你注意这个数字，就能找到小王了！”

不过就是个神棍的胡言乱语罢了，她还真信以为真了吗？

怎么可能找得到？

但是——

这时远远地有一辆公交车驶了过来，速度渐渐放缓，最后在她面前停下。

车门打开，她不知道自己怎么了，仿佛被催眠了似的，竟抬起脚步，上了这辆 32 路公交车。

上车后，她特地坐在公交车最后方，目光扫了一圈车内的乘客，并没有见到任何她熟悉的面孔。

公交车开动了，这是一条她不熟悉的路线，离家越来越远。

每一次公交车停下，车门开启，她总是注视着每一位上车的乘客，眼神里带着期待。

尤其是年轻男子，她的目光总是要巡梭再三，确认不是那个人之后，才会失望地移开目光。

公交车再度停下，一对情侣上了车，女孩发现了黄雨萱的目光停驻在自己男友身上，占有欲极强地瞪了她一眼，然后拉着男友的手走到角落处坐下。

黄雨萱这才回过神来，意识到自己有多傻。

她到底在干什么啊？

怎么可能会见到他……即使她真的、真的好想再见他一面，而不是就这样忽然地、悄无声息地失去了他……

她将头靠在车窗上，随着公交车驶动而不断震动的车窗让她回到了现实。

于是她起身，准备在下一站下车。

然而就在她往公交车前门走去时，视线不经意扫过车窗外，竟发现一个神似王诠胜的男人走在不远处的人行道上。

她简直不敢相信自己的眼睛！

“司机！停车！快点停车！”她冲到司机身旁大喊。

一声刺耳的紧急刹车声后，公交车停了下来，车门才打开三分之一，她便迫不及待地跳下车，朝人行道的方向奔过去。

那人影走进了一条巷弄，她正要追上去，不知从哪儿冒出一群男女，挡住了她的视线，好不容易拨开人群，却发现她所追寻的那个身影已经消失不见了。

她一个人站在人来人往的街道上，发着愣，直到悲伤再也压抑不住，视线开始模糊，但她仍逞强着，即使整个身子都在微微颤抖，仍不愿让自己掉泪。

她到底在犯什么傻？明明知道已经见不到了，却还是……

却还是这么放不下。

*

下午 11:22　“刚刚那一个人是你，对吧？”

下午 11:23　“这一点都不好笑。”

下午 11:23　“我知道那个人就是你。”

下午 11:23　“你可不可以不要再闹我了？”

下午 11:23　“我现在数到三，你不想死的话，最好马上给我滚出来！”

下午 11:24　“一……”

下午 11:24　“二……”

下午 11:30　“想你，好想好想你，真的好想见到你……”

黑暗中，她看着发光的屏幕，每一则信息旁都未显示“已读”，泪水终于肆无忌惮地落下。

他真的不在这个世界上了。

手机屏幕暗了下来。

接着屏幕又忽然一亮。

是小黛传信息给她。

除了谢谢她今天帮忙找到猫咪，小黛还约她明天下班后去唱歌，庆祝她的二十七岁生日。

终于到了她生日这一天。

没有王诠胜替她庆祝生日的这一天。

她已经累了一天，疲倦极了，正想关上手机，忽然瞄到了一个App图像。

是阿脱今天帮她新下载的软件。

正想删掉时，一个念头忽然闪过脑海：若这世界上真的会有人长得与自己十分相似，那是不是代表，这世界上也很可能有另一个王诠胜？

尽管明知道就算真的找到了那个人，也不过是与王诠胜十分相像，并不是他本人，她还是一下子从床上跳了起来，打开了那个App，将王诠胜的照片与资料输入。

程序开始运行，她发现自己的心跳忍不住地加快。

想要再见到那个人的欲望是那样地强烈，即使只是长得相似也没有关系，只要一眼，只要再让她看一眼就好……

运行结束。

出现在她手机屏幕上的，是一张两男一女的合照，三个人都很年轻，穿着高中制服，站在一间唱片行前。

其中一个男生就是王诠胜，而那个女孩的面容，摆明了就是黄雨萱。

她讶异极了，因为她并不记得自己拍过这张照片。

另外一个男生，她则是从未见过。

而且她对这间唱片行毫无印象。

她将那张照片拉大，仔细瞧着四周环境，发现那家唱片行的名字，是 32 号唱片行。

32……是那个神棍告诉她的数字。

她的手指情不自禁地抚过手机屏幕上满脸笑容的王诠胜。

好年轻的他。

可是为什么她对另外一个男生、这间唱片行，一点印象都没有？

照片里的三个人穿的是同一所高中的制服，而她和王诠胜明明是大学时才相识的，这到底是怎么一回事？

她的视线缓缓地移向照片中间的那个女孩，明明与她长得一模一样，却不是她。

如果……照片里的这个女孩不是黄雨萱，那她是谁？

第二章

1998年，台南。

32号唱片行。

明明唱片行内摆放着许多古典黑胶唱片，音响里播放着的却是伍佰的*LAST DANCE*，沙哑的嗓音回荡在空间内，配合着外头初夏稀落的蝉鸣，让人感觉有些昏昏欲睡。

柜台后方的女孩，闭起双眼，陶醉地跟着歌曲节奏轻轻地摇晃脑袋，直到有人来到面前仍不自知。

咚咚。那人用手指轻轻地在柜台桌面上敲了敲。

女孩猛地睁开眼，发现面前站着两个穿着与自己同一高中制服的年轻男孩，站在前方的男孩一脸饶有兴味地瞧着她，后方的男孩则是在她睁开眼时，迅速转过了头。

女孩连忙低下头，假装看着课本，掩饰尴尬。

“同学，我刚刚说了一堆，你有没有听到？”前方的男孩笑着问。

她只觉得耳朵发烫，根本不敢回答，也不敢抬头看人。

“你刚刚哼的那首歌，蛮好听的。”男孩又说，“就是现在放的这首歌，这首叫什么？”

她的头垂得更低了，意识到对方很可能是客人，她用小到不能再小的声音回答：“是伍佰的*LAST DANCE*。”

“我想买，这张专辑在哪儿？”男孩又问。

她仍旧低着头，伸手指向前方转角：“转角第一个柜子，专辑名称是《爱情的尽头》。”

两个男孩走了过去，没多久又走回来，依旧是那个先开口的男孩说：“同学，找不到耶。”

“那……那就是没货了。”她总算抬起头，看见男孩露出一脸可惜的模样。

男孩正想说些什么，她飞快地从柜台下拿出一张纸条，又掏出一支笔，对他说：“麻烦留一下名字和电话号码，到货之后我会联络你。”

男孩回过头，朝身后的同伴扬了扬眉，示意他来写，但他摇了摇头。

男孩不客气地把同伴推上前，说：“留你的资料吧！接到电话后，你自己来拿。”

同伴却又退了回去，说：“又不是我要买，你留你自己的就好。”

男孩一脸受不了的表情，只好转过身，拿起纸条，迅速地在上头写上自己的名字与电话号码，微笑着递给她，说：“到货后，一定要打给我哦！”

这是第一次有一个男孩对她这样温柔地微笑，她不觉心中悸动，奈何生性怕羞，不敢大方地回以微笑，只能再次迅速低下头，避开对方的视线。

男孩拉着同伴离去了。

她看着两个大男孩嬉笑欢闹的背影离开唱片行。

拿起字条，上头写的名字是：李子维。

想起男孩方才的笑容，她情不自禁地看着字条也傻笑起来，忽然眼前一暗，一道声音在她面前响起：“同学！”

她吓了一跳，赶紧将字条收好，紧张地抬头一看，居然又是他！

男孩依旧满脸笑容，问：“不好意思，刚刚忘了问你叫什么名字。”

他特地又回来，就只是为了问她的名字吗？

在人群中总是这么不起眼的她，从来没有想过会有人注意到她，而且还是一个长得这么好看、笑容这么灿烂的男孩。

“陈韵如。”她垂下头，很小声地回答。

“什么？”男孩把手放在耳边，没听清楚她在说什么。

她咬咬牙，鼓起勇气，抬起头，直视着男孩的脸，稍微加大音量：“我叫陈韵如。”

她清楚地看见，男孩又笑了。

那一瞬间，她觉得自己总是灰暗的人生，第一次被阳光照进。

*

李子维。

从舅舅的唱片行打工回家后，她心里满满的都是这三个字。

只要一想到李子维的笑容，她便觉得全身暖烘烘的，一颗心怎么也静不下来。

坐在桌前，打开日记本，想要写点什么，明明胸口涌动着一阵阵难以言喻的情感在澎湃，可她却一个字都写不出来。

没有办法厘清思绪。

这一切真的太突然了。

最终，她合上日记本，倒在床上。

本来以为一定会睡不着，直到听到闹钟铃声，这才发现天已经亮了。

昨夜发生的事情好像一场梦。

也许，真的只是梦吧。

经过一夜冷静，重新回到现实的她，一如既往地起身，换好制服，离开房间来到客厅，电视仍旧开着，沙发上倒着喝得烂醉的母亲，脸上的妆都还未卸掉，皮包与高跟鞋散落在沙发旁，电视上正播报着新闻，说着年底台北地铁中和线即将开通的消息。

台北，明明是在同一个小岛上，对陈韵如而言，却仿佛是另一个世界。

面对总是酒醉而归的母亲，她习以为常，上前将母亲扶起，扶回房间，还未完全酒醒的母亲半梦半醒地向她喷出满嘴酒气，笑着说："林董，再来一杯！"

安置好母亲后，她走进弟弟房间，拉了拉棉被，轻声喊："陈思源，起床了。"

棉被底下的人完全没有反应。

因为早自习有考试，她的语气不觉焦急起来："陈思源，你快点起来！早餐我已经弄好了，制服也帮你烫好了，你赶快起床，不然又要迟到了！"

棉被忽然被大力扯开，陈思源一脸起床气地对着自己姐姐怒骂："我迟到关你什么事啊？谁叫你帮我准备这些的？你管好自己就好了！"骂完，他臭着一张脸跳下床，走进浴室时还刻意用力摔上门。

她隐忍着，不发一语。

这就是她的家人。

欠债的爸爸不知去向，妈妈是每天晚上买醉的酒家女，弟弟是个"中二病"超严重的初中生，他们都只在乎自己，没有一个人关心她。

背着书包，离开家门，来到公交车站牌前，正好见到公交车扬长而去，她只好等下一班公交车，这下铁定要迟到了。

拿出书包里的随身听，却发现没电了，明明昨天才换过电池，难道是坏了吗？

今天到底是什么日子啊？

她沮丧地将随身听收回书包，这时两辆摩托车一前一后经过她面前。

车上的骑手见到她，双双刹车，然后用脚慢慢倒车，回到她面前。

“陈韵如？”

她吃了一惊，抬起头，居然是李子维和他的同伴！

“你怎么还在等公交车？不怕迟到啊？”李子维问。

她不知道该怎么回答，索性低下头，避开两人视线。

像是已经习惯了她别扭、害羞的个性，李子维笑了笑，停下车，从摩托车坐垫下的置物箱里拿出另一顶安全帽递给她，说：“我们载你去学校吧！”

她迟疑地看着那顶安全帽，好半天才小声地说：“我们都还是高中生，骑摩托车不是违反校规吗？”

李子维与同伴互相看了一眼，两人都笑了。

她却不知道自己刚刚说的话，哪里好笑了。

“我手很酸耶！你再不上车，连我们都要迟到了。”李子维说。

她心里天人交战了一会儿，想起今天早自习的考试，咬咬牙，伸手接过了安全帽，然而就在她戴上安全帽的同时，李子维忽然回头对同伴眨了下眼，接着上车一踩油门，居然自己先骑走了！

她傻眼地站在原地，直到他的同伴有些腼腆地把车推到她面前，说：“上来吧！我载你去学校。”

看见李子维的摩托车迅速远去，她感到一阵强烈的失落，但面对另一个男孩的好意，她也不好意思拒绝，便安静地上了车。

她从来没有被男生用摩托车载过，双手紧紧地往后握住后座扶手，身子僵硬，载着她的男孩从后视镜看到她一脸紧张，忍不住说："你要不要扶着我的肩膀？这样比较安全。"

她没有回答，双手仍是紧紧地握着后座扶手，男孩见状，于是放慢了速度，与前方李子维之间的距离越来越远。

李子维骑到一个路口，回头见他们两人还在大老远处慢悠悠地骑过来，忍不住喊："莫俊杰，你属乌龟哦！都要迟到了还骑那么慢？"说完刚好绿灯亮起，他一踩油门，一下子又不见了踪影。

莫俊杰无奈，只好侧过头对陈韵如说："再慢下去，我会害你迟到，所以我要加速了。"

"好。"她点点头。

"你……要抓紧哦！"莫俊杰说完便开始加速，身后的女孩整个身子瞬间往前倾，双手不由自主地抱住了他的腰，他忍不住心头一喜，更加踩动油门，很快便追上了李子维。

一路上，莫俊杰不时地偷瞄后视镜，嘴角带着微笑，看着后视镜里的女孩。

加速的摩托车很快就骑到了学校附近，他们将摩托车停在偏僻的巷弄里，陈韵如忍不住问："为什么要特地停在这里？"

李子维回答："你刚不是说了，骑摩托车违反校规，而且我们两个还没有驾照，要是被教官看到，肯定会被记大过的。"

话才说完，三人背后便传来教官冷冷的声音——

"知道就好！放学后通通到教官室来写悔过书！"

*

教官的声音响遍整个教官室："悔过书写完才准回家！尤其是你，李子维，给我好好写，别打混！"教官说完便暂时离开了。

陈韵如一声不吭，乖乖地坐在桌前写着悔过书，心里难免感到懊恼。但想到李子维就在自己身边，却又禁不住地窃喜，她一面写着一面不时偷偷地瞄向李子维，见他根本坐不住似的，写了几个字就开始胡乱画起插图，然后伸长了脖子偷看莫俊杰的悔过书，还说："莫俊杰，借我看一下悔过书怎么写。"

莫俊杰却故意用手围住自己写的内容，李子维干脆将手上的纸揉成纸团朝他扔过去，打了个正着，两个人开始玩了起来。陈韵如正想要制止，一群男学生走了过来，见到两男一女在教官室里，忍不住大声开起玩笑——

"把妹把到要写悔过书，也太夸张了吧？"

"所以你们到底是谁在把妹啊？"

"你自己不会看啊！明明就是三角恋爱！"

李子维和莫俊杰的脸色立刻沉了下来，闷闷地回到座位上。

这时两个女学生走了过来，正巧是陈韵如的同班同学，当她们看到向来没什么存在感的陈韵如居然和两个男生一起在教官室里写悔过书，都感到非常讶异，忍不住嚼起舌根——

"欸，真的是陈韵如耶……她怎么会跟八班的一起被教官罚？"其中一个女学生低声问。

另一个女学生回答："你不知道吗？那两个八班的，今天骑摩托车载她到学校，结果被教官抓个正着！”

“真的假的？陈韵如耶！她不是和谁都不熟吗？怎么会跟那两个男生那么好？”

“人家光是交两个男朋友就没有时间了，哪有时间理我们啊？”

两个女学生说完后自顾自地低声笑了起来，其中一个特地朝陈韵如看了一眼。

“砰”的一声，李子维故意踹倒了一把空椅子，吓得那两个女学生立刻噤声。

李子维瞪向那两个女学生，呛道：“八婆！有胆就继续说啊！”

那两个女学生不敢惹事，低头快步离去。

那些话，陈韵如从头到尾都听见了，但她什么都没说，只是低着头，继续写着悔过书。

她只想赶快离开这里。

她不喜欢成为受瞩目的焦点。

教官回来了。

她将写好的悔过书交给教官，教官叮嘱了几句以后别再犯校规，便让她回去。

她背着书包，仿佛怕被人看见似的，低头快步离开学校。

然而就在她走到校门口时，身后隐隐传来有人喊她的名字——

“……陈韵如……”

她没有停下脚步，反而更加快速度，几乎就要跑了起来。

“陈韵如！”身后那人追了上来，一把扯住她的书包带子，“叫你还加速？你跑那么快干吗？怎么，刚刚那些人胡说八道，你就开始讨厌我们，不想和我们在一起了是不是？”

她不知道该怎么回答，因为李子维说的并不完全错，她的确只想逃避众人的视线，而唯一的办法，就是远离这两个人。

李子维绕到她面前，正经八百地说："你可以讨厌我，但你不能讨厌莫俊杰。"

她一脸不解。

李子维露出带着些恶作剧的笑容，指向站在她身后的莫俊杰："因为，我不想看到我最好的朋友，被他喜欢的人讨厌。"

陈韵如睁大了眼睛，过了几秒才回过神来。

这算……告白吗？

只是不是李子维本人告白，而是替莫俊杰？

莫俊杰连忙走上前捂住李子维的嘴，试图对她解释："不要理他，他乱讲的。"

李子维拉开莫俊杰的手，说："我乱讲的吗？最好你一点都不喜欢陈韵如。"然后他挑衅地看了一眼好友，反问，"如果你不喜欢她，那我可以追她吗？"

陈韵如闻言，一双眼瞪得更大，同时感觉心跳加速。

在那一瞬间她明白了自己的心意，同时也对看起来体贴、不多话的莫俊杰感到莫名的歉意。

李子维刻意走到她面前，甚至伸手环住她的肩膀，对莫俊杰说："我想，陈韵如应该也不会介意我追她吧？"

她只觉得自己的心跳快得仿佛要从口腔里跳了出来。

李子维……是认真的吗？

"李子维！"莫俊杰果然有些火了，瞪着自己的好友。

李子维哈哈大笑，松开手退后几步，对莫俊杰说："开玩笑的啦！

兄弟看上的女生，我才不会有兴趣！”说完后又转头看着陈韵如，“今天为了你，我们都被记了一个大过，还被罚写悔过书，你要怎么补偿我们？”

陈韵如只觉得自己仿佛在坐云霄飞车，刚刚才飞到天上，顷刻又坠落谷底。

原来李子维只是在开玩笑。

不想显示出心中那股强烈的失落，她只是一如既往地垂下了头，嘴里喃喃念着：“莫名其妙……”

“李子维，不要再闹了啦。”莫俊杰有些尴尬。

李子维不理会，对陈韵如说：“这样好了，为了补偿我，就罚莫俊杰今天送你回家！”他拍了拍莫俊杰的肩膀，对他说：“好好培养感情，不要浪费我们今天被记的那一个大过啊。”然后便摆摆手，自顾自地潇洒离去。

莫俊杰想追上去，又不忍心丢下陈韵如一个人，他小心翼翼地观察她，发现她似乎正在说些什么，但她站在他右边，右耳听不到的他不着痕迹地侧过了头，将左耳转向她，问：“你刚说什么？我没仔细听，可以再说一次吗？”

“我说，他这么讨厌，你怎么受得了他？”陈韵如没好气地细声说。

莫俊杰却只是笑笑，回答：“他爱耍白目又爱乱开玩笑，有时候是挺讨人厌的，但是……”他看着李子维离去的背影，吐出真心话，“如果你认识他久一点，就会知道他是这个世界上最好的朋友。”

陈韵如抬眼望向莫俊杰，然后顺着他的目光，望向已经走出校门口的李子维的背影。

*

莫俊杰走在她后方，两人之间一直保持着不远不近的距离。

一路上，她只是一直低头走路，一句话都没说，身后的男孩也安安静静，仿佛要保护她似的跟在她身后。但这样实在有些诡异，她终于忍不住停下脚步，回过头，却是避开与莫俊杰目光交会，小声说："我自己回家就好，你不用送我，这样很奇怪。"

莫俊杰连忙解释："你不要误会，我回家刚好也是走这条路而已，真的。"

"可是你早上不是骑车上学吗？为什么还要走路回家？"她问。

"呃……你忘了吗？早上已经被教官发现了，我怎么敢现在就骑车回去？说不定教官正在那边等着堵我呢！"莫俊杰匆忙间想了个理由。

当然，他回家的路不是这一条。

当然，他也不是怕教官堵他。

他只是想陪着她慢慢走回家而已。

陈韵如似乎相信了他的理由，点点头，继续往前走，只是这次她没有走得那么快了，莫俊杰连忙追上去，总算走在了她身旁。

总要找些话题吧？不然两个人这么走着也挺尴尬的，幸好，就在莫俊杰伤脑筋该找什么话题时，陈韵如主动开口了："你和李子维认识很久了吗？"

莫俊杰点点头："嗯，认识超久，从小学就认识了。"

原来是小学同学啊，难怪感情看起来那么好。陈韵如心想。

"那你们……"她迟疑了一下，"是怎么变成这么好的朋友的？"

“这个问题，有点难回答耶。”莫俊杰故意露出为难的神情。

陈韵如以为自己说错了话，连忙说：“对不起，是我的问题太奇怪了。”

她其实不太懂得怎么和人相处，别说好朋友，她身边就连一个称得上是朋友的人也没有，所以当她听到李子维那么轻易就说出“好朋友”三个字的时候，心里头竟觉得有些羡慕，也有些好奇，到底要怎么样才能和其他人变成好朋友?

莫俊杰想了想，从书包里掏出一个东西，递到她面前。

那是一枚助听器。

陈韵如一脸疑惑地望着他。

莫俊杰说：“这是助听器。其实刚刚我不是没有仔细听你说话，而是因为我没有戴上这个。”他一面说一面指着自己的右耳，“我右边的耳朵是完全听不到声音的。”

陈韵如一愣，忍不住又想道歉：“对不起，我不是故意——”

莫俊杰笑着摇了摇头：“不用一直道歉啦，这又不是你的错。”顿了顿，“你刚才不是问我，我和李子维是怎么变成好朋友的吗？就是因为它。”他低头看着手里的助听器。

“从小到大，因为这东西，我不知道遭受了多少异样的眼光，大家只要看到我戴上助听器，不是笑我是聋子，就是用像看怪物一样的眼光看我，要不然，就是一脸同情，好像我真的很可怜。”莫俊杰自嘲地笑了笑，“除了李子维那个臭白目。”

“他……做了什么？”陈韵如好奇地问。

“小学三年级那年，我和他第一次见面，他手里拿着冰棒，一脸羡慕地看着我耳朵上的助听器，问我那是什么。我说我这只耳朵听不到，要戴上它才听得到声音，他却说酷死了，一直要我借给他戴，想知道如果他戴起来，会听见什么声音。”

陈韵如听着他叙述往事，想象着李子维十岁时的调皮模样，忍不住也微笑起来。

“我还没回答，他就把手上的冰棒折成两半，分我一半，说是请我吃冰，要我把助听器借他玩。然后他就戴着我的助听器到处跑，说是要探测外星人信号，搞得其他班同学也觉得好玩，下课都跑来找我借助听器，很快就再也没人在乎我的右耳听不听得见了。”

莫俊杰说完后，看见陈韵如脸上的表情不再那么防备与惊慌，心里也松了口气。

“这就是我和他变成好朋友的开始。”他说。

陈韵如点点头，两个人继续缓缓地前进。

过了一会儿，莫俊杰开口：“你的问题，我回答了，现在可以换我问你吗？”

她点点头。

“你会介意我有一只耳朵听不见吗？”他问。

她摇摇头：“不会。”

“那从现在开始，你跟李子维一样，都是我的好朋友了。”

她脚步一滞，同时心里一暖。

是吗？从现在开始，她有好朋友了。

尽管她对莫俊杰并没有那么强烈的悸动，但此刻却感觉与他的距离拉近了不少，男孩的友善与体贴让她感觉到不再那么孤单。

仿佛他能体会她身体深处那时时占据她人生的无助与黑暗。

就这样忽然闯入她生命里的两个男孩，仿佛给她的人生带来了阳光。

那时，她是这么以为的。

*

怀着难得的好心情回到家里，才踏进家门，她就感觉到一份不寻常的沉重。

久未归家的父亲，居然和母亲一同坐在客厅沙发上，面色都很凝重。母亲看到她回来了，立刻说：“韵如，你过来一下，爸妈有话要说。”

她心中隐隐浮现出不祥的预感，缓缓走到两人面前，坐下，放下书包。

父亲与母亲两人对看一眼，母亲问父亲：“你说还是我说？”

“你说吧！”父亲转过头，看都没有看韵如一眼。

母亲转过头，看着她说：“韵如，我想你也长大了，有些事也应该能明白了。这些年我和你爸没有住在一起，你应该知道原因吧？”

她面无表情，过了一会儿，才缓缓点头。

母亲又说：“其实很多事情，早该有个结果，我们也不想再拖下去了，所以我跟你爸今天决定办离婚，可在那之前，我们得先谈好小孩抚养权归属……”

陈韵如猛地从沙发上站起，拿起书包转身就要回房间：“我今天还有很多作业要做。”

她不知道！她不想管！

这是大人之间的事，为什么要把她扯进来？

母亲却硬是拉住她的手，逼问她：“作业可以晚点做。妈就问你一件事，我跟你爸离婚后，你想跟谁？”

这时坐在沙发上的父亲也开口了：“不用顾虑我们，直接说你想跟谁？”

她忽然领悟到一件事，冷冷地质问眼前的父母：“为什么要问我？”

母亲与父亲对看了一眼，勉强挤出笑容说：“当然是因为尊重你啊。”

“那陈思源呢？你们问过他了吗？”她问。

父亲马上回答：“不用问，思源一定是跟我的。”

母亲听了马上反驳：“思源什么时候说要跟你了？”

父亲冷笑一声：“你也不想想你现在做的是什么工作？你要我儿子跟你这样的女人一起生活？笑话！思源当然是跟我！”

“你还好意思说？”母亲气得脸色通红，“要不是你当初欠一屁股债，又溜得不见人影，我需要做那种工作吗？”

父亲懒得继续争辩，摆了摆手，站起身说：“反正我们已经说好，一人带走一个，我带走思源，你带走韵如。”

“你凭什么？这几年来你照顾过他们吗？思源是我的！”母亲不甘示弱。

陈韵如听着他们口口声声要的都是思源，根本没有人在意她的感受，终于再也压抑不住，对两人大喊：“够了！你们不要再吵了！说什么尊重我，其实你们会问我想跟谁，是因为谁都不想要我，对不对？！”

两人一愣，随即像是被说中了心事，脸上微微闪过一抹心虚。

母亲试图解释，却在自己女儿充满恨意与委屈的眼神里，瞬间明白了自己方才的话有多伤人。

“韵如，我们真的不是……”

陈韵如不想听。

她跑出家门，“砰”的一声，重重地摔上了门。

*

她一个人在街道上漫无目的地走着，不知道该去哪里。

最害怕的事情终于发生了，没有人要她，没有人在乎她的感受。

他们都只想到自己。

泪水止也止不住，她顾不了那么多，一面走一面哭，任由悲伤宣泄。

“陈韵如？”

她一愣。

这个声音好熟悉。

慌忙转过头，果然是李子维，她赶紧用手背擦干自己的泪水，问：“你怎么会在这里？”

李子维举起手上的锅烧意面，笑着说：“肚子饿，出来买消夜。你呢？这么晚了怎么还在街上乱逛，而且还穿着制服？”

被这么一问，她想起自己此刻还在外游荡不想回家的原因，眼眶不禁又红了起来，泪水呼之欲出。

李子维见状，立即收起嬉闹的心情，放柔了语气：“你好像心情不太好，要不要聊聊？就算我帮不上忙，说出来也会舒坦些。”

陈韵如看着他，心里迟疑着要不要告诉他，但毕竟是家丑，她不太想让外人知道，可是……也许就像李子维讲的，她的确很需要有个人能听自己说说话，不然她真会觉得全世界都遗弃了她……

李子维见她犹豫不决，干脆地说：“这样吧！我用一个秘密，来交换你的秘密，如何？这样我有把柄在你手上，你就不用担心我会大嘴巴到处乱讲了。”

听李子维这么一说，她终于稍微放下了心防。

“那……你答应我，绝对不会告诉任何人？”她仍有些不放心地问。

“没问题！”他拍拍胸脯。

“最好的朋友也不能说。”

那意味着，连莫俊杰也不能知道。

“我答应你。”李子维爽快地说。

*

夏夜的晚风徐徐吹来，公园内的溜冰场里，两人席地而坐。

尽管手里的锅烧意面渐渐凉了，李子维却毫不在意，只是专心地听着身旁的女孩诉说心事。

她说，家里的爸妈要离婚了，却都只要弟弟，不要她。

“只因为我是女孩子吗？他们完全没有提到我的名字，一次都没有……”她幽幽地说。

连在自己家人眼里，她的存在感都如此薄弱，随时可以被忽视吗？

一包面纸忽然被递到她面前，她愣了愣，没有接过，而是转过头，倔强地用手背将眼泪抹去，努力装出坚强的模样，说：“我才不要为他们伤心！说什么要让我选择，其实我根本没有选择的权利。我决定了，不管结果如何，我都不要当被抛下的那个人！”

“那你想好怎么做了吗？”李子维若无其事地将面纸收回。

她吸吸鼻子，说：“我早就想离开这里了，所以才会去唱片行打工存钱。高中毕业之后，我想去考其他县市的大学，一个人搬到外面去念书。”

李子维用力地点头：“很好，我支持你。”

她不太自信地试探：“你真觉得我办得到吗？”

李子维鼓励她：“我相信你一定可以做得到。”

一股暖流从身体深处缓缓涌起，她忽然觉得这个世界充满希望，而她已经开始期待毕业之后的独立生活了。

接着，她想到自己居然在李子维面前一把鼻涕一把眼泪哭得那么难看，开始觉得有些不自在，忍不住挪开了目光，低声说：“我把我的秘密说出来了，那你的秘密呢？”

李子维先是看了看满天星空，才看着她说：“我的秘密啊，连莫俊杰也不知道。你要对他保密，我才告诉你。”

她认真地点头，同时心里有丝窃喜。

是连他的好朋友莫俊杰都不知道的秘密呢，这是不是表示，李子维把她也当成了好朋友，甚至是，比莫俊杰更好的朋友？还是在李子维的心里，她已经比莫俊杰还重要了？

她无法阻止自己的脑袋胡思乱想，这时只听李子维开口说：“我完全明白你刚刚的心情。其实我爸妈也一样，表面上给我选择的权利，但他们早已经替我做好了决定。”

李子维低下头，看着身旁已经凉掉的消夜，淡淡地说：“我爸妈已经办好移民手续，等我高中毕业后，全家就要移民到加拿大了。”

她一阵错愕：“你要移民加拿大？”随即想到，他说过这个秘密不能告诉莫俊杰，难道……“你没有让莫俊杰知道吗？”

“当然没有，不然刚才为什么要你保密？”

“可……可你们不是好朋友吗？为什么不让他知道？”她百般不解。

李子维依旧嬉皮笑脸：“这你就不懂了。从小到大，我到哪里都能交到一堆朋友，可是莫俊杰就只有我这一个朋友，如果让他知道我高中毕业后就要离开台湾，以他的个性，铁定会哭得很惨，这要我怎么说得出口？我可不要他抱着我的大腿，哭着求我不要走，这景象光想想就够可怕了。”他故意装出受不了的表情。

尽管李子维刻意说得云淡风轻，甚至带着嬉笑，但心思细腻的她明白，其实，他才是最放不下的那个人。

越是在乎，反而越不知道如何开口，因为不管怎么说，都是重重的伤害。

她看着面前的男孩，心中对他的好感更加强烈，这就是喜欢上一个人的感觉吗？

“陈韵如，你不要这样看我，要是你不小心爱上我，莫俊杰会哭得更惨哦。”李子维笑着说。

她别扭地别过脸，说：“自恋狂，我才不会喜欢你！”

其实，李子维不是没有察觉到身旁女孩的异样心情，但好朋友喜欢的女孩，他没有兴趣，更何况，陈韵如那种内向到近乎自闭的个性，并不怎么吸引他。

他并不是很明白，为何那么多女生，偏偏莫俊杰就是喜欢上了这一个？

但，恋爱这种东西就是没有道理可言吧。

既然莫俊杰喜欢上了陈韵如，他就会全力支持。

“好了，你现在也知道我的秘密了，我们扯平了。”他说。

然后他重新抬头望向星空，不再说话，只是静静地陪着她。

她的视线先是停留在男孩的侧脸上，然后才顺着男孩的目光，慢慢也望向了星空。

夏天的夜晚，星空很美丽，公园四周草丛里传来阵阵虫鸣，路边苍白的灯光打在两人身上，仿佛这个世界只剩下了他们两个人。

她忽然很希望这个一开始令她那么伤心的夜晚不要这么快就结束。

因为她还没有时间好好认识李子维，而转眼间，他就要离去了。

第三章

2019 年，台北。

阿脱看完黄雨萱手机里的照片，抬头看了她一眼，又低头看着她手机里的照片，忍不住问：“你干吗拿自己的照片要我帮忙找人？耍我啊？”

黄雨萱却是一脸认真地说：“这张照片里的女生不是我。”

阿脱一愣，更加仔细地看着黄雨萱手机里的照片。

“真的不是你？可是她长得未免跟你也太像了！等一下……”阿脱忽然兴奋起来，“这是不是代表我们开发的那款 App 成功了？它真的找到这个世界上长得和你一样的人了？”阿脱一脸感动，“黄雨萱，你竟然偷偷帮我测试，我实在是——”

黄雨萱不耐烦地打断他：“我输入的不是我的资料，是王诠胜的。”

“王诠胜？”阿脱这才将注意力放到照片里的一个男孩身上，“你不说我还没发现，旁边那个男生真的是王诠胜耶！所以你输入了王诠胜的资料，出来的是你们以前的合照？”

黄雨萱指着照片里的男孩说：“他应该就是王诠胜没错，可是他旁边的那个女孩不是我。”

阿脱一脸不信：“怎么可能？”

“因为我从来没去过照片里的这个地方，另外一个一起拍照的男生，我也不认识。”黄雨萱回答。

阿脱一脸似懂非懂，想了想，自言自语：“也就是说，你本来想要找另一个长得很像王诠胜的人，却没想到找到了另一个自己，而且这个人还跟王诠胜一起拍过照片……”他忽地眉头一皱，“不对啊，系统会排除本人资料，这张照片里的男生怎么可能会是王诠胜？”宅男工程师的研究精神瞬间爆发，阿脱立刻坐回电脑前，准备好好查一查这张照片的来历。

黄雨萱难得有耐心一直站在他身旁，等待结果。

一时间只听见键盘声响个不停，忽然阿脱像是想到了什么，随口问：“黄雨萱，你没事输入王诠胜的照片资料做什么？该不会是想要找到另一个和他长得很相似的人，直接把他当成——”他忽然感受到杀意，转过头，果然看到黄雨萱正眯着眼狠狠瞪他，似乎他再多讲一个字就会被她当场杀掉。

阿脱赶紧转回头，继续专心在电脑屏幕上搜寻。

过了一会儿，他找到了照片来源。

原始来源是“无名小站”，早在2013年便已经关闭。从日志资料可以看出照片是在2010年7月上传的，但因为“无名小站”早已关闭，再也找不到其他资料了。

“黄雨萱，这个女生真的不是你？”阿脱还是有些不相信。

黄雨萱没好气地回他：“你刚自己都说了，照片是2010年7月上传的，那时候我和王诠胜根本就不认识，要怎么和他拍这张照片？难道我穿越时空了吗？”

阿脱一脸恍然大悟，说：“我懂了，难怪你要追根究底，原来是想抓小三！等等，不对，照片里的这个女生比你早认识王诠胜，小三应该是你……”他浑身一冷，又感受到黄雨萱无形的杀人目光。“对不起，我多话了。”阿脱自己乖乖掌嘴两下。

"总之，你想办法帮我继续查出这张照片的来历。"黄雨萱说。

"可是现在是上班时间——"

"就当是帮助数据库修正，不然你们的App光测试就这么多问题，到时候发表岂不是让人看笑话？"

阿脱嗫嚅了几句，最后还是乖乖听话，继续在电脑屏幕前追查这张照片的来历。

黄雨萱回到自己的办公桌前，心却怎么都静不下来，满脑子想的都是：那张照片里的女孩到底是谁？

她又滑开手机，搜寻着王诠胜脸书页面上的每一张照片，想要找到一些蛛丝马迹，但什么都没找到。

最后，她的视线停驻在王诠胜的最后一则帖文上，那是一小段影片，影片里王诠胜不断伸出手指戳她脸颊，她忍不住发火骂他无聊，他一面道歉，一面仍继续拿着手机拍摄，见黄雨萱不理他，竟偷偷绕到她身后，像个调皮的孩子一样偷偷用膝盖顶了一下她的后膝，她一个重心不稳，直接跪倒在地上，画面里传来王诠胜大笑的声音。

影片里的黄雨萱跳起来，转身对着镜头大喊："王诠胜，你别跑，你死定了！"

画面就定格在这里。

看着，泪水又悄悄模糊了她的视线。

她刻意垂下目光，不想让人看出自己触景伤情，却在不经意间扫到了影片底下最后一个点赞的人名——Vicky。

脑中忽然闪过一个画面，有次她和王诠胜在餐厅吃饭吃到一半，他放在桌面上的手机响了，她瞄了过去，上头显示来电的便是Vicky。当时王诠胜拿过手机，笑着说是公司打来的，便站起身走到餐厅外头讲电话，见黄雨萱从餐厅里望着他，还似乎有所防备地转过了身，刻意背对她。

这个 Vicky 是他公司的同事吗？

还是阿脱那个死阿宅真说对了，王诠胜在外头有小三？

带着一丝怀疑，她一一检视王诠胜脸书页面上的所有帖文，发现 Vicky 几乎在每则帖文上都点了赞。

她越看越不是滋味，即使王诠胜已经离去，但她仍忍不住怒火中烧。

难道……她就只是一个替代品？一个长得很像照片中女孩的替代品？

不，照片里的王诠胜年龄不对，不可能是他。可她就是无法说服自己，照片里的人不是王诠胜。

于是她拿出手机，找出所有与王诠胜有过关联的朋友通讯录，即使明知道这么做很突兀，但她仍按照通讯录上的顺序一一打过去确认。

可是打了一轮，不论她好说歹说绝对不会怪他们替王诠胜掩饰，就是没有一个人愿意告诉她 Vicky 是谁。

她看着通讯录上最后一个名字“陈财裕”，王诠胜高中同校的同学，大学时代的好朋友。这家伙和王诠胜感情那么好，一定会知道 Vicky 是谁，前提是他不会替王诠胜掩饰。

电话一接通，她便不客气地问：“陈不挑，我问你，王诠胜是不是曾经跟一个叫 Vicky 的女人搞暧昧？”

电话那头的陈财裕几乎跳了起来，惊讶问：“Vicky？你怎么会知道 Vicky 的？”

果真如此。黄雨萱心里想。同时心也凉了一半。

*

咖啡厅里，陈财裕仍试图安抚黄雨萱：“其实他跟 Vicky 真的不是你想的那样，他们之间什么事情都没有——”

“你不用再替他掩饰了！”黄雨萱冷冷地说。

陈财裕知道再解释也没有用，只好乖乖地闭嘴。

王诠胜都离开了那么久，黄雨萱无法走出来，他懂，但他不懂的是，为何她硬要去找王诠胜背叛她的证据？就算找到了又如何？王诠胜都已经死了两年了，她又能怎么样？

咖啡厅的门开了，一个娇小的年轻女子走了进来，她见到陈财裕后，礼貌地笑了笑，然后朝他们走过去。

陈财裕起身，介绍：“黄雨萱，这就是 Vicky。”

外形亮眼的 Vicky 双手捧着一张名片，递到黄雨萱面前。

她接过一看，名片上头的公司名称是“求婚事务所”。

Vicky 看到她眼里的疑惑，体贴地主动开口解释：“我们公司专门负责替客户设计求婚企划与安排场地。”她看了一眼陈财裕，“当初王先生就是通过陈先生介绍，来到我们公司，由我负责他的业务。”

求婚企划？

黄雨萱只觉得胸口仿佛有块大石正缓缓往下坠，王诠胜来这家公司的目的难道是……尽管有些犹豫，她还是开口问了 Vicky：“他到你们公司做什么？”

Vicky 露出有些惋惜的职业微笑，说：“当然是为了向他心爱的女人求婚，而那个人就是你，黄雨萱小姐。”

王诠胜真的曾想要向她求婚？！

黄雨萱一时间只觉晴天霹雳，整个人措手不及，拿着名片的双手开始微微颤抖，尽管如此，她仍倔强地否认：“不，不可能啊，他从来都没对我提过这件事……”

一旁的陈财裕叹了口气，说：“黄雨萱，他没对你提过这件事，当然是因为想要给你惊喜。”所以一开始他实在不知道该怎么对黄雨萱解释，没想到却让她误会更深，真以为王诠胜背着她在外头养小三，非要押着他来找 Vicky。

Vicky 犹豫着要不要继续往下说，她用眼神征询陈财裕的意见，陈财裕点点头，说：“反正你都来了，就说吧，也免得她又胡思乱想。”

于是 Vicky 将王诠胜的求婚计划全盘说了出来：“当时黄小姐你即将前往上海工作，王先生说，他决定求婚，不是为了把你留下，而是想让自己可以更理所当然地陪在你身边。当时他的计划是，在送你去机场的路上，假装车子抛锚，接着我们公司会派人假扮交警来查验，让你签罚单，那张罚单其实是一张结婚证书，然后王先生再从车里拿出他预先藏好的戒指，向你求婚。”

黄雨萱愣愣地听着，努力让眼泪不要从眼眶里落下。

原来……原来王诠胜曾想要向她求婚……

“但就在王先生预备向你求婚的那一天早上，他忽然打电话给我，说他赶着去机场找你，要延迟计划，等他回来再说，谁知道那就是他打给我的最后一通电话……”Vicky 的语气里带着遗憾。

黄雨萱猛地抬起头，深深地吸了一口气，将最后一刻要涌出的泪水忍住，不发一语，起身离开了咖啡厅。

*

她下午请了特休，回到家附近的停车场，钻进王诠胜那辆二手车里，四处翻找，果真在后座缝隙里找到一个戒指盒。

她愣愣地捧着戒指盒，想着那一天的情景。

那天王诠胜本来是要开这辆车送她去机场的，但是出发前，两人发生了争吵，她硬是不理王诠胜，拉着行李走到巷口，另外招了一辆出租车，自己前往机场。

她的班机起飞前往上海后，王诠胜也赶到了机场，买了一张机票，坐上了飞机，却遇到了飞机失事。

如今意外发生都两年了，他连尸骨都不见踪影，就像是凭空消失在这个世界上。

本以为只是暂时分别，等他们两个都冷静下来之后，还有机会再好好谈一谈，谁知道，那天竟成了永别……

她打开戒指盒，里头是一枚莫比乌斯环造型的戒指，没有起点，没有终点，一切只是不停地循环。

她张了张嘴，像是想要忍住眼泪，嘴唇颤抖了半天，倔强地喃喃骂着：

“可恶的王诠胜，搞什么求婚惊喜，要求婚干吗不早一点？”

明明有那么多时间，明明有那么多机会，为什么偏偏是那一天？

黄雨萱将那枚戒指紧紧地抱在怀里，在寂静的车里放声大哭。

好想他……真的好想好想，想再见到他一次，只要一次就好。

她从来没有想过，自己居然会这么想见一个人……

*

两天后。

周末上午，门铃才刚响起，一早就在等着快递的黄雨萱，立即冲到门前。

快递员送来的是一本厚重的毕业纪念册，那是她逼陈财裕找出来的。

黄雨萱粗鲁地撕开包装，迫不及待地翻起了那本高中毕业纪念册。

尽管陈财裕不断地强调，他和王诠胜在高中时根本没见过长得和她很像的女孩，但她还是不死心。

她想要知道照片里的女孩到底是谁，她仍在怀疑王诠胜到底是不是因为那个女生，才会喜欢上她。

可是她翻遍了那本厚重的毕业纪念册，每一张女孩的照片都仔细看过，却没有她想找的那个人。

末了，她烦躁地将毕业纪念册扔到一旁，想了想，拿起手机打给陈财裕。

“陈不挑，你有你们这届前后两届的毕业纪念册吗？”

陈财裕的哀号声从手机里传来：“我怎么可能会有？黄雨萱，我高中时从没听王诠胜说过他有女朋友或有喜欢的女生，你就不要再疑神疑鬼了好不好？”

“陈不挑，我不管！你别想替他掩饰，如果你认识这个女生，最好老实说，要是被我找到证据，我绝对会——”

陈财裕打断她：“你都叫我陈不挑了，应该知道这外号怎么来的吧？我念高中时，别说前后两届，前后五届，学校方圆五十公里内，只要长得比普通再好看那么一点点的女生，我都不会放过，更何况是像你这样不仔细看都蛮正的女生，我是走过路过绝对不会错过的！但我念高中时完全没有见过你好吗？你手机照片上的那个女生是谁，我也不知道！黄雨萱，拜托你放过我，也放过你自己吧！你到底想证明什么？王诠胜都要向你求婚了，你却还在介意他高中时有没有喜欢过别的女生？”

尽管同情黄雨萱，陈财裕也有些受不了了，明明这些年他已经结婚生女，乖乖从良，不再乱把妹，她却威胁要把他从前精彩的情史全抖出来，除非他帮忙找到王诠胜有小三的证据。

黄雨萱默然。

“不然，这张照片到底是怎么回事？”她仍不甘心地问。

陈财裕疲累地叹了口气，说：“我怎么可能知道？不过，如果王诠胜在认识你之前，就认识这个长得跟你一样的女生，你自己总会察觉到吧？”

她一面听着电话，一面开始回想大学时王诠胜对她告白的情景。

当时，他们才认识没多久，不，甚至连认识都称不上，她只知道他是别系的一个学弟，第一天开学就迷了路。

他就那样理直气壮地走到她面前，微笑着对她说：“我喜欢你。”

那时她根本没当一回事，甚至还有些傻眼。

他说：“我喜欢你，和我们认识多久，一点关系都没有。”

他说：“我第一眼看到你，我就确定，我喜欢你。”

他说：“因为，早在你认识我之前，我就已经深深地喜欢上你了。”

那时她身边已经有男友，对于王诠胜突如其来的莫名告白，她只以为是恶作剧，完全没放在心上。但此刻回想起来，王诠胜的表现的确有些异常，哪有人第一次见面就这样告白的。

早在你认识我之前，我就已经深深地喜欢上你了。

王诠胜是不是真的把她当成了别人的替身？

“喂？黄雨萱，你还在吗？”电话那头的陈财裕问。

她回过神，敷衍几句。

“黄雨萱，你干吗一直想要证明王诠胜心里有别人？他明明就很喜欢你——”

她挂上了电话，不想再听。

因为太爱了，所以不愿去面对，因为不愿去面对，所以转头选择逃避。

甚至，想要找一个理由，让自己不要那么在乎。

是不是只要证明王诠胜最爱的不是她，她就不会这么痛苦懊悔了？

她看着眼前的毕业纪念册，泪水再度不受控制地落下。

王诠胜……都是你的错！谁叫你那么好！谁叫你让我这么喜欢你！喜欢到……我根本就放不下你……而活在没有你的世界里，竟是这么痛苦……

*

周一。

办公室内，黄雨萱强打起精神，专注在新的企划案上，这时阿脱走了过来，得意地看了她一眼，说：“黄雨萱，我找到了照片里那个女生的线索，你想不想知道？”

阿脱本来想好好邀功一番，听黄雨萱赞美他几句，谁知道她一听，立刻面无表情地站起身，双手不客气地扯住阿脱的上衣，一脸凶狠地问：“你找到了？”

“呃……对，我找到了，花了我整个周末的时间，黄雨萱你不好好谢谢——啊啊啊不要捏我耳朵！”

黄雨萱用力捏着他的耳朵：“快说！”

“你放手啦！”

黄雨萱放手，阿脱摸着自己红通通、热辣辣的耳朵，一面呼痛一面说：“照片上的背景，不是一间叫 32 号的唱片行吗？”

黄雨萱不耐烦地说：“这我早就查过了，但大概是停业了，根本找不到这间唱片行。”

阿脱再度得意起来：“这就是我厉害的地方了，找不到 32 号唱片行，我却在网络上找到一间同样叫 32 号的咖啡馆，再从咖啡馆老板身上寻找线索，发现了他在美食周刊上的访问报道，原来他以前开过唱片行，就叫 32 号唱片行！”

*

下班后，黄雨萱便迫不及待地按照手机上的导航地图，在一处寂静的社区内寻找 32 号咖啡馆的踪影。

终于找到咖啡馆时，她发现自己的心跳快得简直像要从嘴里跳出来。

关于那张神秘照片的所有疑问，这里能给她答案吗？

推开门走进去，店内装潢很是怀旧，昏黄的灯光、已经很少见的磨石子地板、朴实的木头桌椅，一面墙上甚至摆满了黑胶唱片，还挂着一把吉他，店里的背景音乐是轻柔的古典乐。

正在吧台后专心做咖啡的老板是个中年男子，他听见门开的声音，抬起头来正要说“欢迎光临”，却在看到黄雨萱时愣住，接着露出不可思议的神情，直盯着她瞧。

“不好意思，老板，我想请问——”黄雨萱走上前问。

“韵如？”老板打断她。

她微微一愣。

韵如是谁?

老板果然知道些什么。

黄雨萱深吸一口气，说：“老板，我想你认错人了。”

老板回过神，收起讶异的表情，摇了摇头，像是在对她解释，又像是在对自己说：“也是，你不可能会是她的。”

黄雨萱拿出手机，找出那张照片，递到老板面前，问：“我想，你刚刚把我误认为的那个女生，就是她，对吧？”

老板看着手机里的照片，眼角略带着鱼尾纹的脸上露出怀念的神情，仿佛正在回忆往事。

他看看黄雨萱，又看看手机里的照片，深觉命运的确奇妙。

她真的来了。

“老板，你认识她，对不对？”黄雨萱问。

老板看着黄雨萱，仿佛看着多年前那个有着同样面容的年轻女孩。

“是的，我认识她。”老板点点头，“她叫陈韵如，是我的外甥女，以前在我的唱片行打工。”

找到了！黄雨萱在心里呐喊。

“那……那你认识她右边的那个男生吗？”她指着照片里与王诠胜长得一模一样的年轻男孩。

老板并没有马上回答，似乎在斟酌着什么，最后才说：“认识，他是韵如的同学。”

“只是同学吗？”她不死心地追问。

老板看了她一眼，像是不明白她为何要问这个问题。

“呃，我的意思是……”她需要整理一下思绪，要自己冷静下来，“他们两个，是男女朋友吗？”

“这我就不清楚了，印象中，我只记得这两个男生常常到唱片行找韵如，他们三个感情似乎不错。”

“那这个男生的名字，是不是叫王诠胜？”尽管明知时间上根本对不起来，但她还是开口问了。

老板摇摇头：“已经过太久了，我真的记不得了。”

黄雨萱不气馁，继续问：“没关系。老板，既然你刚说她是你的外甥女，方便透露她的联络方式吗？”

老板神情为难：“这个我恐怕没办法帮你。”

“我不是要找她麻烦，我只是有些事情想当面问问她。”黄雨萱解释。

老板叹了口气：“你误会我的意思了。我没办法帮你，是因为韵如已经不在了。”

“不在了？她离开台湾了吗？”黄雨萱一时还没会过意来。

“不是。”老板看着她，眼里是藏不住的忧伤，“韵如她很久以前就过世了。”

黄雨萱一阵错愕，一时不知该如何回应。

好半天，她才有些结巴地问："是……是什么时候的事？"

"如果我没记错，她走的那一年，是1999年。"

陈韵如……照片里的这个女孩……早在二十年前，就已经死了？

如果陈韵如真的是在1999年过世，就代表这张照片是在更早之前拍的，那时候的王诠胜不过才六七岁，照片里的人更肯定不会是他，而是另一个与他长得一模一样的人。

实在太不可思议了，这个世界上，不但有一个长得和她一模一样的女生，还有一个跟王诠胜长得一模一样的男生，在另一个时空里认识……

黄雨萱愣愣地看着手机里的照片，原来，照片里的男孩真的不是王诠胜，她也不是别人的替代品，可是，为什么她却更失落难过了？

她转过身，连声"再见"也没说，就落寞地离开了咖啡馆。

就连老板那句"黄小姐……"都没听见。

而她从头到尾，都没有向老板提起过自己的姓名。

*

王诠胜的父母打电话给她，说是想替王诠胜办一个正式的告别式。

尽管，直到目前为止，王诠胜都还只是"失踪"，但所有人都心知肚明，那不过是飞机失事死亡的另一种委婉的说法。

白发人送黑发人，即使再痛心难过，日子还是要继续过下去。

而为了要让日子过下去，只有斩断不可能的希望。

举办告别式，就是告诉所有人，王诠胜这个人，从此，再也不在这个世界上了。

告别式上，黄雨萱没有哭，甚至，还看着王诠胜的遗照，露出微笑。

不想哭，不想悲伤，不想在这一刻，记得的是失去他的痛苦。

只想记得他曾经是多么宠着她、爱着她，还打算要让她成为他的妻子，相知相守过完一辈子。

她看着自己左手无名指上的戒指。

是的，我答应。

王诠胜，我答应你的求婚。

她在心里默默地告诉他。

而在告别式会场的角落里，有一个人的目光始终没有离开过黄雨萱。

告别式结束后，黄雨萱与王家父母聊了几句。

王母说："雨萱，谢谢你替我们找了一张这么棒的照片，那孩子以前照相时都不太爱笑，老是板着一张脸。"

黄雨萱有些讶异："会吗？每次拍照，他总是笑得最夸张的那一个。"

王母慈祥地看着她，说："他认识了你之后，才变得那么爱笑的。以前的他，很少和别人说话，也不怎么笑，但认识你之后，他真的变了很多……"她握住黄雨萱的手，"我能感觉得出来，他和你在一起，真的很开心。"

黄雨萱一时鼻酸，不知道该说些什么，这时刚刚离开的王父走了过来，手里捧着一个小包裹，对她说："有快递送东西过来，说是要给你的。"

她一脸纳闷地接过包裹，看见王家父母有些好奇的神情，便当场打开包裹。

是谁会特地在王诠胜的告别式上送她东西？

只见包裹里是一台附有耳机的磁带式随身听，还有一卷伍佰的磁带，专辑名称是《爱情的尽头》。

黄雨萱这下更困惑了。

这是怎么回事？难道是恶作剧吗？

“这是谁送你的啊？”王母问。

黄雨萱摇摇头，老实说：“我也不知道。”

她看着那盘磁带，起先还有些警戒，接着想起有一次伍佰开演唱会，她要买票时发现票都卖完了，正难过沮丧时，王诠胜居然变出两张演唱会的票，让她高兴得直尖叫。

她的目光变得柔和，不管是谁送她这些东西，想必都是有用意的吧。

而且不知道为什么，她有种预感，这一切，也许和王诠胜有关。

*

回程的公交车上，她翻出那台随身听。

这到底是从哪儿来的？这么怀旧的东西，都快可以放进博物馆里了，更别提现在许多年轻人根本不知道什么是磁带。

磁带听到了一半，她把磁带放进随身听里，倒带。

这时手机发出信息声，她拿起来瞄了一眼，是小黛上传了前几天替她庆生的照片到脸书上。

前几天小黛他们约她去唱歌，顺便替她庆生，众人买了个大蛋糕，点上蜡烛，要她许愿。

她胡乱许了两个愿望，第三个愿望，没有说出口。

但那夜回家后，她还是选择告诉了一个人。

尽管大家都说，生日许愿时，第三个愿望千万不要说出来，一说出口，就不会实现了，可是那个人已经不在了，所以这个世界上除了她自己，没有人知道她的第三个生日愿望是什么。

随着倒带声，她滑开手机，重新看了一次那些从来没有被读取过的信息。

不久，“嗒”的一声，磁带卷到了底。

她戴上耳机，按下播放键，几秒钟的沉静后，耳机里响起的第一首歌，是 *LAST DANCE*……

思绪一下子又飘离了现实，她闭上眼，听着沙哑的男声吟唱着一首悲伤但深情的爱情歌曲。

公交车进入了隧道，隧道内的灯光闪过她忧伤的侧脸，在公交车的引擎声中，她轻声哼着熟悉的旋律。

手机屏幕仍在微微发着蓝光，停留在发送信息的界面，但闭上双眼的她没有发现，那些给王诠胜的信息，在光影交错中，一则接着一则，竟出现已读的标记。

仿佛冥冥之中有人接收到了她的渴望与思念。

而她发出的最后一则信息是：

今天是我的生日。我的第三个生日愿望，和你有关。那个愿望，就是好想见你。

忽然一则不属于她的记忆片段如火花般在她脑海里闪过。

“你刚刚哼的那首歌，蛮好听的。”男孩说，“就是现在放的这首歌，这首叫什么？”

她抬起头，望向眼前的男孩。

是王诠胜？！

她立刻睁开眼，发现自己还在公交车上。

刚刚那是什么？

往车窗外一看，公交车仍在隧道里，她不禁纳闷：这条隧道有这么长吗？

耳朵里仍旧响着熟悉的旋律，她半是惊疑半是期待地再次闭上双眼。

那男孩是谁？是王诠胜吗？

她刚刚睡着了吗？

是不是只要睡着了，就能再梦见他？

“陈韵如？”

是照片里那个女孩的名字！

“你怎么还在等公交车？不怕迟到啊？”

年轻的王诠胜骑着一辆摩托车停在她面前，递给她一顶安全帽。

她正想问这是怎么回事，忽然有双手遮住了她的双眼。

“猜猜我是谁？”

“王诠胜，别闹了！”

她赶紧挣脱那双手，赫然发现自己竟站在那间32号唱片行外！

照片里的另一个男孩捧着一个生日蛋糕，年轻的王诠胜则大声唱着生日快乐歌。

“陈韵如，祝你生日快乐！”他们说。

但她不是陈韵如啊！

正想大声否认，她忽然发现自己就站在马路中间，接着一道刺眼的亮光让她本能地转过了头、闭上眼，接着是刺耳的刹车声。

然后，世界陷入了一片黑暗。

失去意识前的最后几秒钟，她仍听见歌声，却仿佛是从很远很远的地方传来，而且开始变得模糊不清，音乐也变了调。

但歌声始终没有消失，而是仿佛穿越了时空，将她拉往了另一个世界……

*

音乐声忽然又变得清晰，节奏恢复了正常，在她耳朵里回荡。

当她再度睁开眼时，刺眼的亮光让她立刻又闭上了双眼。

搞什么啊，隧道的灯光有这么强吗？

她缓缓睁开眼，却发现映入眼帘的是一面陌生的天花板。

这是公交车的天花板吗？

等等，她为什么是躺在床上？而略微刺鼻的消毒药水味让她想起了医院。

这是怎么回事？

刚刚她是不是睡着了，做了很长、很奇怪的一个梦？

而且在梦里，她见到了王诠胜。

她转过头，想搞清楚自己究竟在哪里，却一眼就看到了坐在病床旁的年轻男孩。

她倒吸一口气，立刻从床上跳了起来，双手紧紧地抱住那个男孩不放！

男孩的身体僵直，像是被她突如其来的拥抱吓到了。

是他！是王诠胜！

是照片里的王诠胜！

是她刚刚梦里那个年轻的王诠胜！

她忍不住喜极而泣。

她的生日愿望实现了！

她终于再次见到他了！

就算只是一场梦也好，她希望这场梦永远不要醒，或至少，能维持得久一些。

她实在是太思念他了！

而被她紧抱不放的男孩，则是一脸错愕，过了几秒才问：

“陈韵如，你还好吗？”

第四章

1998 年，台南。

打烊的时间到了。

32 号唱片行的招牌灯熄灭后没多久，陈韵如从唱片行里走了出来，将铁门拉下。

正准备转身离去时，忽然有双手从身后捂住了她的双眼。

“猜猜我是谁？”

她不用猜，听声音就知道是谁。

“李子维，你是不是太无聊了？”

李子维笑着说：“对啊，我们就是无聊到不知道要干吗，才会特地跑来唱歌给你听。”

我们？

所以不是李子维自己来找她？

她心里莫名地感到失落。

和他一起来的，应该是莫俊杰吧。

果然，当李子维放开双手，她转过头，就看到莫俊杰站在面前，双手捧着已经点燃蜡烛的蛋糕，李子维则在一旁大声唱起生日快乐歌。

他唱完后，两个男孩同时大声说：“陈韵如，生日快乐！”

对啊，今天是她的十七岁生日，连她的家人都不记得，但这两个人不但知道，还这么大费周章地替她庆生。

她感动不已，望着蛋糕上那摇曳的温暖烛光，心跟着温暖起来，嘴角也露出难得的微笑。

“陈韵如，蜡烛都快烧光了，你赶快许愿啦。”李子维故意不耐烦地催促。

“对啊，快许愿吧！”莫俊杰也说。

她闻言，点了点头，嘴角微笑依旧，莫俊杰望着她恬静的笑容，不觉间有些出神。

“第一个愿望，希望你们以后骑摩托车都不会被教官抓到。”她说。

两个男孩对看一眼，失笑。

“不要这样浪费生日愿望好不好？”李子维说。

莫俊杰白了好友一眼，说：“你别插嘴，让她继续许愿。”

李子维耸耸肩。

“第二个愿望，希望我们都能考上想读的大学。”

李子维一听，哇哇地叫了起来：“陈韵如，你怎么都许这么无聊的愿望啊？”

莫俊杰捧着生日蛋糕，把好友硬是挤到一旁，对她说：“陈韵如，你别理他，快许第三个愿望。记住哦，第三个愿望是不能说出来的。”

她点点头，正准备在心里默默许愿，忽然冒出一个疑问：“你们会不会好奇，为什么生日许愿时，不能讲出第三个愿望？”

莫俊杰想了想，说：“可能是因为不说出来，这个愿望就会比较容易实现吧！”

李子维却有不同的看法：“我不觉得是这样。不说出口，是因为就算这个愿望不能实现，也不会因此失望，反而会继续把这个愿望放在心里。”

她有些讶异，没想到李子维会说出这样的答案。

然后她闭上眼，默默地许完第三个愿望后，吹熄了蜡烛。

李子维献宝似的将一个礼物递到她面前，说："这是我和莫俊杰一起合送的。"

她拆开礼物，是一台磁带式随身听。

"怎么样，喜欢吗？"莫俊杰有些紧张地问。

她兴奋地点头，开心极了："当然喜欢！怎么送我这么贵的礼物？"

李子维指着莫俊杰，说："这家伙说每次看到你都在听那台破随身听，听到都快坏掉了还舍不得换，我们就说好，一起送你一台新的。"

莫俊杰连忙说："你别乱讲，我明明是说她可以用一台好一点的……"

"反正意思都差不多。"李子维拍拍莫俊杰的肩膀，"好啦，生日歌也唱了，蜡烛也吹了，礼物也送了，时间不早了，你就送陈韵如回家吧！"

他只是陪好友来壮胆追女生的，接下来就没他的事了。

但就在他转身要离开时，衣角忽然被陈韵如抓住。

两个大男孩都有些意外，只见陈韵如低着头，满脸通红，却始终讲不出想要李子维送她回去这句话。

莫俊杰见状，眼神微微黯淡了下来。

他转头看着有些尴尬的李子维，努力装出笑容，说："我想，陈韵如比较想要你送她回去吧！"

"我？！"李子维瞪大了眼，手指着自己。

莫俊杰把蛋糕递到他手上，故作潇洒："我还有事要先走了，你就送她回去吧。"

“喂，莫俊杰，你——”

莫俊杰却打断他：“骑车小心点，别骑太快。”为了掩饰情绪，他说完后便转头加快步伐离去。

只留下莫名其妙的李子维，与仍然羞红着脸的陈韵如。

*

回家的路上，骑着车的李子维反常地沉默不语。

陈韵如坐在后座，从前方的后视镜中，看着他骑车时专注的侧脸。

她几度想开口找话题，却因为太过害羞，最终还是什么都没说。

夏夜的风徐徐吹来，夜晚的街道上人车稀少，街边路灯一盏一盏滑过身旁，她感觉到自己握着摩托车后座把手的双手正在微微冒汗。

很想伸手抱住李子维的腰，但属于女孩的矜持却让她迟迟不敢采取行动。

眼见离家越来越近，她鼓足了勇气，也许，是这辈子所有的勇气，在摩托车停在红灯前时，用他听得到的音量说：“李子维，我可以告诉你我的第三个生日愿望吗？”

他没有回答，只是望了后视镜一眼，她的脸庞映在镜中，两人视线在镜中交会后，他明白了什么，然后转开了眼神。

眼见就要转绿灯了，她赶紧说：“我……我希望有一天，可以变成你会喜欢上的那一种女生……”

老天，她真想咬断自己的舌头，这结结巴巴、词不达意的，到底算什么告白啊？

绿灯亮了。

李子维依旧沉默，仿佛并没有听见她刚刚那番话。

他踩动油门，摩托车继续往前，她意识到他的冷漠，低下了头，不敢再多说一句话。

而她紧紧握着摩托车后座把手的双手，渐渐变得冰凉。

*

到家后，她下了车，脱下安全帽，递还给李子维。

李子维接过收好，然后小心地将一直放在摩托车前座下方的生日蛋糕递给她。

“那个……谢谢你送我回来。”她小声地说。

“嗯，很晚了，早点休息吧。”他说。

两个人的视线都有些尴尬地回避着对方。

她转身要回家，李子维犹豫了一下，喊住了她：“陈韵如！”

她心猛地一跳，呆立了两秒，才缓缓转过身。

他要回应她刚刚那蠢到不行的告白了吗?

但在看到李子维平静的表情时，她心里刚冒出的那一小簇希望的火苗，瞬间熄灭。

李子维轻轻吸了口气，终于抬眼正视她，说：“我只能把你当朋友。”

她只觉脑袋里轰的一声，接下来是一片空白。

人生初次告白就被拒绝，她不知道该如何回应，丢脸、害羞、伤心、难过等各种情绪纷纷涌上来，她手足无措，只能低下头，看着自己的脚尖，感觉到一股冰凉从脚尖处缓缓蹿起……

这个男孩曾经带给她的温暖开始崩解，她过往所熟悉的冰冷与黑暗再次回到身体深处。

“如果我们还想继续当朋友，请你以后别再喜欢我了。”李子维说完，看了她一眼，明知道自己说的话伤害了她，但他必须这么做。

他对陈韵如并没有感觉，况且，她还是莫俊杰喜欢的女孩。

他跨上摩托车，转动钥匙，发动引擎，正要离去时，陈韵如却喊：“等一下！”

她走到他面前，鼓起勇气看着他，问：“是因为莫俊杰吗？”

李子维愣住，一瞬间想点头，又想摇头，想了想，他试图解释：“这不完全和他有关系，我说我不会喜欢你是因为——”

“够了！”她打断他，不想再听下去。

被伤害一次就已经够了。

“谢谢你送我回家，再见。”她挤出笑容，快速说完这句话后便转身上楼。

她不想让李子维看到自己这副卑微的可悲模样。

李子维看着她的背影，有些内疚，却也无可奈何。

*

第一次喜欢一个男生，第一次鼓足勇气告白却被当面拒绝，即使再乐观的女孩也难免心情低落，更何况是向来内向、缺乏自信的她。

她站在家门前，过了很久，才勉强整理好心情，拿出钥匙，打开家门。

但才踏进家里，打开电灯，她就愣住了。

客厅一片凌乱，仿佛有小偷闯入。

她感到一阵不安，张望了一下，发现弟弟的房间门是开着的，于是快步走了过去，房间里同样凌乱，衣柜门还是打开的，里头的衣服被翻得乱七八糟。

“妈！妈——我们家是不是遭小偷了？陈思源他——”慌忙跑到母亲房里，打开电灯，却看到母亲房间里也是一片凌乱，衣柜门也是开着的，许多衣物与重要物品都仿佛被带走了。

妈妈走了？带着弟弟走了？抛下她一个人？

不，不可能，他们不会这样的……

她快步来到客厅，这时才发现自己居然还一直捧着那个生日蛋糕。

她放下蛋糕，拿起电话拨打母亲的手机，电话却是关机中。

她越想越慌，感觉眼泪就在眼眶里打转，却不敢在这时候哭出来。

他们怎么可以？

尽管之前想着要尽快独立，搬离这个家，追求属于自己的生活，但她毕竟只有十七岁，之前从未离家过，忽然面对被家人抛下的现实，她六神无主，不知道该怎么办才好。

她再次拿起电话，这一次是打给舅舅吴文磊。

电话一接通，那头的舅舅才“喂”了一声，她隐忍已久的泪水便溃堤，对着话筒激动地哭喊：“舅舅……妈妈走了，思源也走了！他们把东西都带走了，留下我一个人……我该怎么办？”

“韵如，你先冷静下来，告诉舅舅发生什么事了？”电话那头的吴文磊连忙问。

“他们是不是真的不要我了……”她抽抽噎噎地好不容易才将情况大致说清楚。

吴文磊要她先待在家里别乱跑，他想办法找找看韵如母亲和思源到底去了哪里。

挂上电话后，她还是心乱如麻，怎么也坐不住。

也许……也许妈妈他们才刚离开，还没走远也说不定?

一想到这里，她哪里还坐得住，立刻冲出家门，在家附近着急地找来找去。

但随着时间一分一秒地过去，她原先热切的期待渐渐冷了下来，最后整个人垂头丧气、脚步缓慢地独自走在深夜无人的街上。

今天还是她的生日呢……

这真是她最惨的生日了……

就在她难过地低着头过马路，准备要回到那个只有自己一个人的家时，一道刺眼的灯光忽然出现。

紧接着是刺耳的刹车声。

在那一瞬间，她没有闪开，而是绝望地闭上双眼，等待预期中的剧痛与黑暗袭来。

她再也不想对这个世界有所期待了。

她讨厌这个世界。

她更讨厌独自一人活在这个世界的自己。

*

仿佛从很远很远的地方，传来模糊不清、破碎变调的歌声。

她一个人在黑暗里，不想醒来。

但那歌声始终没有消失，甚至，越来越清晰。

她仿佛还听见有人在对她说话。

是谁在她身边？

“陈韵如，你到底发生了什么事？为什么会变成这个样子……”那个人的声音里是明显的懊悔与不舍。

那个人的声音，好熟悉。

于是她缓缓地睁开眼，首先映入眼帘的是一面陌生的天花板，接着闻到了刺鼻的消毒药水味。

她转过头，想搞清楚自己究竟在哪里，却一眼就看到了坐在病床旁的年轻男孩。

她猛地睁大了眼。

“是你……真的是你……”

她立起上半身，双手紧紧抱住那个男孩不放！

她没注意到耳朵里的一只耳机掉了出来，耳机里正传出那首熟悉的 *LAST DANCE*。

她情不自禁地抱着他哭喊：“王诠胜！你怎么可以这么过分，就这样把我一个人丢下！你知道我有多想你吗……”

男孩的身体僵直，像是被她突如其来的拥抱吓到了。

过了几秒后，他问：“陈韵如，你还好吗？”

她愣住，抬起泪眼，困惑地问：“你叫我什么？”

李子维一脸尴尬：“你先不要这么激动啊，冷静点……”

“你刚刚是不是叫我陈韵如——啊……”话还没说完，一连串纷杂记忆不断在她脑海里交错显现。

她是黄雨萱……不，她是陈韵如……

她看着眼前的李子维，心里明明知道他是谁，但脑海里却一直出现“王诠胜”这个名字，但……王诠胜不是已经死了吗？

“陈韵如，你没事吧？”另一个男孩的声音传来。

她这才发现，病房里不是只有他们两个人。

她望向另一个男孩，有些不确定地说：“你是……莫……莫俊杰？”

面对她的反常，莫俊杰愣了愣，然后点点头。

她再回头望向李子维，不知道为什么，她就是说不出“李子维”这三个字。

“你不会连我是谁都忘了吧？我是李子维啊！你还记得到底发生了什么事吗？”李子维说。

她看着这两个男孩，努力回忆：“我……我记得你们帮我过完生日之后……不对，”她摇摇头，“不是你们，是我公司的同事替我过生日的……”属于黄雨萱与陈韵如的记忆片段重叠起来，她越回忆就越是困惑。

“同事？什么同事？你在说什么啊？”李子维问。

“我也不清楚……然后我好像参加了谁的告别式，我很难过很难过……”她皱着眉头，试图回忆，记忆却是断断续续，陌生又熟悉。

莫俊杰打断她：“陈韵如，真的想不起来就算了，别勉强自己。”

她忽然按住自己的头，一脸痛苦地说：“我想起来了！那天晚上我回到家，弟弟不见了，联络不到妈妈，我很难过也很害怕，怕自己被遗弃了，就跑出家门去找他们……然后……然后我在过马路，有一辆车子朝我冲了过来……”她望向两个男孩，试探地问，“所以我是出了车祸，才会在医院里，是吗？”

两个男孩听她这么说，互相看了一眼。

李子维犹豫了一下，开口正要解释，陈韵如脑海中忽然响起一道声音。

我妈跟我弟呢?

她迅速地张望四周，并没有看到其他人。

“又怎么了吗？”莫俊杰小心翼翼地看着她。

“我……我妈和我弟呢？为什么我人在医院，他们却不在？”她喃喃自语。

忽然，她猛地望向李子维与莫俊杰，问：“你们有没有骑车？我要回家，送我回家！”最后一句话是近乎霸道的命令。

两个男孩再度对看一眼。

陈韵如是不是真的伤到脑子了?

醒过来之后的她，怎么和之前判若两人?

*

客厅茶几上的手机在不断振动，在一旁打游戏的陈思源不耐烦地喊：“妈！电话啦！”

韵如母亲满头大汗地从厨房走了出来，念了两句：“姐姐都发生这种事了，你不去医院帮忙照顾也就算了，还有心情打游戏！”

“不打游戏她就会醒过来吗……”陈思源嘴里嘟囔着，眼神却再次瞟向陈韵如的房间。

其实他根本没有专心在打游戏。

“你讲的这是什么话？她是你姐姐耶！也不想想她是因为谁才发生这种事的？”

“你不要把我扯进来，她出事跟我有什么关系？”陈思源仍嘴硬。

这时门铃响起，韵如母亲急着应门，也没时间接电话。

门外站的是韵如舅舅，她的弟弟吴文磊。

她有些意外地问：“你怎么来了？”

吴文磊一面走进来，一面反问她：“我才想问你怎么还在家里？我以为你在医院照顾韵如，所以顺路带点吃的给思源。姐，你不会就这样把韵如一个人丢在医院吧？”

“我又不是只有韵如要照顾，我不回家煮饭给思源吃，谁给他弄吃的？”她辩解。

坐在沙发上的陈思源闻言，立即不客气地回呛：“我又没求你煮饭给我吃，不要什么事都怪到我头上好不好？”

韵如母亲还没开口，吴文磊已经受不了地说：“陈思源，你怎么这样跟你妈讲话？”

陈思源小声嘟囔：“你又不是我爸，管那么多……”然后眼神继续飘回电视屏幕上，假装打游戏。

吴文磊还想教训这小毛头几句，韵如母亲却挥挥手劝阻，说：“算了啦，他还是小孩子，别和他计较。”

“他都多大了，只有你还把他当小孩看——”话说到一半，吴文磊的手机忽然响了，他只好先接起电话：“喂？是……我是陈韵如的舅舅……”

陈思源立刻竖起了耳朵。

“什么？”吴文磊一脸意外，“好，我知道了，我们现在就过去！”

“怎么了？”韵如母亲见他脸色转为凝重，忍不住问。

“是医院打来的，说韵如不见了。”他说。

韵如母亲一脸错愕，假装打游戏的陈思源更是双手立刻停住了动作。

“怎么会这样？”韵如母亲一脸慌张与忧心。

“我也不知道。姐，我们先去一趟医院吧！”

就在这个时候，家门忽然被打开，站在门口的竟然是一脸气愤的陈韵如。

三人全傻了眼，一时之间不知该如何反应。

陈韵如身后则是有些尴尬的李子维与莫俊杰。

“韵如，你怎么会——”韵如母亲终于开口，却被女儿抢上前打断：“那天晚上你们去哪儿了？你是不是怕思源被爸带走，所以就带着他离开，把我一个人抛下了？”

所有人都被陈韵如的气势给吓到了。

她从来没有这样子说话过！

“韵如，事情不是你想的那样，那天晚上是因为思源离家出走，妈妈急着要找他，并没有要把你抛下不管。”韵如母亲试图解释。

陈韵如更往前走近一步，双手叉腰，咄咄逼人：“还说没有，那天晚上你房间衣柜里的东西全都被翻出来了，一副就是急着要离家的样子！”

“你误会了！那是思源翻的！”韵如母亲从来没有被女儿这样大声质问过，这时也不敢再袒护儿子，老实交代了当天的情况。

陈韵如转头瞪向坐在沙发上的陈思源，只见他一副事不关己的模样，一面打游戏，一面随口说：“就找钱啊，不然没有钱怎么离家出走？”

陈韵如一听，一阵风似的走到陈思源面前，一把抢过他手上的游戏摇杆，不客气地质问：“你离家出走？你凭什么离家出走？你搞什么鬼？”见陈思源一脸呆滞地望着自己，她更是怒火中烧，伸手用力捏住他的耳朵，“脑袋是个好东西，别告诉我你没有！你给我好好想一想，这个家里谁对你不好了？你有没有想过，最应该离家出走的人是我，什么时候轮到你了！”

陈思源痛得龇牙咧嘴，但从没被姐姐这般厉声责骂的他却一声都不敢吭，只是拼命忍痛。

其他人见向来乖巧安静、内向到近乎自闭的陈韵如如此发飙，全都目瞪口呆，最后还是吴文磊先回过神来，连忙安抚她：“韵如，你先冷静下来，有话好好说。”

陈韵如轻蔑地哼了一声，甩开陈思源的耳朵。

要是在以往，陈思源早就不客气地回呛，但此刻他只是一只手捂住被捏痛的耳朵，乖乖站在一旁，不时用困惑的眼神打量自己的姐姐。

这人真的是他姐姐吗？

反差也未免太大了吧！

简直就是另外一个人，根本是泼妇！

看来姐姐头上的伤真的很严重啊……他这么想着，第一次在姐姐面前露出担忧的神情。

“韵如，妈妈真的没有要扔下你，这都是误会。妈妈怎么可能不要你呢？”韵如母亲仍试图想解释清楚。

但陈韵如再度回呛：“你别怪我为什么会这样想，先不讲你是我妈妈，却把我一个人扔在医院不管，那天你跟爸说要离婚的时候，你们就只想到要带思源走，完全没有考虑过我！你还要我不要误会？如果你是我，你会怎么想？”

韵如母亲顿时哑口无言，一旁的陈思源看看母亲，又看看姐姐，仿佛想要说什么，最后还是什么都没说。

陈韵如从医院醒来后，气冲冲跑回家，发了这么大一顿脾气，一直紧绷着的情绪总算能多少缓解一些了，她这才觉得自己的头还在发胀地抽痛，而且昏迷了整整两天，只靠着点滴，体力也有些不支，她伸手按住自己的头，表情有些痛苦，却忍着没有呻吟出声。

韵如母亲见状，焦心地问："韵如，你还好吗？是不是很不舒服？我先送你回医院好不好？"她伸手想扶住女儿的肩膀，却被她一把甩开。

陈韵如赌气地对她说："不用你送，我自己回医院！"然后快步走向家门口，对着还站在门口的李子维不客气地命令："王诠胜，送我回医院！"

"我是李子维，不是王诠胜啦！"李子维抗议。

"随便啦，都一样！"陈韵如也不管那么多，一阵风似的走到了门外。

众人还没来得及反应过来，你看看我，我看看你，过了几秒才如大梦初醒，纷纷追了上去。

*

陈韵如重新回到医院，负责的医生立即给她安排重新检查。

医生是一位头顶略秃的中年男子，基本检查结束后，问她："你记得你叫什么名字？今年几岁？"

"我叫黄……"她迟疑了一下，似乎有哪里不太对，想了一下才改口，"不对，我叫陈……陈韵如，今年二十七岁……还是十七岁？"

医生与一旁的韵如母亲和舅舅对望一眼后，再次问她："你知道自己为什么会在医院里吗？"

她皱起了眉头，努力回想，却仍只记得自己在过马路时，一辆车朝她冲了过来，接着是刺耳的紧急刹车声……

她不是很确定地说："我记得……我应该是出了车祸。"

"车祸是吗？"医生不着痕迹地又看了一眼她身旁的家人，示意他们先别着急，"好，我知道了。那你记得你家住哪儿吗？"

"记得，我家是在……"她又开始不确定起来，"我家……我家在台北……等一下，我家在台南……"

"你能说出你家的详细地址吗？"医生问。

这一次，她只是愣在那儿，一句话都说不出来。

"想不起来吗？"医生问。

她缓缓地摇了摇头，回答："不是想不起来，是我分不清楚……"

"分不清楚？什么意思？"

"就是每当你问我一个问题，不知道为什么，我的脑海中都会出现两个不同的答案，我分不清楚哪一个才是正确的答案……"

医生点点头，安抚地说："不要紧，这是很典型的记忆混乱，你的伤口目前看来已经没有大碍，不过我建议你还是留院观察几天比较保险。"他正准备写诊断书时，陈韵如忽然打断他——

"医生，可不可以不住院，让我直接回家？"

此话一出，韵如母亲和舅舅都很意外。

陈韵如向来是个逆来顺受的孩子，大人说什么，她很少有意见，即使有，也从来不会坚持，怎么今天这么反常？

陈韵如仿佛想说服医生，又说："医生，你不是说我的伤口已经没什么问题了吗？只是我的脑子现在还有些混乱，很多事情还想不起来。反正我需要时间休息恢复，与其待在医院，成天躺在床上什么事都做不了，不如回家，说不定在熟悉的环境里，还能复原得比较快、想起更多事情。”

站在病房外偷听的李子维和莫俊杰听见陈韵如讲得如此头头是道，都觉得纳闷，不禁对看了一眼。

她什么时候变得这么敢说话了？

而韵如母亲与舅舅更是吃惊得下巴都要掉下来，陈韵如居然这么有主见，而且能够流利又不失逻辑地表达想法，以前的她甚至不太敢直接看着人说话，讲话也是吞吞吐吐……这简直就像完全换了个人，就这样让她回家，真的没问题吗？

医生并不知道陈韵如以前的个性，听见她这么要求，也只是笑笑，说：“要回家休息也不是不行，但你一定要定时回医院做检查，好吗？”

陈韵如点点头。

医生起身离开时，对吴文磊说：“若是警方那边还有问题，我建议还是稍等一阵子，让她自己先想起来会比较好。”

陈韵如听到“警方”两个字，以为只是车祸的一些后续处理，一时没想太多。

吴文磊送医生出去时，见到李子维和莫俊杰还在病房外头，有些讶异：“你们两个怎么还在这儿？”

“呃……我们就担心陈韵如嘛！我们也差不多该走了。”李子维说完后探头对病房里的陈韵如说，“陈韵如，我们先走啰，你好好休息，拜拜！”

她轻轻挥了挥手，算是听到了。

李子维转身离开，走了几步发现莫俊杰没跟上，扭头一看，见到他仍站在病房外，目光有些复杂地看着陈韵如。

他上前一把拉住好友，一面拖着他往前走，一面说："走啦！医生都说没事了，你就别担心了。"

"但警方那边……"莫俊杰的声音很快就消失在医院走廊上。

陈韵如听到了，有些纳闷。

为什么医生和莫俊杰都提到了警察？

这不就是一场单纯的车祸吗？

她直接忽略一脸忧心的母亲，问吴文磊：

"舅舅，出了什么事吗？为什么你们好像还是很紧张？医生不是都说我伤口没事了吗？"

吴文磊似乎有些为难，想了想，才决定据实以告："韵如，其实你头上的伤，不是车祸造成的。"

她一脸讶异，忍不住将手伸向后脑还有些隐隐作痛的伤口。

不是车祸造成的？

只听吴文磊继续说："那天晚上你离家后，一直没有回来，我跟你妈找了你一整夜，直到清晨才接到警方的电话，说你被人发现倒在路边，警察还说，从你头上的伤口判断，是被人拿钝器从后方袭击。"

有人蓄意攻击她？！

为什么？是谁会这么做？

她努力回想，却怎么都想不起来，那天晚上她听到紧急刹车声后，在那段空白的记忆里，到底发生了什么事……

*

“喂！莫俊杰，你等一下啊！”

离开医院后，莫俊杰仿佛把李子维当成了空气，一路上完全忽视他的存在，显然是在生闷气。

“喂！你到底是在气什么？陈韵如不是都已经醒过来了吗？而且她是在我送她回家后，又自己一个人跑出去找家人的！她会受伤，和我一点关系也没有啊！”

莫俊杰猛地停住脚步，转过头狠狠地瞪着他，说：“是，你说的都对，这一切跟你一点关系也没有，也不是你的错！”他一脸懊恼，“真要怪，就怪我，怪我不该让你送陈韵如回家！怪我不够好，才会让陈韵如喜欢上你，而不是我！”

李子维愣住。

莫俊杰怎么会知道的？

“你在胡说什么啊，谁说陈韵如喜欢我了……”他打哈哈地想敷衍过去。

莫俊杰一脸不甘心，说：“你不用再装了，那天帮陈韵如过完生日后，我没有直接回家，我……我其实骑车一路跟在你们身后，所以她在家门口对你告白，我全听见了！”

李子维一听，瞬间不知该如何反应。

他不明白，既然莫俊杰听见陈韵如对他告白，应该也听到了他拒绝陈韵如啊！为何还要如此生气？

“我知道你心里在想什么，是，你是拒绝了陈韵如，但你有没有想过，如果你当时没有拒绝她，让她这么难过、这么受伤，之后她也就不会一个人这么晚还跑出去找家人，遇到这么可怕的事情……”莫俊杰握紧拳头，压抑着情绪，“我怪我自己，为什么那么没胆，要是一开始我就对陈韵如说我喜欢她，而不是要你帮忙追，是不是情况就会不一样了？是不是她的目光就不会一直停在你身上……”

李子维本来还很有耐心地听着，但见莫俊杰越来越钻牛角尖，忍不住也心头火起，反驳道：“事情都发生了，你在这边后悔有屁用？照你这么说，难道陈韵如对我告白时，为了不要伤害她，我就要说我也喜欢她吗？问题是，我就是对她没有感觉啊！”他一面说一面有些烦躁地扒着自己的头发。

搞什么啊！原本是一番好意帮好友追女生，谁晓得却变得这么复杂，把他也扯了进去！而且这一切本来就跟他没关系啊！莫俊杰干吗一直要拖他下水？

莫俊杰依旧气愤难平：“李子维，你就想到你自己！你有没有想过，如果那天你没有把话说那么绝，让她那么难过，她一定会想到找我们帮忙，而不是一个人无助地在三更半夜跑出门去找家人——”

“莫俊杰，你会不会想太多了！这根本是陈韵如她自作自受好吗？”李子维一时冲动管不住嘴巴，但话一出口，他马上就后悔了。

糟了。

果然，那一瞬间莫俊杰举起了一直紧握的拳头，他本能地想闪开，但莫俊杰又缓缓放下了拳头，不再理会他，转身快步离去。

李子维想追上去，但想了想，也不知道自己还能解释什么，只好放弃。

他真的做错了吗？

他真的只想到自己，完全没有顾及陈韵如的感受吗？

尽管刚刚在气头上，但现在冷静下来，他越想越觉得莫俊杰说的好像并不是完全没有道理……

其实，他不是不关心陈韵如，只是被莫俊杰气得一时口不择言。

一听到她因为意外受伤而住院，他第一时间就和莫俊杰翘课跑去看她。

见她昏迷不醒，为了想让她早点醒来，还用随身听放歌给她听，是她最喜欢的伍佰的那首*LAST DANCE*。

结果他替陈韵如戴上耳机没多久，她竟然真的醒了过来。只是，醒过来之后，却仿佛完全变成了另外一个人，还老是把他叫成“王诠胜”。

他妈的，王诠胜又到底是谁啊?

想了半天，看来要解决问题，只有一个办法。

他得去见陈韵如一面。

第五章

1998年，台南。

陈韵如回到家里，看着家里的摆设，一脸陌生，一旁的陈思源默默地观察着这个性情大变的姐姐，总觉得她不太对劲。

韵如母亲回到家后，匆匆回到房间里打扮一番就要出门上班，临行前忽然想到什么，对她说：“我下午帮你炖了一锅鸡汤，要不要现在热一下给你喝？”

陈韵如摇摇头，说不用了。

“那我先去上班了，你自己多注意，好好休息。”

陈韵如纳闷地看着她，问：“上班？都这么晚了，你要去哪里上班？”

母亲愣了愣，随即像是意会到什么，一脸愧疚地说：“没关系，如果你想要我留下来陪你，我可以请假。”

陈韵如忽然一脸恍然大悟的神情，说：“我想起来你在哪里工作了，难怪这么晚才要上班。”她一副不怎么在意的模样，“没关系，你不用留下，别担心我，好好去上班吧！我会好好照顾自己，你只要答应我，上班时别再喝那么多酒就好了。”

韵如母亲眨眨眼，怀疑自己的耳朵有没有听错。

刚刚韵如是在……关心她吗？

自从她不得不到酒家去上班赚钱维持这个家的生计，韵如就一直觉得她的职业见不得人，在外头见到她甚至还会低下头假装不认识……

她一时有些哽咽，竟说不出话来，只是看着女儿走向陈思源房间……

“喂！你要去哪儿？那是我房间耶！”陈思源终于出声了。

陈韵如停下脚步，转身瞪了他一眼，说：“我知道啦！”

她转了个方向，走入另一间房，关上了门。

*

陈韵如回到房间，首先看到的就是桌前摆着一排排的磁带，她走过去抽出几盘，不知道为什么，总觉得陌生，仿佛已经很久没看过这种东西。

接着她坐了下来，打开抽屉，看到一本日记，便拿出来翻阅，随意翻到一页，上头用工整规矩的字迹写着：

有时候，我觉得自己是宇宙中最黯淡的那颗星，拼命发光，想要有人发现我渺小的存在……

可是，最后等着我的，却只有坠落。

陨落的那一刻，我知道，世界上，没有人记得我……

我在遗憾的青春中渐渐凋零着，我在失落的荒原中学会了哭泣。

我在扮演自己的过程中，丢弃了我自己……

我在心里最深处那关着灯的房间里，吟唱着只有自己才能拥抱自己的情歌……

她看着看着，眉头不自觉地微微拧起。

老天，这真是她写的吗？她以前到底是怎么活的？怎么会过得这么压抑黑暗？

她又往下翻了一页。

阳光，很刺眼……可是我却舍不得闭上眼，不去看他……

她脑海里瞬间浮现出一段画面，她看着前方的李子维与莫俊杰，李子维笑得很开心，而她的视线始终无法从李子维脸上移开。

接着她的脑海里浮现出另一段几乎是一模一样的画面，那是王诠胜，他走在前方，停下了脚步，微笑着转头看向她，朝她伸出了手。

两段记忆重叠在一起，她困惑地摇了摇头，不知道到底哪一段记忆才属于现在的自己。

她将日记本合起，目光落在从医院带回来的随身行李上。

她将行李里的东西倒在床上，一眼就看见了那台随身听。

拿起随身听，她一脸困惑，总觉得似曾相识，但不是在这个时空……

就在她准备戴上耳机时，窗户上忽然发出一声小小的撞击声。

她上前张望，看见李子维站在楼下对她招手，另一只手里还提着两袋锅烧意面。

*

吃消夜就吃消夜，为什么非得跑到公园里来吃？

还要坐在溜冰场里？这是什么特别的情趣吗？

陈韵如一面吃着还热腾腾的锅烧意面，一面纳闷地想。

然后她发现李子维一直在看她。

“怎么了，我脸上沾到什么了吗？”她问。

“没啦，你头还会很痛吗？”李子维说。

“还好，就是感觉有些胀胀的，不去碰就不会特别痛。”她说。

李子维扒了扒头发，说：“如果你有哪里不舒服，要马上跟我说哦！”见陈韵如投来莫名其妙的目光，他赶紧又说，“你打算在家里休息多久？要不要我帮你向学校请假？”

“不用，学校的事情我妈会处理。”她很干脆地一口回绝。

“那你还有什么事情需要我帮忙的吗？你应该有我跟莫俊杰的电话，知道怎么找到我们吧？”

正在吃面的她转过头，看着李子维的脸，停下了吃面的动作。

过了一会儿，她喃喃地说：“怎么会这么像……”

“啊？你说什么？什么这么像？”李子维见她好像没在听自己说话，反应也不太对劲，不禁有些担心，“陈韵如，你真的没事吧？”

陈韵如回过神，将嘴里的面吞下后，说：“我没事。对了，你刚刚说什么？”

所以他刚刚认真说了一堆，她根本没在听？

“我是说，那个，如果你以后有什么事，可以尽管找我帮忙。”他按捺住情绪，尽量心平气和地再说一次。

却见陈韵如一脸困惑，反问他：“你干吗特地和我说这些？”

“反正你不要想太多，以后有事记得找我和莫俊杰就对了啦！”

“你有话就直说好不好？”不知道为什么，她一听就知道李子维是在兜着圈子讲话，真正的目的并没有说出来。

被陈韵如这样一反问，李子维像是毫无心理准备，又扒了扒头发，表情有些为难，不知道该如何说出口。

这时陈韵如已经吃完了面。

“面我吃完了，你再不说，我要回去了。”她作势准备起身。

“好啦好啦！我说啦！”李子维连忙拉住她，“你还记得你生日那天，我送你回家后，对你说的那些话吗？”

她想了想，问：“你是说，你说你不会喜欢我？”

李子维一愣，他没想到陈韵如会这么直接就说出来，这下反而轮到他觉得尴尬了，但他还是努力装得很自然，说：“那个……我希望你不要因为我说过的那些话，就避着我和莫俊杰。最重要的是，不管遇到什么困难，都记得要找我们帮忙，不要像那天一样，自己一个人跑出去，很危险……”他见陈韵如只是一直看着自己，感觉很奇怪，要是在以前，她一定只是低着头，根本连看都不敢看他，哪会像现在这样瞪大了眼直盯着他。

“陈韵如，你怎么这个表情啊？”他指着她的脸，“你是撞到头，伤到面部神经了吗？”

“你才伤到面部神经了啦！我只是觉得这一切都很奇怪！不只是你，连我自己也很奇怪……”她没好气地说。

“什么意思？”李子维一头雾水。

“就是……”她想了想，“就是虽然我记得我以前做过什么，但我却觉得那很不像是我会去做的事。”

“你是在解释吗？我怎么越听越不懂？”他更糊涂了。

“这真的很难解释，就像，我生日那天，不知道自己为什么要对你告白，那根本就不是我的个性。要是我真的喜欢一个人，才不会直接说出来，我会用一些小手段，想办法让对方先喜欢上我，再逼他不得不开口对我告白。”陈韵如说这话时扬起清秀的脸蛋，眼神微微发亮，充满自信。

那一瞬间，李子维仿佛看到了另外一个人。

然后胸口忽然有种异样的感觉。

他张了张嘴巴，好半天才说：“你现在讲的话，真的很不像陈韵如耶。”

“没错，王诠胜，你说到重点了！我现在就是觉得自己很不像陈韵如。”

又来了。

又叫他王诠胜。

王诠胜到底是谁啊？

像是终于找到人能诉说自己的苦闷与疑惑，陈韵如继续说：“可能是我的头受了伤的关系吧？我看自己的日记，会想起很多以前的事情，可是我就是不明白，为什么以前我会那么做，如果是现在的我，绝对不会——”

“等等，我有另一个问题，王诠胜到底是谁啊？”李子维见她滔滔不绝，忍不住打断。

他实在很想知道王诠胜到底是谁，为何陈韵如一直这样叫他？

“王诠胜？”她说。

“你没发现吗？你醒过来后，一直叫我王诠胜。”

“有吗？”

“有啊！刚刚你不是才叫我王诠胜吗？还有你在医院醒来后抱着我不放，一面哭着叫我王诠胜，一面骂我怎么可以丢下你一个人！”李子维忘不了当时的震惊，他可是第一次被女孩子抱住不放耶。

陈韵如不知道该怎么解释，看着他的脸好一会儿，才说：“这就是另一件我觉得奇怪的事情了，我知道你叫李子维，可是我看到你的时候，却又觉得你不是李子维，而是另一个叫王诠胜的人。”

“什么意思？”

“别问了啦，我也不知道该怎么解释。而且，我也不是很想跟你谈这件事……”

“为什么？我们都交换过秘密了，有什么不能说的？”

受不了李子维一直逼问，她只好说：“其实，从我在医院醒来后，我就一直感觉自己好像刚做完一场很久很久的梦，那个梦很真实，真实到我分不清楚自己现在究竟是醒着，还是在继续做梦。”

“梦？什么梦？”

“在那个梦里，我跟你，过着另一种人生。梦里，我不叫陈韵如，叫黄雨萱，你也不叫李子维，而是叫王诠胜……”

她的头再次上扬，眼里不自觉地发出幸福的微光，嘴角也露出了微笑。

“梦里的黄雨萱，和现在的陈韵如很不一样……梦里的我，从不勉强自己去接受不喜欢的事情，也从不害怕去追求自己的梦想。在那个梦里，我是在上大学的时候，遇见了那个叫王诠胜的你……”

忘情地叙述着那个梦境的陈韵如，是如此地投入，李子维不由看得有些呆了。

“在梦里，我跟你明明是第一次见面，可很奇怪的是，我喜欢什么、我不喜欢什么，你都知道。第一次在梦里见到你的时候，我就感觉你已经认识我很久很久了，好像，你就是为了遇见我，才出现在我面前……”她停顿了一下，眼里的光彩越发闪亮，“然后，你跟我说，你喜欢我。然后，我们就在一起了。”

李子维在一旁听着她的梦境，越来越投入，仿佛那并不是梦境，而是另一个真实存在的世界。

“在那个梦里，我们在台北租了一间小公寓。一开始，其实我很不喜欢那间房子，可是慢慢地，看着房子里多了我们一起买的家具，多了我们一起拍的照片，多了很多很多我们一起留下的痕迹，我就越来越喜欢那间房子。喜欢到，当我们存够了钱，想要换一间更大的房子时，我却舍不得搬走了……”

忽地，她眼里的光芒黯淡了下来，脸上的微笑也消失了。

“即使，后来，在梦里你离开我了，我也还是一个人住在那间房子里……”

好奇怪，明明只是一个梦，可是醒来之后，想到梦里的王诠胜离开了，她还是会很难过、很伤心，甚至会不由自主地眼眶泛泪。

她转头看见李子维微微张着嘴，仿佛在看着什么奇怪而难以理解的东西，不由得有些恼羞成怒：“喂，你那是什么表情？我就知道你不会相信我！”

李子维这才回过神，意识到自己刚刚竟然看着陈韵如看到出神，自己也有些讶异，赶紧想掩饰，立刻嬉皮笑脸地说：“我不是不相信你，而是我没想到……”他刻意看了一眼陈韵如，“我没想到你居然这么喜欢我！”

“我喜欢你？”她用手指着自己，一脸不可思议。

“是啊，你看，你连做梦都一直梦到我！”不知道为什么，这一刻，他居然挺开心的。

她忍不住翻了个白眼：“你少自恋了。真不明白我以前怎么会喜欢你！”

“喂，你这话什么意思？”

她不客气地用手指用力点着李子维的额头：“看看你，就是个小屁孩啊！老实说，除了你这张脸长得还算顺眼，其他地方我还真没一个看得上的！讲话没营养，每天只会像个白痴一样傻笑，没事还爱说冷笑话和耍帅，还有，我最受不了的就是你手上戴那什么电子表，你小学生啊你——”

李子维没想到会被陈韵如这样数落，不由得发窘，还下意识地将戴着电子表的那只手悄悄挪到了身后。

“所以，我想，我真正喜欢的，应该是梦里的那个王诠胜，而不是你。”她转过头，豪迈地将手搭在李子维肩上，“说到这儿，拜托，帮我一个忙，快把我曾经向你告白这件事给忘了，不然让别人知道了，好丢脸。”

李子维听了，不知道为什么感到不太高兴。

“随便你。”他转过头，像是在生闷气。

一下子说喜欢，一下子又说不喜欢，陈韵如这人到底是怎么回事啊？

陈韵如见他这副模样，好笑地问：“你干吗，不会是生气了吧？你不是要我别再喜欢你吗？我现在不喜欢你了，你为什么又不高兴了？”

“谁说我生气了？”他不服气地说。

“明明就有，你这幼稚鬼！还是……其实你也有点喜欢我？”她指着自己，夸张地说，“拜托你千万别喜欢上我，我是不会喜欢你的。”

李子维不禁气结，放话：“谁要喜欢你啊！就算明天是世界末日，地球上只剩下我跟你两个人，我都不会喜欢上你的！”

“喂！王诠胜，有胆你再说一次！”被他这样一呛，陈韵如不由得也有些火了。

“第一，我是李子维，别再叫我王诠胜了！”他抗议，“第二，你要我说几次都行，我死都不会喜欢上你——哎哟！”话还没说完，肩膀就重重地挨了一拳。

“陈韵如，你真打啊！”

“谁叫你用王诠胜那张脸说出这种话！我警告你，别随便用这张脸跟我说这些有的没的。”

王诠胜，又是王诠胜！不过就是做梦罢了，这么认真做什么？

李子维站起身，回呛：“你别跟我扯什么做梦、什么王诠胜，你根本就是因为告白失败，想替自己找个好借口而已！没想到你那么会幻想，居然扯了这么多，你写小说啊！”

陈韵如跟着站起身，狠狠地朝他的小腿肚用力踢下去！

李子维痛得单膝跪倒在地上，抬起头正想骂人，却见陈韵如双手握拳，用力在胸前交叉，配上她那副瞪大了眼的不爽模样，他不用猜也知道这是某种骂人的不雅脏话。

看着陈韵如怒气冲冲离开的背影，他脑袋里的问号又多了一个：

她到底是从哪儿学来这些的啊？

*

还不到放学时间，莫俊杰已经背着书包，趁着没人注意，翻过墙头准备翘课，然而双脚才落地，就发现已经有人先他一步，等在了墙外。

“翘课都不叫我一下哦，没义气！”李子维先开口，试图释出善意。

莫俊杰虽有些讶异，却没有搭理他，转身就走。

李子维追了上去，依旧嬉皮笑脸，说："不用猜也知道，你打算去找陈韵如，对吧？"

莫俊杰越走越快，李子维在他后头大声说："我想了一夜，你说的没错，陈韵如会受伤，我有责任。"见莫俊杰的脚步顿了顿，他追上去，说，"还有，袭击陈韵如的凶手还没抓到，要是凶手知道她已经醒了，说不定为了封口，会再度找她的麻烦。"

莫俊杰转过头，凝视着李子维，似乎在犹豫着要不要原谅这家伙。

最后，他开口说："我跟你想的一样。"

*

陈韵如打开门，讶异地看着眼前两个男孩。

现在不是还没放学吗？他们怎么会出现在这里？

两个男孩互看一眼后，李子维说："今天有户外教学。"

莫俊杰也很有默契地接话："对，地点刚好就在附近，所以我们顺便来看你。"

陈韵如一脸受不了的表情，直接戳破他们的谎言："翘课就翘课，讲一些有的没的干吗！"

两人都是一愣，又互看一眼，脸上都是同样的疑问：向来是乖宝宝的陈韵如居然没生气？

莫俊杰担心地微微皱起了眉头。

这时陈韵如问："你们翘课来找我，到底要干吗？"

李子维说："我们担心袭击你的凶手会再来找你，所以……"他看了莫俊杰一眼，挺了挺胸膛，“所以我们想保护你！”

没想到陈韵如听了，竟“扑哧”笑了出来。

“你们两个要保护我？怎么保护？二十四小时当我的贴身保镖吗？”她笑着说。

李子维有些窘：“有什么好笑的啦！不然你觉得我们该怎么做？”

陈韵如认真地想了想，回答：“我觉得，现在最重要的，是我要先想起来那天晚上到底发生了什么事，说不定等我想起来了，就能想起凶手的脸，到时候还怕抓不到人吗？”她一讲完，便决定立刻采取行动，反正在家闷了一整天，她也想出去走走，“你们两个既然都翘课了，就陪我去一趟吧！”

*

三个人重新回到当时陈韵如被发现受伤昏迷的现场，那是一条产业开发道路，一旁还有一栋盖到一半被废弃的工业大楼，此处距离陈韵如最后记得的那个十字路口还有一段路，可她却对这里一点印象都没有。

三个人七嘴八舌地推测当时她为何会跑来这个地方来，李子维说也许是凶手刻意引她过来，莫俊杰听了立刻反对，说这不过是他的揣测，反而可能会误导陈韵如，李子维不服气，两个大男孩拌起嘴来。陈韵如看着他们这副幼稚的模样，忍不住开口：“好了啦！莫俊杰，王诠胜，你们不要吵了！”

李子维听见她又喊自己王诠胜，下意识地吐槽：“陈韵如，你是还在做梦喔！又喊我王诠胜？不好意思，我不是你梦里那个温柔体贴的男朋友，拜托你醒一醒好不好？”

陈韵如瞪着他：“我是相信你才告诉你的，你干吗这样酸我？你觉得我是乱说的是不是？”

李子维有些窘，想要道歉，却又拉不下脸。

莫俊杰看着这两人一来一往，却完全听不懂内容，察觉到自己被排除在外，不禁有些黯然。

“你们在说什么？”莫俊杰忍不住开口问。

陈韵如看了莫俊杰一眼，显然还有些在气头上：“我告诉这家伙，我在昏迷时梦到的一个故事。”

莫俊杰看了看好友——为什么李子维完全没有对他提到这件事？

看到莫俊杰投过来的质询目光，李子维自己招了：“昨晚你跟我讲完那些话后，我觉得有些内疚，就带着消夜找陈韵如了，随便聊了几句，真的没什么。”他极力撇清，“至于梦的内容，你问她吧！”

他以为莫俊杰又会不高兴，却只见他神色自若地说：“时间也不早了，反正陈韵如也没想起什么，我们就先回去吧！”接着转头对陈韵如说，“我载你回去，路上你再告诉我那个梦，说不定，梦境也可能成为线索。”说完他便跨上了摩托车，发动引擎。

陈韵如看了李子维一眼，没说什么，眼神也没特别留恋，转头跟着跨上了莫俊杰的摩托车。

莫俊杰朝李子维说了声“再见”，便载着她离开了。

李子维看着他们离去的身影，不知道为什么，感到自己仿佛被好友遗弃的同时，竟也有些介怀。

*

莫俊杰将陈韵如载回家后，她跳下车，摘下安全帽，大方地直视他的双眼，将安全帽递还给他，顺便道谢。

莫俊杰看着这样的她，觉得很陌生。

以前的陈韵如总是低垂着头，根本不会这样直视别人的双眼……

她注意到他疑惑的眼神，忍不住问："怎么了？干吗这样看着我？你是不是也跟李子维一样，觉得我只是在胡说八道？"

回家的路上，她把那个有王诠胜的梦，也告诉了莫俊杰，他只是静静地听着，没有多问什么。

莫俊杰摇摇头，说："我相信你说的都是真的。我相信在你的梦里，真的有一个这样的人，你很喜欢他，他也很喜欢你。"

陈韵如听他这么说，望着男孩诚恳的双眼，不由得微笑。

莫俊杰他懂。

莫俊杰成熟多了，和那个小屁孩李子维完全不一样。

正当她想向莫俊杰道别时，他忽然说："其实，也许我更希望你喜欢的，只是你梦里的那个王诠胜。"

"为什么？"她好奇地问。

"因为，那样我就能说服自己，你会喜欢李子维，只是因为他很像你梦里的那个男生。"他顿了顿，鼓足勇气继续说，"这样，我也能有勇气告诉你，我喜欢你。"

陈韵如有些错愕："你……喜欢我？"

"你没有察觉到吗？"莫俊杰苦笑。

她微微避开了对方的目光，有些不知该如何面对这突如其来的告白。

她的确早已隐约察觉到莫俊杰对自己的态度，只是没有想到他会这样告白，让她毫无心理准备。

莫俊杰将她的尴尬与不知所措都看在眼里，轻声说："其实，早在我和李子维第一次去唱片行找你之前，我就知道你了。"

他第一次看见陈韵如，是在学校里，那时候她总是戴着耳机，总是躲着身边的人，总是……一个人躲得远远的，好像不想让人发现她的存在。

可不知道为什么，他第一眼看到她，就知道她和自己其实是同一类人。

他们都害怕被人发现，他们其实和其他人不一样。

有一次，他看见她一个人站在学校顶楼的围墙旁，望着空无一人的校园，深深吸了口气，然后用力呐喊。

她喊得声嘶力竭，眼眶含泪，却没有一个人听见。

那是绝望的无声呐喊。

那时的莫俊杰，拿下了右耳的助听器，并伸手捂住能听得见声音的左耳。

他读着她的唇，她对着这个世界声泪俱下的沉默呐喊，深深地撼动了他的心。

我讨厌这个世界。

我更讨厌独自一人活在这个世界的自己。

他明白，她为何要那样呐喊。

在遇见李子维之前，他总认为不会有人懂他，不会有人在乎他心里在想什么，即使他表面上装得不在乎，但他还是希望，有一天，能有那么一个人懂他、在乎他心里想什么，就算他没有开口，那个人还是听得到他的声音。

而就是在那一刻，他被那个女孩深深吸引，因为她就像过去的自己，那样无助，那样痛恨这个世界。

他想成为那个能够懂她、在乎她心里想什么的人，所以想接近她。可是，此刻，看着眼前的陈韵如，他却觉得她好陌生。

“后来，我常常故意经过你打工的唱片行，却始终鼓不起勇气走进去认识你，直到李子维发现了，硬拉着我走进去，我才开始真正地认识你。”他说。

陈韵如看着这个年轻的男孩，明明他在讲的是她，可不知道为什么，她却总觉得莫俊杰想要拯救的那个人，并不是她。

莫俊杰脸上的表情放松了些，说：“我告诉你这些，不是要你给我什么答案，我只是……不想后悔。”

“后悔？”她问。

他点点头：“对，你生日那天，我害怕面对你喜欢上李子维这件事，所以选择了逃避。可是你那天却受了伤，还在医院昏迷了两天。看着病床上的你，我心里满满的都是后悔。我不应该因为害怕被你拒绝而一直不开口，因为比起被拒绝，我更不想留下遗憾。”他认真地看着陈韵如，“我喜欢你，陈韵如。”

陈韵如看着他，心里感到一丝沉重与不忍，因为她知道自己并不喜欢莫俊杰。

她不知道该如何回应，但幸好，莫俊杰笑了笑，说：“你不用急着回答。我对你说这些，只是希望你知道，你对我来说是很重要的人。”

陈韵如点点头，看着男孩体贴的微笑，不自觉地也回以一笑。

“莫俊杰，谢谢你。”她轻声说，真心感谢这个善良的男孩。

*

在家休养了几天后，陈韵如回到学校上课，也开始恢复打工。

一切，仿佛又回到了正轨。

李子维与莫俊杰仍时不时地会来唱片行找她，偶尔小小恶作剧一番，抽起磁带随便乱放，然后被老板吴文磊发现赶出去。

那天放学后，李子维看到柜台上摆着一台单反相机，好奇地拿起来把玩，吴文磊无声无息地出现，一掌从他后脑勺拍下去，一旁的陈韵如见了，哈哈大笑。

“浑小子，出来！”吴文磊把李子维抓到唱片行外，又把莫俊杰和陈韵如也叫出来，“你们三个人都站好，相机是要这样用的，不是拿来乱玩的！”

“李子维你站过去一点！”

“我偏不要，我要站中间，我是主角！”

“好了好了，我们让陈韵如站中间……”

快门一按，三个年轻孩子的喜怒哀乐瞬间定格，永远停驻。

吴文磊将照片洗了出来，发现照片中的陈韵如，从来没有笑得这么灿烂过。

他特意多洗了几张，交给陈韵如。

陈韵如看着三人的合照，总觉得有些似曾相识，却又说不上来原因。

她看着照片许久，才将其中一张翻过来，在背面写上：我舅舅多洗了几张照片，这张送你。

字迹潇洒，一如她现在不再拘束的个性。

然后她偷偷地将照片分别塞入两个男孩的书包里。

*

这天是周六下午，她一放学就来到唱片行看店，已是秋凉时节，气候舒适宜人，在伍佰的歌声中，她双手撑着下巴，原本只是陶醉地听着，但渐渐便随着歌声进入了梦乡……

忽然“砰”的一声，有人重重地在柜台上拍了一下，她吓了一跳，双手一松，下巴直接撞上桌面，痛得她立刻清醒。

“舅舅……干吗吓人啦……”

“看店还在打瞌睡？整间店被人搬走了你都不知道。”吴文磊听到店里又在播放伍佰的歌曲，叹气说，“我不是说过了，这里是卖古典乐和爵士乐的，别老是放流行歌曲。”

陈韵如一面揉着下巴，一面说：“会买古典乐和爵士乐的就那些人，偶尔放一些流行歌曲才能吸引那些路过却从来没有进来消费过的新客人，这叫陌生开发，舅舅你懂不懂？”

吴文磊听都没听过，也没多想她一个高中生怎么会知道这些，他摆摆手，说：“今天周六，学校只上半天课，但你也没必要中午一下课就来打工，傍晚再过来就行了。”

话才说完，就有人走进了唱片行，两人转头一看，是一位穿着制服的警察，手里拿着一个透明封袋。

警察一进来看到陈韵如便问："请问你是陈韵如吗？"

她点点头。

"关于那天夜里你发生的意外，我们有件事想问你。"警察开门见山地说。

"可是我还没想起来那天到底发生了什么事。"她不好意思地说。

警察将那个透明封袋举到她面前，说："这个东西遗落在现场，目前还不确定是否属于那天袭击你的凶手，不过这东西很特别，我们想让你看一下，说不定你会有印象。"

陈韵如一看见透明封袋里的警方证物便愣住了。

那是一枚助听器。

"你认识什么听力有障碍的人吗？"

是莫俊杰。

忽地，几段从未出现在她脑海里的记忆片段像是被唤醒般地猛然浮现。

那天，她要过马路时，一辆车冲了过来，有个人忽然用力将她拉开。

画面一跳，她被人压倒在地上，她哭着一直挣扎。

地点就是在产业开发道路旁的那栋废弃大楼里！

她挣脱了，逃走了，那人却追了上来，接着，她后脑一阵剧痛，往前狠狠地摔倒在地上。

她看见那人的脚步停顿，有些慌张地退了几步，接着拔腿狂奔离去。

她看见自己的血液缓缓流出……

她看见……一片黑暗……

*

“小姐？总站到了，要下车了哦！”

她迷惘地睁开眼，反问：“什么总站？我不是在唱片行吗？”

只见公交车司机一脸好笑地看着她，说：“小姐，你刚刚是在做梦吧？这里是总站，车子不会再开了。”

司机见总算叫醒她了，便转身下车离开。

她茫然起身，看向窗外，有许多辆空置的公交车停靠，这里的确是公交车总站没错，可是……她怎么一下子就来到了这里？

她下了车，一眼就看见远方矗立的101大楼。

所以这里是台北，不是台南？

而且……她记得101大楼是2004年落成的，但她记得在梦里，自己的日记本上写着1998年……

她看着车窗上的倒影，那张熟悉的面容上全是茫然。

她……是陈韵如，还是黄雨萱？

第六章

2019年，台北。

黄雨萱回到家里，身子歪倒在沙发上，觉得异常疲惫。

好像，她睡了很久很久，做了一个很长很长的梦。

梦里有一个叫李子维的男孩，长得和王诠胜一模一样。

包包里的手机传来信息声，她打开包包，一眼就看到那台随身听。

在她梦里，这台随身听也出现过。

这到底是怎么回事？她怎么会做这么奇怪的梦？

她放下随身听，拿出手机，是小黛传信息给她：

“你应该回到家了吧？还好吗？没事吧？”

她心里一暖，正要回复，却见小黛又传了一则信息：

“没事的话，快来拯救我吧！我跟朋友约唱歌，竟然被放鸽子，整间包厢就只有我一个人，好孤单哦。”

黄雨萱翻了个白眼。

臭小黛，还以为是关心她呢，结果居然只是想找人当分母。

“叮”的一声，小黛又传了信息：

“干吗不回我，不知道已读不回很伤人吗？”

还加上一个哭泣的表情符号。

她再次翻了个白眼，直接跳出回复界面时，刚好看到下一个信息对象是王诠胜。看着他的头像，她忍不住思念，几乎是下意识地滑开了页面，却在看到接下来的界面时，瞪大了双眼，一脸不可思议。

所有她传给王诠胜的信息，竟然一个个地都出现了已读的标记。

她立刻在沙发上坐直了身子，看着那些已经被读取过的信息，百思不得其解。

她拿着手机从沙发上跳起来，眼睛直盯着手机屏幕，不断来回踱步。

这怎么可能？

过了一会儿，似乎想要求证，她拨出了那通电话，打给两年前就已经消失在世界上的那个人。

她以为，这个电话号码早被停用了，没想到竟然能拨通！

听着话筒里"嘟……嘟……"的声音，她无法克制自己的心跳加速。

明知道不可能，但会不会，有一个人，在另一端，接起这通电话？

而那个人，会是王诠胜吗？

她紧张地等待着回应，却在听到话筒里传来语音信箱的人工语音回复时，期待落空，失望地挂上了电话。

没有人接听。

是来不及接起电话？还是这个号码根本就无人使用？

不对，既然能够拨通，就表示号码还在使用，只是，使用这号码的人，究竟是谁？

如果只是一个陌生人，却读取了她传给王诠胜的所有信息，那感觉实在很奇怪，至少，她希望能联系上对方，将这些属于她私人的信息全数删除。

于是她再次拨通这个号码，话筒里同样再次响起了"嘟……嘟……"的声音，但依旧无人接听，直接进入语音信箱。

她打了整整一个晚上，听了一次又一次的语音信箱，就是没有人接起电话。

这实在太奇怪了，该不会是有人盗用了这个电话号码吧？

她想了想，直接打电话给电信公司，想问清楚这个号码是不是真的有可能被盗用了。

电信公司一开始说不方便透露客户信息，但听了她的解释后，替她稍微查了一下，然后告诉她，这个号码从来没被停用过。

她更糊涂了。

这个号码若是从来没有被停用过，就代表这两年来一直有人在替王诠胜付电话费，那个人是谁，又为什么要这么做？

也许，是因为王诠胜之前办了自动充值，可如果是这样，号码应该是处于无法接通的关机状态，不可能打通啊。

电信公司能告诉她的仅限于此，若她想知道更多，看来只有另外想办法了。

她想到了阿脱，这些宅男工程师多半会认识几个黑客级人物，偷偷调阅账单这种小伎俩，根本难不倒他们。

她立刻又拨了电话给阿脱，果然，阿脱知道原委后，说："这点小事，我来就行了！"

"阿脱，我就知道你最厉害！"

电话那头的阿脱不好意思地嘿嘿笑了："你现在才知道。"

她平常很少夸赞别人，尤其是阿脱，不过为了达到目的，她毫不吝惜自己的赞美，现在只希望阿脱的黑客能力不会像他写程序那样偶尔脱线……

明明已经夜深，她却一点睡意也没有，怀着忐忑的心情，等待阿脱的回音。

"叮"的一声，手机传来信息声。

只见阿脱传来信息，只有一个英文名字：ZI WEI LI。

接着阿脱打电话来说明："我查了电信公司的付款资料，发现这个号码这两年都以刷卡转账的方式支付，信用卡持有人的名字传给你了。"

"为什么是英文？"她问。

"因为这个账户不在台湾，在加拿大温哥华。"

"加拿大？这么远？那怎么找人？"

"妙就妙在这里，我查了那个号码最后一次登录网络时的IP位置，找到了持有者最近一次出现的地点，猜猜看在哪里？"阿脱的声音挺得意。

"别卖关子了，快告诉我！"

"就在台湾！你等等，我把详细地址传给你。黄雨萱，怎么样，我有没有很厉害？对我刮目相看了吧——"

黄雨萱直接挂上电话。

过了一会儿，手机传来阿脱查出的资料，她一看，觉得那地址很眼熟。

等等……那里不正是32号咖啡馆吗？

她看向那个英文名字，试图念出来："子……维……李子维？"

是李子维？！

是她在梦里遇见的那个李子维吗？

这怎么可能？那不过就是场梦，梦里的人怎么可能真实存在？

*

黄雨萱觉得自己快要分不清现实与梦境了。

32 号咖啡馆。

李子维。

来自加拿大的账户。

她清楚地记得在那场梦里，李子维说过，他高中毕业就会前往加拿大念书。

这些都只是巧合吗？

隔天她勉强自己继续专心上班，下班后再度前往 32 号咖啡馆。

在前往咖啡馆的公交车上，她一面心不在焉地看着窗外景物流逝，一面回想着那场梦。

在那场梦里，她不叫黄雨萱，而是叫陈韵如。

那个长得和王诠胜一模一样的男孩，则是叫李子维。

李子维……王诠胜……

公交车在红灯前停了下来，她不经意地望向对街，竟看到有个男人的背影与王诠胜十分相似。

她立即站起身，冲到车门旁大喊："司机，我要下车！"

"小姐，还没到站哦！"司机喊回来。

她冲到司机身边恳求："拜托拜托，让我下车！是紧急事件！"

司机见她情急，只好开了车门，还不忘叮嘱："小姐，注意左右来车——"

但黄雨萱早已跳下车，不顾危险地冲过马路，可就在她离那熟悉的背影不过几步之远时，她停住了脚步。

要是认错人怎么办？

因为不想再次尝到期待之后的沉重失落，她为难得胆怯了。

她隔着一段距离跟在这个男人身后，直到她发现，男人的目的地居然是 32 号咖啡馆。

就在男人要推门进去时，她终于鼓起勇气喊："王诠胜！"

男人一愣，停下了开门的动作，却没有回头，只是透过玻璃门的反射，望着身后不远处的黄雨萱。

然后他推开门快速步入咖啡馆。

黄雨萱匆匆追上，也跟着进入咖啡馆，左右张望了一会儿，却根本没有看到那熟悉的背影。

就在她想开口询问时，看见一个男人拿着服务生围裙从柜台后方出现，那人的身材乍看之下与王诠胜很相似，而且身上穿着的正是方才那人身上的衣物，她瞪大了眼仔细打量男人的面容，随即再度失望。

她又认错人了。

就在她有些气恼最近的自己很不对劲时，方才被认的男人已经一面系上服务生围裙，一面走过来问："小姐，请问几位？"

她一愣，忽然想到今天的目的，便问："请问你们老板在吗？"

男服务生回答："不知道他今天会不会过来，请问您找他有什么事吗？需要我打电话请他过来一趟吗？"

黄雨萱想了想，摇摇头，说："没关系，我想喝点东西，顺便等等看。"

她点了一杯冰美式咖啡，当男服务生送上咖啡时，她迟疑了一下，还是开口问："请问，你们这里有一个叫李子维的人吗？"

男服务生送上咖啡的动作明显地顿了一下，然后摇摇头："我不太清楚，这可能要问老板才知道。"

黄雨萱垂下眼，心里叹了口气。

"没关系，那我一面喝咖啡，一面等等看你们老板会不会来。"

即使明知自己认错了人，但不知道为什么，她暂时还不想离开这里。

她慢慢啜饮着冰咖啡，看着墙上挂着的珍藏爵士乐唱片，角落里一张小桌上则摆着一台很眼熟的单反相机，这些东西……在她梦里都曾出现过。

只是，那些东西是出现在一间叫 32 号的唱片行里。

外头不知什么时候下起了雨，悠扬的古典乐声中夹杂着淅沥的雨声，不知不觉已经到了关店的时间。

老板没有来。

她不但满脑子的疑问没有找到答案，还灌了一肚子冰咖啡。

男服务生礼貌地请她离开，她只好留下自己的电话，请他转交老板。

她走出门外，发现雨下得不小，正犹豫着要不要冒雨离去时，男服务生走了出来，贴心地递给她一把伞。

“这把伞先借你撑回家吧，别淋湿了。”

她感激地接过，朝对方点点头，便离开了。

男服务生回到咖啡馆里，关掉招牌灯与大灯后，看向坐在阴暗角落里的人影，说：“伞，我已经给她了，她也离开了，你可以放心了。”

那人点点头，站起身说：“今天谢谢你了，你的上衣我等下就脱下来还你。”

*

黄雨萱想，自己分不清现实与梦境，是不是精神状态出了问题？

自从王诠胜出事后，她一直无法好好入睡，后来是靠着安眠药才勉强能够入睡，强迫自己回到正常的生活轨道。那么，是不是有可能，这两年来她吃的那些安眠药，产生了让她分不清现实与梦境的副作用呢?

于是她约了固定诊疗的心理科医生，想要问个清楚。

医生姓谢，名叫谢芝齐，戴着一副金框眼镜，看上去斯斯文文，年纪三十来岁。

“你提到之前换药会不会有副作用，我查了一下这几年使用同样安眠药的病患追踪记录，并没有人产生像你这样梦境与现实交错、无法分辨的现象。”谢医生推了推眼镜。

黄雨萱有些气馁，问：“所以我会做那些梦，和我吃的那些安眠药，没有直接关系吗？”

“这我也没办法下定论，毕竟每个病患的情况不同。不过，你可以大致说一说你的梦吗？是噩梦吗？醒来后会觉得身体不舒服吗？譬如脚抽筋？还是你产生了幻觉，所以才无法分辨梦境与现实？”谢医生试图分析。

黄雨萱想了想，回答：“其实，严格说起来，那并不算是噩梦，而是一个让人感觉很真实的梦。”

谢医生似乎有些好奇，鼓励黄雨萱继续说下去。

她一开始有些保留，怕谢医生会认为她不太正常，但他只是笑了笑，说：“别忘了这里可是心理科，会来这里的人，没一个是正常的。”

她被逗笑了，同时也卸下了防备，开始说起这个梦：“我做了一个梦，梦到我变成了另外一个人，一个叫陈韵如的女孩。”

原本微笑地看着她的谢医生听到“陈韵如”这三个字时，表情微愣，然后开始把玩手上的那支笔。

“然后呢？”谢医生问。

“梦里还有一个叫李子维的男孩，跟我去世的男友长得一模一样。只要看着他，我就会有一种男友还活着的感觉。慢慢地，在梦里，我觉得自己真的变成了那个叫陈韵如的女孩，甚至反而觉得黄雨萱的人生是一场梦……”她有些无助地看向谢医生，“医生，虽然我的理智告诉我，这不过就是一场梦，不要想太多，可是我心里却另外有个声音，一直在告诉我，这一切其实并不是一场梦……我这样是不是很奇怪？是不是……我的脑袋出了什么问题？”

谢医生表情依旧亲切，但早已停止把玩手上的笔，他指指自己的头，说：“就医学的角度来看，我们在睡觉做梦时，脑内负责逻辑与计划的前额叶皮质会减少活动，因此会造成做梦的人将梦境错认为现实。”见黄雨萱专心地听他讲解，他继续说下去，“而且大脑在进入造梦阶段时，无法认知时间，所以大多数的人在做梦时，不论梦境有多荒诞古怪，都不会发觉自己是在做梦，有人甚至梦见自己是外星人，但他们在梦里都不会对这个身份产生质疑。”

黄雨萱佩服地点点头：“原来是这样啊。”

“不过，站在医生的角度，我建议你还是试着转换一下生活方式，我知道你因为男友过世，感到内疚与懊恼，但你需要稍微抽离这样的情绪，这样失眠状况才能改善。”

她点点头，向谢医生道谢后，起身离开了诊室，心里多少感觉有些踏实了。

原来，这一切真的只是她想太多，不过就是一场梦罢了。

然而，她转身时并没有注意到，谢医生看着她的目光若有所思。

她才刚关上看诊室的门，身上的手机就响了。

“喂？”她接起电话。

“请问是黄雨萱小姐吗？”

对方的声音有些熟悉，但一时想不起来在哪儿听过。

“我是32号咖啡馆的老板吴文磊。”

黄雨萱愣了愣，随即想起：在自己的梦里，这个人不就是自己的舅舅，也就是32号唱片行的老板吗？

所以，吴文磊这个人是真实存在的？

*

32号咖啡馆。

吴文磊端来一杯冰美式咖啡，放在她面前。

“听说你昨天来找我，还等了一阵子，请问有什么事吗？”他和蔼地问。

黄雨萱端详着他的脸，没错，在她的梦里，她见过这张脸，只是年轻许多。

她有一肚子的话想说，满脑子的疑问想问，整理了许久，才开口：“老板，接下来我说的话，你听了一定觉得很不可思议，甚至可能会觉得我在胡说八道，但是请你一定要先听我说完好吗？”

吴文磊很平静地点点头。

黄雨萱吞了口口水，说：“就是，我最近做了个梦，梦到自己变成了陈韵如，你……则是我舅舅。”她看见吴文磊一脸讶异，连忙说，“我知道这听起来很荒谬，但我发誓，我真的没有骗你，请你相信我——”

“黄小姐，没关系，你先别紧张。”吴文磊要她先冷静下来，“你说，你梦到你变成了韵如……那你还记得，你在梦里变成韵如之后的细节吗？”

她开始努力地回忆：“我记得，在梦里，陈韵如的爸妈分居了，她跟着妈妈一起生活，她妈妈在酒家上班，每次回家总是醉醺醺的。对了，她还有个弟弟。她还有两个同年纪的男生朋友，就是上次我给你看的那张照片里的两个男生，一个叫李子维，一个叫莫俊杰……”

吴文磊并没有打断她，表情却是越来越凝重。

那个人说的没有错。

黄雨萱真的出现了。

一切又将重新循环。

只听黄雨萱继续说：“前两天，我发现我过世的男友，手机号码仍在使用，我透过关系查了一下，这个号码的使用者也叫李子维，就是梦里和我过世的男友长得一模一样的那个人。而最奇怪的是，那个叫李子维的人，他最后一次使用这个号码登录网络的地方，就是这里……”她有些不安地看着吴文磊，“我知道这听起来很荒谬，可是我实在无法说服自己，这一切都只是巧合。”

吴文磊看着她，说：“如果我告诉你，这一切不只是巧合这么简单呢？”

黄雨萱一脸不解，但她猜，吴文磊应该知道些什么。

吴文磊说：“你现在的疑问，我无法给你答案，但我可以告诉你，当年韵如还在的时候，也曾对我说过，她并不是我所认识的陈韵如，而是一个叫黄雨萱的女人。”

黄雨萱瞪大了眼，错愕到不知该如何反应。

所以这一切都是真的？！

她真的穿越到了过去？穿越到过去的陈韵如身上了？

这怎么可能？

这时吴文磊拿出一本陈旧的日记放在她面前。

她一见到那本日记，立刻小声喊了出来："这是我梦里的日记——这是陈韵如的日记！"

*

黄雨萱将日记本带回家。

夜里，她坐在桌前，一页一页翻阅着这本属于陈韵如的日记。

日记本里不但有陈韵如写的内容，还有黄雨萱以为自己是在梦里写下的内容，而且可以明显地看出两人字迹的不同。

所以，这一切都是真的，不是一场梦……

她，真的回到了过去。

可是为什么她会回到过去呢？

如果，她是在做梦的时候回到了过去，那么，她现在还有可能再度穿越回到陈韵如身上吗？

抱着实验的精神，她早早就寝，但翻来覆去就是睡不着，于是寻思，是不是少了什么？

对了，随身听。

她记得自己是在公交车上，听着随身听时不小心睡着的。

于是她跳下床，从桌上抓起随身听，躺回床上，戴上耳机，按下播放键。

熟悉的音乐声响起，她闭上眼，努力要自己入睡。

但越是想睡，偏偏越是睡不着，她睁开眼，精神好得不得了。

说不定是姿势不对？上次她是坐着睡着的。

她走到客厅，坐在沙发上，缓缓地闭上双眼，听着随身听里的音乐……怎么没声音了？

她拿下耳机，按了几个按键都没反应，像是没电了。

为什么偏偏在这个时候没电？

她跳下沙发，在家里每个柜子里拼命地翻找，总算找到几节电池，然而就在她更换完电池，准备再次按下播放键时，忽然停下了动作。

她到底在做什么啊？

怎么可能听一听音乐然后做梦就能穿越时空？

她大概是最近真的太累了吧。

也许谢医生说的没错，她是该稍微改变一下生活方式，不要让自己继续沉浸在失去王诠胜的强烈悲伤与失落里……不然，她总有一天会精神崩溃的。

她重重地叹了口气，将随身听随手扔在沙发上，踩着沉重的脚步走回了卧房。

躺在床上时，面对一片黑暗，她忍不住又落下了泪。

王诠胜，我到底该怎么办？

没有你的世界，是这么难熬，只剩下我一个人继续过日子。

我不想放开你，可是……不放开你，我真的无法再继续走下去了。

*

两年前她曾经错过的机会，再度降临。

娜姐告诉她，公司的上海分部需要培训一名经理，娜姐想推荐她。

两年前，她得知王诠胜飞机失事的消息后，立刻放弃了上海的外派工作，回到台湾。虽然依旧在原来的公司工作，她却失去了两年前那种想要不断努力向上爬的野心。

如果自己当初留在台湾，王诠胜是不是就不会离开？

这个问题不断地绑着她，有时候几乎让她窒息。

她努力工作，却不求升迁，因为潜意识里总觉得，在工作上越成功，便越对不起王诠胜。

当娜姐告知她这个消息时，也语重心长地说：“雨萱，其实还活着的人，是最难过的，但不管你心里再怎么舍不得，你都该跟他说再见了。”

听到娜姐这么说，她转过头的瞬间眼泪就掉了下来。

娜姐叹了口气：“我知道这很难，但你必须这么做。如果留在台湾让你很难放下这一切，就离开这里，去上海吧！”见她仍犹豫不语，娜姐又说，“我现在不是你的上司，而是你的朋友，我只想告诉你，雨萱，你真的得放手。”

她考虑了三天，最后决定接受娜姐的建议，离开台湾，前往上海。

娜姐说的没错，她最近的怪梦，还有分不清梦境与现实的巧合，追根究底，不都是因为自己不能接受王诠胜的离去吗？

她是真的该放下了。

她开始收拾行李，准备离开王诠胜与她一起布置的家。

随着时间一天一天过去，她看着那些曾经属于王诠胜的东西，总是触景生情，一面流泪一面收拾，然后在心里默默向他道别。

再见了，王诠胜。

我必须承认你真的已经离开了，而我必须在没有你的世界里，继续过日子。

*

行李收拾得差不多了，只剩下陈韵如的那本日记，还有那台神秘的随身听。

该怎么处理这两样东西呢？

她打开日记本随意翻阅，想着是否要归还给吴文磊时，日记里最后一页的一句话，让她翻阅的动作瞬间定格。

他就是王诠胜。

那句话是这么写的，字迹方正，是陈韵如的笔迹。

“他”是谁？李子维吗？

李子维就是王诠胜？

怎么可能？

为什么？

为何陈韵如要特地在日记的最后一页写下这句话？

过去的陈韵如知道了什么？

她一脸不敢置信地盯着那句话良久，日记本那薄薄的页面都仿佛要被她火烫的目光盯得烧出一个洞来。

李子维真的是王诠胜？

这是真的吗？

她想要知道答案！

她缓缓合上日记本，目光落向了一旁的随身听。

*

再一次，她将随身听耳机戴上，坐在沙发上，按下播放键。

她特地将磁带倒转，从*LAST DANCE*这首歌开始听起。

闭上双眼的那一刻，心里只有一个念头：

想见你。

想要再次见到你。

不管是什么时候的你。

即使是，我们相遇之前的你。

蓦地，一段回忆涌上心头。

王诠胜还在的时候，有一天晚上她失眠了，在床上翻来覆去睡不着，王诠胜醒了过来，知道她失眠，便强撑着精神和她聊天。

“我陪你讲讲话，说不定讲一讲你就会想睡了。”他说。

于是他们聊起了最近才看过的一部关于穿越时空的电影，然后黄雨萱问他：“如果真的有时光机，你会想回到过去，还是前往未来？”

王诠胜几乎想也没想，就说想回到过去。

她问为什么，他笑着说：“因为，我的未来一定会有你，我只要等着你出现就行了。”

她又追问，如果他能回到过去，想要回到过去的什么时候？

他说，他想回到认识她之前的那个时候，不管是前一天、前一个月，甚至前一年都好。

她继续追问为什么，精神越来越好，完全不想睡了。

王诠胜看着她，温柔地笑着说：“因为我有些话，想告诉过去的自己。”

黑夜里，窗外的月光映照着他的容颜，她看在眼里，心里是说不出的温暖与幸福。

“你想对过去的自己说什么？”她问。

“我想对他说，未来你会遇到一个很喜欢很喜欢的女孩，不管发生什么事，都不能放开她的手。”他说完后闭上了眼睛，表情有些模模糊糊的说不清的怀念，仿佛他曾经真的遇到了过去的自己，此刻正在回想。

黄雨萱有些害羞，故意伸手推他：“这样你也能撩，真的很臭屁一张嘴耶！”

王诠胜笑了，将她搂得更紧，反问：“那你呢？如果有一天你回到了过去，你也会去找那个还没有遇见我的自己吗？”

耳机里响起了那熟悉的、低沉沙哑的歌声。

她不自觉地轻轻深呼吸，回想自己当时的答案。

那天晚上，她说，如果有一天，她回到了过去，她不会去找自己，而是会去找王诠胜，因为，她要告诉那时候的王诠胜，未来只能喜欢上她，谁都不能抢走他。

……暂时将你眼睛闭了起来，

黑暗之中飘浮我的期待……

平静脸孔映着缤纷色彩，

让人好不疼爱……

闭上双眼的面容平静且充满思念。

她想象着自己回到过去，见到了那个时候的王诠胜。

你可以随着我的步伐轻轻柔柔地踩，

将美丽的回忆慢慢重来……

歌声与音乐声渐渐变得遥远，她坠入完全的黑暗里。

*

忽然“砰”的一声，有人重重地在柜台上拍了一下，她吓了一跳，双手一松，下巴直接撞上桌面，痛得她立刻清醒。

“好痛……”

还没回过神，面前那人开口道：“看店还在打瞌睡？整间店被人搬走了你都不知道。”那人停顿了一会儿，叹口气，说，“我不是说过了，这里是卖古典乐和爵士乐的，别老是放流行歌曲。”

她一愣。

这句话她听过。

她环顾了一下四周，整个人忽然清醒。

“舅舅！”

吴文磊摆摆手，说：“今天周六，学校只上半天课，但你也没必要——”

她立刻打断他：“也没必要中午一下课就来打工，傍晚再过来就行了。”

吴文磊讶异地看着她：“你怎么知道我接下来想说什么？”

但她并没有回答，只是转头往唱片行门口望去。

没有人在门口。

她望了好一会儿，直到吴文磊纳闷地问：“韵如，你在看什么？”

“安静，你先别说话。”

“啊？”吴文磊更是一头雾水，不知道她到底又怎么了，“韵如，你到底——”

就在这个时候，有人打开了唱片行的门走了进来，是一位穿着制服的警察，手里拿着一个透明封袋。

警察一进来看到她便问：“请问你是陈韵如吗？”

她看看自己的双手，又摸摸自己的脸，不是很确定地点了点头。

她回来了？真的回到了过去吗？

不是只在做梦而已？

警察开门见山地说：“关于那天夜里你发生的意外，我们有件事想问你。”

“你是不是要问我，你们捡到了一个东西，想让我看一下？”她立刻反问。

正要举起手里透明封袋的警察愣住，看了她一眼。

“里面是助听器吗？”她问。

警察的神色变得警戒，反问：“你怎么知道是助听器？你是不是在现场看到有人掉了这个东西？”

她却答非所问：“请问今天是几月几号？”

警察看了吴文磊一眼，对她的举止反应感到困惑。

吴文磊看看陈韵如，又看看警察，一脸担忧又无奈，自从陈韵如出事后苏醒过来，就一直这么奇怪，他也不知道该怎么解释。

“今天是几月几号？”见警察没有回答，她转头焦急地问吴文磊。

“11 月 14 日。”吴文磊回答，“韵如，你还好吗？怎么突然问这个？”

“是 1998 年的 11 月 14 日吗？”她再次确认。

吴文磊和警察都一脸奇怪地看着她。

“当然是 1998 年，不然你以为现在是哪一年？”吴文磊说。

她一脸震惊。

她真的回到了过去，而且重新回到历经过的时间点！

也就是说，不管是她之前做过的梦，还是日记本上写的，都是真的！

他就是王诠胜！

“不好意思，我现在得离开这里！”说完她就冲出唱片行，留下吴文磊与警察两人在原地你看我，我看你，不知道现在到底是什么情况。

*

她一路冲向学校，即使因为跑得太急，脚步踉跄差点儿跌倒，也不愿放慢一丝速度。

“如果有一天，我回到了过去，我不会去找自己，而是会去找你。因为，我要告诉那时候的你，未来只能喜欢上我，谁都不能抢走你。”

那天晚上，她对他这么说。

她跑到了学校，四处张望一下，接着冲向教学大楼顶楼，果然见到了正靠在围墙上眺望远方的李子维。

他真的就在自己眼前，不再遥远到触不可及。

泪水再也止不住地滚落。

王诠胜，终于，再次见到你了！

她看着那张再也熟悉不过、只是年轻了许多的侧颜，迈出脚步，一步一步，难掩激动地缓缓朝他走去。

第七章

1998年，台南。

李子维倚在教学大楼顶楼的围墙边，目光望向校园最角落的田径场，女子田径队正在练跑，其中有几个发育特别好的女孩，更是吸引他的目光。

"哇塞，这学妹的胸部也太大了吧！晃成那样！"他发自内心地赞叹。

忽地，他感觉到身后有股冷冷的视线，转过头，一脸意外地喊："陈韵如？你怎么会在这里？"

脸上挂满泪痕的她，表情有些错愕，她不理会他的问题，直直地朝他走过去，看向他刚才眺望的地方，立即恍然大悟。

她费尽千辛万苦回到过去来找他，结果这家伙居然在看学妹的胸部？！

这个色坯！

她恼怒地冲上前，朝着他的小腿肚就是一脚，李子维痛得单膝跪地呻吟，然后看到陈韵如双手握成拳，用力在胸前交叉后，怒气冲冲地转头快步离去。

她又骂他脏话！

"喂！陈韵如，你到底在搞什么啊？啊好痛……"

虽然莫名其妙，但李子维还是忍着小腿痛，一拐一拐地追了上去。

"陈韵如！喂——"他一把抓住陈韵如的肩膀，硬是将她转过身，却看到她满脸泪水地瞪着自己。

“你……你怎么哭了？发生什么事了？”

陈韵如狠狠地抹去脸上的泪水，一声不吭，转头就走。

太过分了！

她用尽方法回到1998年来找他，这家伙居然在偷看学妹胸部！

等一下……如果现在真的是1998年，那么就算李子维和王诠胜长得再像，也不可能会是王诠胜啊！

若他不是王诠胜，那她又是为了什么来到这里？

“你该不会是因为我说那个学妹胸部很大，所以哭了吧？”李子维问。

“谁会为了这种无聊的事情哭啊！”她狠狠地瞪他一眼。

“不然你到底在哭什么？”李子维完全摸不着头绪。

“和你一点关系也没有，反正我现在不想看到你就对了！”她抬起脚又想踢他的小腿肚，李子维反应快，赶紧闪开，然后纳闷地看着气呼呼的她快步离开。

*

陈韵如回到家里，走进自己房间，翻开书桌抽屉，拿出日记本。

她一面焦急翻阅，一面想：若李子维不是王诠胜，那日记本里写的最后一句话到底是什么意思？那个“他”到底是谁？

但当她翻到最后一页，却没有看到那一句“他就是王诠胜”。

她从头到尾不知道翻了几次，都快要把日记本翻烂了，还是没看到这句话。

她沮丧地将日记本合上，要自己冷静。

如果，这句话还没有被写在日记里，是不是代表这时候的陈韵如还没遇到王诠胜？也就是说，她很可能会以现在陈韵如的身份，遇到1998 年的王诠胜，可是这时候的王诠胜也不过才五六岁，她如果真的跑去找王诠胜，岂不成了诱拐儿童？

她闭上眼，懊恼地将额头抵在书桌上。

到底李子维和王诠胜有什么关系啊？她应该先查清楚才对，而不是这么冲动就来到了这里，现在她只觉得脑袋里一团乱，不知道该怎么办。

要是现在能够回去就好了……

她猛地从书桌上抬起头，一脸凝重。

糟糕，她怎么没想过，她来到这里后，要怎么样才能回到 2019 年？

要是她被困在这里回不去了，那该怎么办？

而且……她记得吴文磊曾说过，陈韵如在 1999 年就死了，现在是 1998 年，如果她回不去原本的年代，那到了明年，死的到底是她，还是陈韵如？

“韵如是被人杀死的。”2019 年的吴文磊将陈韵如的日记本交给她时，这么告诉她，“我相信你也发现了，不管是你的梦境，还是韵如后来的遭遇，一切似乎都是从她被袭击后那天开始的，如果韵如跟你之间，冥冥之中真的有某种无法解释的联系，说不定，你可以改变过去，让韵如继续活下来。”

所以……她得尽快找到即将在明年杀害陈韵如的凶手，这样才能改变这一切，是吗？

啊——她在心里呻吟！

怎么这么复杂！她不想待在这里了！

她想要回到原来的 2019 年啊！

*

隔天早上，客厅里的电话响起。

韵如母亲睡眼惺忪地从房间里出来，接起电话。

几分钟后，她挂上电话，转头走向陈韵如的房间，敲门。

没人回应。

她又敲了几次，还是没有回应，干脆直接开门，只见女儿坐在书桌前，戴着随身听的耳机，双手紧握仿佛在祈祷，人却熟睡着。

她上前摇了摇女儿，见她没反应，于是摘下她一边耳机，对着她耳朵喊："陈韵如！"

陈韵如一下子跳了起来，她急切地打量四周，发现还是在原来的房间，颓然地又坐回书桌前，大大地叹了一口气："我怎么还在这里？"

韵如母亲看不下去了："是啊，你怎么还在这里？没去学校，一个人躲在房间里听什么音乐？要不是老师打电话来，我都不知道你还在家——"

她听母亲念个没完，心下烦躁，又不知道该怎么解释，只好随便编个理由搪塞："我……我那个来了，身体不舒服，所以不想去学校啦。"

"你那个来？可你不是上星期才来过？"韵如母亲纳闷。

一夜都没怎么睡，她耐性全失，一面起身将母亲推到门口，一面说："就又来了，不行吗？你问题很多耶！我想一个人安静地休息，你出去好不好？"眼见母亲一脸错愕，似乎还想说什么，但她实在不想应付，只好狠下心把房门关上。

她一定得想办法回去，让原来的陈韵如回到这个时空。

*

李子维感觉很闷。

教室里，讲台上的数学老师正在讲解公式，他的脑海里却一直回荡着昨晚莫俊杰的一句话。

“你不觉得你最近有点太关心陈韵如了吗？”

莫名其妙！当初可是莫俊杰要他别太刻意疏远陈韵如，免得她有困难不愿意找他们帮忙，好吧，他听莫俊杰的话，跑去关心陈韵如，把她当成朋友，结果呢？莫俊杰现在却把他当成了情敌，要他离陈韵如越远越好。

他瞪向专心听课的莫俊杰的背影，心里吐槽：见色忘友的莫俊杰！根本就是在耍他嘛！

越想越气，根本坐不住，下课铃声还没响，他就趁着数学老师转身在黑板上写字时，背起书包溜出了教室。

本来是想翘课溜出学校的，但不知道为什么，他的脚带着他晃到了陈韵如的班级附近，他探头一望，陈韵如的位置竟然是空的。

她今天没有来上学吗？

他有些担心。

*

李子维将书包扔出围墙，正要翻墙时，身后传来莫俊杰的声音。

“李子维！”

他停下动作，但没有回头。

“你要去哪儿？”莫俊杰问。

“不关你的事。”他故意说。

“你要去找陈韵如对不对？因为她今天没有来学校。”莫俊杰说。

“你知道她今天没来学校？那为什么不告诉我？”他讶异地回头看着好友。

“不关你的事。”莫俊杰将他之前说的话原原本本还给他。

李子维怒了。

“你要为了一个妹子和我翻脸，不把我当朋友，那是你的事。我现在要去找谁，想要关心谁，那是我的事，你管不着！”李子维说完就跳下墙，莫俊杰追上前也想跟着翻墙，却听到后面忽然有人叫他的名字——

“莫俊杰！”

他转回头，身后除了教官，还有一名警察。

“请你跟我回警察局一趟。”警察说。

*

李子维很不爽。

而且是非常不爽。

感觉自己被莫俊杰耍来耍去也就罢了，更大的不爽，是陈韵如对他告白后又翻脸，说她根本不可能会喜欢他，然后又莫名其妙地哭着跑去找他？

这两个人到底是怎么回事？

带着怒气的脚步越走越快，等到他发现时，自己已经走到了陈韵如家楼下。

他瞪着那扇窗户，心想：今天一定要和她当面说清楚！

他才不是因为喜欢她才关心她，他只是把她当成一个朋友在关心！

对，就是这样！

他拾起地上一块小石头，朝那扇窗户扔去，没多久，一夜没睡的陈韵如打开了窗户。

李子维板着一张脸，先是举起食指，然后指向地面，意思是要她现在就出来。

陈韵如虽然有些莫名其妙，但过了一会儿，还是出现在她家楼下。

他注意到她的双眼有着深深的黑眼圈。

“李子维，你跑来做什么？”她问。

“我有话要对你说，跟我来。”

“在这里说不就好了吗？”她一脸疑惑。

“总之，你跟我来就对了啦！”

陈韵如看着他一阵风似的往前走，心里悄悄嘀咕：这人还真奇怪，说话还要选地方，之前是公园的溜冰场，这次又要带她去哪里？

这一点和王诠胜倒是有点像……

她一愣。

她现在还想这些做什么？

这家伙根本不可能是王诠胜啊！

一路上胡思乱想，加上昨夜没怎么睡，坐在摩托车后座的她几乎没怎么注意周遭环境，直到李子维停了下来，她都没发现，一头撞上了他厚实的背。

“这里是……”

眼前的景象很熟悉，一大片青绿草原，一棵巨大显眼的榕树矗立在草原中央。

李子维走到榕树下，回头：“你还站在那里做什么？过来啊。”

她一面慢慢踱过去，一面打量着这棵大榕树，总觉得在哪里见过。

她绕着榕树，半是期待半是猜测，果真在树干上发现一个树洞，她忍不住伸手抚摸那粗糙的树皮，心底一暖，眼神变得柔和，是了，王诠胜曾经带她来过这个地方。

“你特地带我来这里做什么？”她看完了树洞，转头问。

“来这里能干吗，聊天谈心啊。”他回答得理所当然，然后一屁股坐在榕树下。

她走过去，也跟着坐下。

“聊天谈心？谈什么心啊？”她问。

“谈谈你的心事啊，我想知道那天你为什么会哭着跑来找我？”

陈韵如一副快晕倒的模样：“天啊，你就为了这件事，特地把我找出来？”

“不行吗？”李子维不服气地看她一眼。

陈韵如心里长叹一声：她真的老了，根本搞不懂这个年纪的小屁孩脑袋里在想什么。明明在她家楼下就能问了，偏要跑到这么远的地

方，还选在一棵榕树下，是要刻意制造愚蠢的浪漫吗？

她忍住翻白眼的冲动，很有耐心地对李子维说：“可以改天再谈心吗？我现在超想睡，你先送我回家好吗？”

李子维有些气结：“好啦，你不想说你的心事没关系，那听我讲总可以吧？我现在心里超多话想说，再不找个人来说，我要爆炸了！”

她打了一个好大的哈欠，声音含糊地说：“好啦，那你快点讲，讲完快点送我回去……”说完她便靠在树干上，眯起了眼睛。

李子维憋了许久，一开口就停不下来：“其实当初要不是莫俊杰喜欢你，我也不会为了要帮他，和你变成朋友。谁知道你出事后，我却开始跟你越来越熟、越来越好，好到有时候我都忘了你是他喜欢的女生。”

甚至，开始有点喜欢上她。

但她是莫俊杰喜欢的女孩。

即使自己对她有越来越强烈的好感，他也不该夺人所爱，况且，一开始他还放话说自己不会喜欢上她，现在岂不是自打嘴巴？

“我现在跟你说这些，是因为从今以后，我会把你当成好朋友……”明明心里不想这样，但为了莫俊杰，他必须要退出，必须将自己对陈韵如的好感隐藏起来，“我想，这样对你、对我，和对莫俊杰来说，都是最好的结果——”他只顾着自己认真说话，这时才转头看向陈韵如，却发现，她竟然侧躺在草地上快睡着了！

“陈韵如？”李子维一脸不可思议，“我很认真地在跟你讲心事耶！你居然听到睡着了！”

她已经困到连张开眼睛都嫌累，只是含混不清地回答：“不要吵我，让我睡一下就好啦，困死了……”她动了动身子，调整到最好入睡的姿势，然后，就这样在他面前睡着了。

李子维目瞪口呆。

这也太扯了吧？

但随即他便忍不住失笑，她在他面前就这么放松地做自己吗？

这让他感觉两人的距离又拉近了些。

李子维跟着平躺在草地上，头枕着自己的双手，看着那片遮去大半个天空的巨大树荫，原本躁动不已的心慢慢平静下来。

“算了，你睡着也好，这样我才能放心跟你讲我真正的心事了。”他偷觑一眼，确定她真的睡着了，才又继续说下去，“其实，那天我看到你哭，不知道为什么，我也觉得很难过。接下来一整天，我一直在想你哭的样子，满脑子想的，都是你为什么要哭。为什么要看着我，哭得那么伤心。”

他微微侧过身，与陈韵如面对面，看着她熟睡的容颜，不禁轻声问：“陈韵如，你可以告诉我，你为什么哭得那么伤心吗？”

他当然等不到答案。

微风轻拂树梢，发出温柔的沙沙声，不远处隐约传来人声。

他等得有些无聊，却又不想就这样离去。

他偷偷伸手去玩她的头发，心顿时变得柔软。

陈韵如，为什么我觉得此刻的你，是那么吸引我呢？

*

她又做梦了。

在梦里，王诠胜开着车，带她来到同样的地方。

他牵着她的手，来到同样的这棵榕树下，指着树干上的树洞，对她说，这是一个收藏秘密的树洞，以前只要他心情不好，就会来这里，把所有不开心的事情都悄悄地向这个树洞倾吐，之后心情就会好很多。

“来，你也试试看。”王诠胜把她拉到树洞前。

“可以不要吗？感觉有点蠢耶。”她不是很情愿。

“不要想那么多，就试试看嘛！”他鼓励她。

她无奈，只好照做，走到树洞前，转头望了他一眼，然后想了想，闭起眼，小声地对着漆黑的树洞说出一个心中的秘密。

“怎么样，现在是不是觉得所有不开心的事，都被树洞带走了？”他在一旁问。

她仍闭着眼，点点头，仿佛那些曾经让她不开心的事，都再也不重要了。

“是不是感觉心情好很多、轻松多了？”

他的声音是那么温柔，她听着听着，不知道为什么伤感起来。

“是不是感觉没这么难过，没这么想念我了？”

他的声音忽然变得很远很远。

她摇摇头，眼里的泪水随之落下。

她缓缓地张开眼，竟发现，王诠胜就在自己眼前！

不……等等，他……不是她梦里的王诠胜，而是李子维。

是了，她刚刚睡着了，又做梦了。

梦到了王诠胜。

这个地方，王诠胜曾经带她来过。

她凝视着那张与王诠胜一模一样的睡颜，疑惑越来越深。

李子维明明就不是王诠胜，但为什么长相、说话的声音，甚至就连睡着时的模样，都跟王诠胜完全一样？

像是感受到她的视线，李子维缓缓地睁开眼，见到陈韵如近在眼前，正凝视着自己，不由得有些愣住。

然后他清楚地感觉到自己胸腔里的心脏在跳动，那是他从未体验过的悸动。

他察觉到自己心情的异样，连忙转过头，从草地上跳起，故意抱怨：“都是你啦，自己先睡着了，害我也跟着睡着了。你怎么不叫醒我？”

她耸耸肩：“我睡醒才发现你也睡着了，看你睡得那么熟，就没叫你了。”

相对于李子维的不自在，她倒是态度自然，也许是因为她心里并不认为李子维会是王诠胜，两人不过是长得十分相似而已。

她忽然想起什么，问他：“你不是要和我谈心吗？你想说什么？”

李子维闻言，转头看向她，却在触到她的目光时，下意识地转头回避。

“那个……时间有点晚了，我送你回去吧！改天有机会再说。”说完便脚步有些僵硬地直直往前走，她虽然有些纳闷，但也没有多问，起身跟在他身后离去。

走着走着，她看着前方李子维的背影，那熟悉的身形让她有些恍惚。

仿佛下一刻，他就会转过头，微笑着对她伸出手，然后说：“黄雨萱，走快点，我还有好多地方想带你去。”

她不由得停下了脚步。

他就是王诠胜。

日记里的那句话浮现在脑海。

李子维回过头，见她站着发呆，喊道：“陈韵如，你在发什么呆啊？”

她回过神，连忙跟上。

两人来到李子维的摩托车旁，他将安全帽递给她，说：“上车吧！”

她坐上摩托车后座，双手不知道该抓哪里，这时李子维说：“抓好，要走了哦！”

于是她本能地轻轻扶住李子维的腰。

李子维忽然身体僵硬，她立刻感觉到了，连忙放开手，问：“怎么了？”

“没……没事，你抓好就对了。”李子维不敢回头看她。

她“哦”了一声，没想太多，双手又放回他的腰上。

李子维开始发动油门，却发现摩托车完全没有动静，原以为是车子坏了，低头一看，才发现自己刚刚因为太紧张，竟然忘了转动钥匙，白白踩了那么多次油门。

“又怎么了？”她探头问。

“没有啦，忘了转钥匙了……”李子维干笑几声，转动钥匙，发动摩托车。

摩托车的引擎声莫名地让他稍微安心，他从后视镜偷觑了一眼，发现陈韵如并没有在看自己，不觉有些失落，随即意识到自己的心情，又赶紧振作。

他一踩油门，载着陈韵如离去。

这一次，他却希望，不要那么快就到达目的地。

*

陈韵如回到家已经困得不得了，什么都不想管，回到房间倒头就睡，这一睡竟然就睡到了隔天早上。

客厅的电话再度响起，韵如母亲接起，无奈地看了一眼女儿的房间，正想着要不要帮女儿圆谎，让她好好在家休息算了，门铃声忽然大作，她不得不随便找了个理由搪塞陈韵如再次缺席的理由，然后挂下电话去开门。

门外站着的是一脸焦急的李子维。

“阿姨你好，我是陈韵如的朋友，我有很重要的事情要找她！”李子维心急地说。

“可是，韵如她——”

“一大早谁那么吵啊？”被门铃声吵醒的陈韵如还有些起床气，一面揉着眼，一面从房间里走出来，见到李子维后，有些讶异地问，“你又跑来做什么？”

“莫俊杰出事了！”李子维激动地说。

陈韵如睁大了眼：“你说什么？发生了什么事？”

李子维看了韵如母亲一眼，犹豫着要不要在她面前说出实情，陈韵如见状闪身到门外，将门关上，表情凝重地问：“莫俊杰到底怎么了？”

“他被停学了！”

*

班主任的说辞是请他先暂时回家好好“休息”。

那一天，教官带来的警察，将他带回警察局审讯。

由于他还未满十八岁，必须有监护人在旁，警察将莫奶奶也一并请到了警察局。

老人家一辈子没上过警察局，既慌张又不安，完全不知道是怎么回事。

那起袭击女学生的案子，跟自己的孙子明明一点关系也没有啊，怎么现在把他当成了犯人，抓到警察局？

莫俊杰倒是很冷静，还安慰奶奶，说不会有事的。

负责审讯他的是一位外形干练的短发中年女性，刑事组组长，杨碧云。

原来，除了在案发现场附近捡到的助听器外，警方在调阅 32 号唱片行附近店家的监视器画面时，发现李子维载着陈韵如离开后，莫俊杰骑车跟在他们后头。杨碧云请他解释，但他说不出自己是因为担心李子维和陈韵如走得太近，几番欲言又止后，决定保持沉默。

杨碧云却将他的反应认为是在刻意隐瞒什么。

杨碧云拿过那枚助听器，放在他面前，说根据上头的型号与编号，他们已经查出莫俊杰就是持有人。加上事发当晚，他骑车跟踪李子维与陈韵如的诡异行径，而他又不愿解释，因此，他已经成为这个案子的第一关系人。

亦即，他成了警方眼中的嫌疑犯。

消息传回学校，校长约谈了教官，教官约谈了班主任，最后，由班主任出面，告诉莫俊杰，希望他暂时不要来学校。

“可是我什么都没有做！”莫俊杰辩解。

班主任一脸明白地点点头，说：“莫俊杰，我当然相信你，但我们这么做，是为了保护你，因为这已经算是涉及刑事案件，万一警方立案决定起诉你，依照学校规定，只要被起诉，不管任何理由，都只有退学一条路。”

班主任的语气听起来亲切，莫俊杰却觉得句句讽刺。

如果真的相信他，学校不是应该站在他这边吗？为何会怕他被起诉而提早将他踢出校园？要他暂时不要来学校，“暂时”是多久？是一个星期？还是一个月？抑或是一学期？根本就是校方不愿碰这烫手山芋，拐个弯希望他自己知趣地休学算了。

他感到委屈愤怒，却又不知道该怎么办，也不知道该向谁求助，只能默默承受这些大人加诸他身上的欺压与安排。

他回到教室，收拾书包，离开时清楚地感觉到所有同学的目光都集中在他身上，有些人甚至不客气地对他指指点点。

好像回到了小时候，自己又成了那个因为戴着助听器而被歧视的无助孩子。

但他现在已经不是孩子了，他可以坚强，可以忽视那些眼光，可以……

当那两人的身影映入眼中时，他先是一愣，接着感到胸口中满溢的委屈就像是要爆发出来。

他感到害怕。

害怕他们也选择不相信他。

李子维和陈韵如走到他面前，陈韵如还没开口，莫俊杰便说：“不是我，真的不是我……”他紧握着拳头，压抑着激动的情绪，眼里已经泛着泪光，“陈韵如，我永远永远，都不可能伤害你……”拳头握得很紧，他感觉到指甲切入肉里的疼痛，“你相信我吗？”

她看着眼前的年轻男孩，想起他是那么害羞，却又鼓起勇气，对她告白。

他想要懂她、想要保护她，也许，更是唯一在乎陈韵如心里真正在想什么的人。

可是他喜欢的那个陈韵如，并不是她。

莫俊杰见她迟迟没有回答，目光里不禁露出哀伤，然后低下头，准备离开。

没有人愿意相信他。

“莫俊杰。”但她忽然抓住他的手腕，大声说，“我相信你！”

她相信他永远都不会伤害陈韵如。

*

她拉着两人来到警察局，找到刑事组组长杨碧云，告诉她，尽管她还没有想起当时袭击她的凶手是谁，但警方在案发现场找到的那枚助听器，并不是莫俊杰遗落在现场的，而是她遗落的。

她说完这番话，莫俊杰与李子维都露出了意外的神情，杨碧云立刻将这两个男孩脸上的表情变化记在心里。

“可以请你再描述得更清楚一些吗？”杨碧云不动声色地问。

陈韵如态度自然地说：“那天晚上，他们到唱片行帮我过生日，之后李子维要送我回家时，我捡到了这枚助听器。”

杨碧云问：“所以，你的意思是，在你遇袭前，莫俊杰就已经遗失了助听器？”

陈韵如点点头：“因为当时已经有点晚了，我急着回家，所以先把助听器收了起来，想着等隔天上学的时候再还给莫俊杰，谁知道还没还给他，就发生了后来的事情。”她望向莫俊杰，说，“至于在监视器画面上见到他跟着我和李子维，应该是要问我们有没有捡到他的助听器吧！”

她见莫俊杰还有些发愣，便拍拍他的肩膀，诱导他回答：“莫俊杰，是这样没错吧？”

莫俊杰知道她在设法替自己洗脱嫌疑，回过神后，点点头。

“那既然他跟到了你家门口，为什么没有向你要回助听器呢？”杨碧云一针见血地问。

陈韵如像是早知道她会这么问，平静地说：“那天晚上，李子维送我回家后，我就直接上楼了。我没有手机，我妈又管我很严，不喜欢有男生接近我，所以我跟他们说，没事别找我，也别打电话到我家。莫俊杰见我已经进家门了，他不想打扰我，只好空手而回了。”

逻辑这么清晰，说话这么流利，完全不像以往躲避人群、不敢直视别人的内向与缺乏自信的陈韵如，莫俊杰看着自己心目中暗恋的女孩，再次觉得陌生。

而这显然是脱胎换骨后的陈韵如，却让李子维感到惊艳。

杨碧云沉思着，若陈韵如的证词属实，那么遗落在现场的助听器就不能列为莫俊杰涉案的间接证据了。

陈韵如此时眼里透露着自信，微笑着说：“杨组长，这样的话，是不是就表示莫俊杰不是嫌疑犯，也不会被起诉了吧？”

杨碧云虽然心里起疑，但陈韵如的说辞目前暂时找不到什么破绽，她只好同意，说：“就算他目前还无法从关系人的名单中排除，但不至于以嫌疑人的身份被起诉，你们可以放心。”

陈韵如心中一喜，莫俊杰与李子维也同时松了口气，三个人难掩喜悦地你看我、我看你，杨碧云脸上也露出微笑，但瞧着这三人的眼神反而更加犀利。

*

三人为庆祝莫俊杰洗清嫌疑，先是去吃了李子维最爱的锅烧意面，接着又到莫奶奶开的冷饮店吃红豆牛奶冰，莫奶奶亲手熬煮的红豆绵密细软，李子维还点了双倍炼乳，吃得不亦乐乎。

她忍不住说："你一个男生怎么吃那么甜？"

只听李子维回答："我妈说，吃甜的男生，以后疼老婆。"说完只差没整张脸埋在冰碗里大快朵颐。

她却一愣。

王诠胜也这么说过，而且，他也很爱吃甜。

于是她刻意试探，讲了个肉包与泡面的笑话："跟你们说一个笑话：有一天，肉包与面条打架，肉包被打得落花流水，第二天就带着水煎包和馒头去找面条理论，结果在路上遇到了泡面，它们不分青红皂白就打了泡面一顿。泡面可怜兮兮地问：为什么要打我？肉包说：臭家伙，别以为烫了头发，我就认不得你！"说完后，她一脸期待地望向李子维，却见他一脸茫然。

"你说完了？"李子维问。

"是啊，怎么样？好不好笑？"她说。

莫俊杰倒是很配合地笑了几声，然后马上被李子维拆台："你笑屁啊！哪里好笑？冷死了。"李子维还故意抖了几下。

陈韵如气馁，回他一句："你是冰吃太多了啦！"

这笑话是王诠胜告诉她的，当时她一点都不觉得好笑，王诠胜一面说还一面捧着肚子哈哈大笑，差点儿停不下来。

但李子维觉得一点都不好笑。

所以他不会是王诠胜。

瞬间她的心情又跌落谷底，没什么心思再和这两个男孩闲聊，便起身说自己累了，想要回去了。

*

回到家里，她有些意外地看到吴文磊坐在客厅，见她回来便站起身，似乎在等她。

"老板……呃，舅舅？"她赶紧改口。

"韵如，你还好吗？听你妈说，你好几天没去学校上课，今天也没到唱片行打工，怎么了？"

坐在一旁沙发上打游戏的陈思源帮腔："是不是叛逆期啊？"

她瞪了陈思源一眼，还叛逆期哩，她都要高中毕业了！

她想了想，看着吴文磊关心的神情，决定对他吐实。

她从口袋里掏出一堆零钱，递给陈思源，说："我饿了，你去帮我买吃的！"

陈韵如以前从没有这样不客气地使唤他，陈思源愣了愣，又看看手里的铜板："只有十七块钱能买什么食物啊？"

"总之，你现在就去，不然我就直接关掉你的电动游戏！"她作势伸手就要按下开关。

陈思源哪儿还敢争辩，从沙发上跳起来一溜烟就跑出去了。

一旁的吴文磊见到她反常的举止，更是感到纳闷，但他还没问出口，陈韵如已经转过头，一脸认真地对他说：“反正你迟早都会知道，不如现在就告诉你真相。”她深吸一口气，说，“其实，你现在所看到的我，并不是你认识的那个陈韵如。”

第八章

1998年，台南。

“你的意思是，你不是陈韵如，而是来自未来的黄雨萱？”吴文磊坐在沙发上，试图厘清思绪，“所以，如果我没有在2019年将韵如的日记本给你，你也不会再次回到这里？”

“没错，就是这样！”她欣喜地点头，“但我现在麻烦大了，我找不到回去2019年的方法，若我一直没办法回去，我真不知道，在1999年被杀死的那个人，是陈韵如还是我了。”她越说越泄气，觉得自己掉入了一个混乱的迷宫里，怎么走都走不出去。

她期待地看着吴文磊，却见他仍是半信半疑。

“算了，你八成不会相信我。”她颓然地坐倒在沙发上。

“我没说我不相信。”吴文磊说。

她猛地从沙发上跳起来，睁大了双眼，惊讶地看着他，问：“你相信？你相信我不是陈韵如？”

吴文磊缓缓点头，说：“你和从前的韵如实在判若两人，让我不得不相信。”

她像是找到了知音，舒心地笑了。

太好了，终于有人能够了解她的处境了！

“但是，如果真像你说的，你是来自2019年的黄……黄……你刚刚说的那个名字是什么？”

“黄雨萱。”

“如果你是来自2019年的黄雨萱，那原本的陈韵如呢？她现在在哪里？”

她一愣。

她从没想过这个问题，如今吴文磊一问，她不知该怎么回答。

是啊，原本的陈韵如呢？难道跑去2019年的黄雨萱身上了吗？

可是，上次她回到2019年时，是直接就醒了过来，完全没有感觉到陈韵如曾经存在过。

想了半天，实在想不出答案，她只好说：“坦白说，我也不知道。也许，当我回到原本的世界后，她就会回来了吧？”

吴文磊听了，点点头，然后他一脸认真地说：“如果真是如此，那么，黄小姐，我能跟你商量一件事吗？”

她点点头。

“我会想办法帮你回到原本的世界，也愿意帮你保守这个秘密，但我也希望你能帮我一个忙，能不能请你待在这里的时候，尽量扮演好韵如的角色？”见到她脸上出现的微微错愕，他解释，“我知道这让你有些为难，可是你要知道，你现在所过的人生，其实是属于韵如的，并不属于你。既然你现在变成了她，过着她原本该过的日子，那你也该负起责任，替她好好过日子，别等真正的韵如回来了，却发现她人生最关键的时刻，被你搞砸了。”

她皱起眉，问：“什么叫我搞砸了她的人生？”

吴文磊叹了口气：“你只想到你自己的困境，有没有想过，韵如现在是高三，现在对她而言，最重要的就是考上一所好大学，不然就算你成功地阻止她在1999年死去，却害得她最后没有大学可以念，岂不是等于毁了她接下来的人生吗？”

她顿时哑口无言。

是啊，她怎么没想到这一点？

吴文磊走到她房间里，拿起桌上那沓厚厚的参考书，回到客厅，放到还有些呆愣的陈韵如手上。

“这段期间，有什么问题尽管来找我，但请你从明天开始，乖乖去上学。”他说。

她无法反驳，只能点头。

吴文磊说的没错，既然她现在不是黄雨萱，而是陈韵如，她就必须先把陈韵如的人生好好过下去。

*

吴文磊离开时，发现陈思源不知道何时早就回来了，一直躲在门外偷听。

一见吴文磊出门，陈思源立刻低声问：“舅舅，你真的相信我姐刚刚跟你讲的那些话？”

“哪些话？”

“就她其实不是我姐，而是什么来自未来的黄……黄什么？还有她说陈韵如在 1999 年会死掉是什么意思？”

吴文磊见他一脸认真与担忧，忍不住笑出来：

“你偷听了多久？没想到你这么关心你姐姐！”

陈思源涨红了脸，连忙否认：“我哪有关心她！哎呀，舅舅，这不是重点，重点是，你真的相信她说的话吗？”

吴文磊回头看了看，确定陈韵如没有跟出来，这才将陈思源拉到一旁，低声说：“怎么可能？你姐脑子撞坏了，我脑子可没撞坏！我跟你说，你姐会这样胡思乱想，以为她来自未来，应该和上次撞到脑袋有关，如果现在强制带她就医，很可能会引起她反弹，病情更加恶化。”他再次看了看身后，确定无人后，才继续说，“我现在只是先顺着你姐，安抚她的情绪，我跟你妈这阵子会多关心她一些，但要是情况一直没改善，恐怕还是要送医院。”说完后，他叹了口气，语气里满是惋惜，“好好的一个人，怎么会变成这样呢？”

“可是……”陈思源迟疑地说，“我觉得她真的很不像以前的姐姐耶，会不会……”

会不会，其实她说的都是真的？

她现在真的不是陈韵如？

吴文磊用力拍了一下他的脑袋，说：“陈思源，这话跟我说可以，别跟你妈说，要是让她知道，她女儿觉得自己来自未来，她儿子也真的傻傻地相信，一定会把你们两个一起拖去庙里收惊。”

陈思源还想说什么，却被吴文磊打断：“好了，你俩都乖乖的，别吵架，别给你妈添麻烦了。”说完他便迈开脚步离去。

陈思源嗫嚅着：“谁敢和那个疯女人吵架啊……”

尽管舅舅不信陈韵如的说辞，但不知道为什么，他却是信了几分。

以前的陈韵如跟哑巴一样，凶她也没反应，现在却像是炸药，一碰就爆炸。

这根本就不像以前的陈韵如，要说完全换了一个人倒是有可能。

*

她听了吴文磊的建议，开始回到学校，继续上课。

尽管她只是想好好扮演原来陈韵如的角色，但与原本的陈韵如截然不同的个性，还是让众人看出了异样。

譬如，当找不到人组队的同班同学，抱着试探的心情问她要不要一起组队参加周六的班际篮球比赛，她一口就答应，同学甚至还反应不过来，以为自己听错了。

篮球比赛当天，她更是大出风头，运球、抢断、切入上篮得心应手，三分球更是神准，整场比赛几乎全靠她一人得分，吸引了许多人围观。连李子维都听到了风声，一比完自己班上的球赛，就拉着莫俊杰去看热闹，然后目瞪口呆。

没想到陈韵如平日看起来文文静静，打起球来居然是个狠角色！

围观的学生越来越多，其中有许多闻风而来的男学生，他们都惊异地看着陈韵如，仿佛她不再是路边那块不起眼的石头，而是一颗在阳光下闪着耀眼光芒的钻石。

莫俊杰纳闷："她什么时候会打篮球了？"

李子维看得正精彩，回他一句："管她什么时候学会的？先替她加油再说！"说完他双手放在嘴边，朝着球场上的陈韵如大喊："陈韵如，你要是输了就要请我吃锅烧意面！"

莫俊杰差点儿翻白眼：哪有这样加油的？

正准备运球进攻的陈韵如听见了，转过头来没好气地瞪了他一眼，然后三分线外出手投篮。漂亮得分！

场边涌出一声声欢呼，陈韵如抹去脸上的汗水，和队友相视一笑。

顿时场边所有人的目光都聚焦在她身上，也包括了某个人。

*

比赛结束后，李子维兴冲冲地跑去找陈韵如，问：“你打篮球居然这么厉害，怎么都没告诉我们？”

她脱口就说：“我高一就在女篮校队了。”

“你参加过校队？”莫俊杰有些错愕。

怎么可能?

“我高二也在校队，怎么不知道你有参加女篮校队？”李子维问。

她一愣，连忙说：“我是说……我从小就希望能参加校队，所以一直在偷偷练习篮球啦！”

李子维笑着说：“我以前觉得你真的超级孤僻，每次看到你都是一个人，也不主动跟人说话，没想到受伤醒来后，完全变了一个人，连篮球都会打了！”他忽然一脸认真地凑到陈韵如眼前，说，“其实，我早就怀疑你根本不是陈韵如。”

她顿时觉得自己的心跳瞬间漏了一拍。

被看出来了吗?

李子维一脸正经地问：“你有双重人格对不对？”然后他伸手敲了敲她的额头，说，“哈啰，里面的陈韵如，你有听到我说话吗？听到请回答。”

什么啊！搞了半天，这家伙只是在开玩笑?

她用力推开他的手，不耐烦地说：“别闹了啦！我才不是双重人格！”顿了顿，又说，“我之所以变得这么高调，是因为……希望更多人注意到我，尤其是袭击我的凶手。”

要她压抑原本的性格去扮演陈韵如，她根本做不到，但换个角度想，这么高调的陈韵如，必然会引起凶手的注意，很有可能让凶手再度出现。

李子维与莫俊杰听完她的解释，面面相觑，脸上尽是担忧。

两人还没开口，她便继续说：“我知道你们在想什么，但你们想一想，凶手之所以没再来找我，除了知道我醒来后忘记案发过程，更多的是因为过去我总是闷不吭声，看起来胆小又好欺负，凶手一定认为，就算我想起来了，也不敢说出真相。但现在看到我这么高调显眼，如果你们是凶手，难道不会觉得哪里不对劲吗？甚至会觉得很不放心，害怕我是不是已经想起了什么，对吗？”

两人听完她头头是道的分析，不禁都点头认同。

她又说：“如果这时候，我故意让身边人传出消息，说我已经隐约想起来当时发生了什么事，要是凶手知道了，会有什么反应？”

李子维立刻反对：“不行！就算你这样做能引出凶手，你自己也会有危险！上次就已经差点儿没命了，要是这次你又落单被袭击，说不定会真的没命！”

莫俊杰也说：“他讲的没错，我也反对你用这么危险的方式引出凶手，这种事为什么不交给警察去做呢？”

她看着他俩，叹了口气，说：“你们就是太天真了。你们以为警察时间很多吗？他们会为了一个袭击案不眠不休地追查吗？如果我当初就死了，变成命案，或许还有可能。可我现在人好好的，又记不起来到底发生了什么事，警察很可能就暂时忽略了这个案子，或者随便找个人当替死鬼——”她望向莫俊杰，“莫俊杰不就是这样被怀疑的吗？”

这番话说得两个男孩无法反驳。

“其实……虽然我还想不起来当时的事发经过，但最近常有个画面隐约闪过我的脑海，就是凶手抓住我的时候，身上穿的是我们学校的制服。”

两个男孩几乎同时倒吸了一口气——

凶手居然很有可能就在学校里？！

*

班际篮球比赛结束的隔周，趁着中午吃饭时间，一个男学生手里拿着篮球比赛的相簿，冲到八班的教室里喊：“这次班际篮球赛的照片出炉啰！要加洗的快来登记，女生组的也有哦！”

“有没有二班蔡雯柔的？”立刻有人大声问。

“我要音乐班简嘉玲的，有她的照片我就通通加洗！”

“有二班陈韵如的吗？”

几个聒噪的男生忽然安静下来，很有默契地互看一眼后，七嘴八舌地讨论起来：

“你也注意到陈韵如了？”

“对啊，最近发现她笑起来蛮可爱的，以前都没注意到。”

“我也觉得她最近变得比较可爱，以前还觉得她很阴沉。”

“没想到她其实是个超级正妹！”

“所以到底有没有陈韵如打球的照片？”

“有啦，在这儿。”拿着相簿的男学生翻到其中一张照片，正是陈韵如带球上篮的英姿。

众多男学生再次吵嚷起来，纷纷抢着要登记。坐在教室前方的班长谢宗儒原本正在看书，听到了这群人的躁动声，放下课本，起身走到大家面前。

男学生们停下吵嚷，其中一人说："班长，吵到你啰？我们很快就弄好了。"

只见平常斯文腼腆的班长，有些不好意思地说："我也想加洗一张陈韵如的照片。"

众人闻言都露出惊讶的表情，然后嘘他："班长也会洗女生的照片啊！你是不是暗恋陈韵如？"

班长只是微笑，登记完之后又回到了自己的座位上。

没有人发现，在他的课本里，早就夹了一张陈韵如的照片。

照片里的陈韵如，在 32 号唱片行里的柜台前看店，正闭着眼睛，陶醉地听着音乐。

*

要把陈韵如的日子过好，要担心的不只是曾袭击她的凶手会不会再次出现然后对她下手，还得应付每天的大考、小考以及周考和模拟考。

脱离学生生涯已久的她，原本还自信满满，却在看到发下来的考题时，才发现 1998 年的教材根本和她记忆中的不一样，她拿着笔足足愣了十秒钟，才开始一题一题地寻找自己会做的题目，然后发现，她根本一道题都不会。

拿着"满江红"的成绩单回到家，原以为母亲会狠狠责备，没想到母亲只是抱住她，心疼地说："乖女儿，我知道你的脑袋还需要时间复原，能考成这样，我已经很欣慰了。”

在一旁的陈思源一脸难以置信：“妈！她全班倒数第四名，全校倒数二十七名耶！她至少退步两百名耶！这有什么好欣慰的？欣慰她变笨了吗？”

母亲完全忽略儿子，继续抱着她安慰：“妈妈从来没有觉得弟弟比你重要，你们在我心里都同样重要。”

想想当初若不是因为她和丈夫离婚时争夺抚养权完全没有和女儿讨论，让韵如感到被忽视、心里受伤，也不至于发生这些可怕的事情。

然后她将一旁看傻的儿子也抱入怀里，说：“你们两个，我一个都不会扔下，我会更努力赚钱，把你们都留在我身边。”

陈韵如心中一酸，低下了头，不自觉地也回抱了这个女人。

*

之后，母亲匆匆赶去上班，只留下两百块钱让姐弟俩解决晚餐。

她带着陈思源到外面吃饭，看着狼吞虎咽的陈思源，忍不住好奇地问：“喂，陈思源，你那天干吗要离家出走？”

陈思源不改“中二”小屁孩本性，一开口就是：“关你屁——呜呜……”张开的嘴被陈韵如塞了一整颗卤蛋，差点儿没噎死他。

“我好声好气问你话，你最好乖乖回答，别在那边出口成脏，听懂没？”她瞪着陈思源，还掰着自己的手指关节，一副大姐头随时准备要开扁的模样。

陈思源看了姐姐一眼，才有些心不甘情不愿地开口：“那天你跟爸妈吵架，我在房间里其实都听见了。”

那天父亲好容易回来一趟，一开口就谈离婚，还要带走儿子，母亲情急之下有些口不择言，让陈韵如觉得自己的父母亲根本就不想要她这个女儿，只想要陈思源这个儿子。

陈思源故作小大人模样，说："从小到大，爸妈就一直重男轻女，你讨厌我也很正常，反正我也没有很喜欢你。"他转过头，刻意不看陈韵如，"我只是……只是看不顺眼他们这样对你，所以才……啊，算了，讲了你也不会懂，不想讲了啦。"

见到陈思源闹别扭的模样，她忽然明白了一件事，便问："你是不是觉得，你走了，爸妈就不会抛下我了？"

陈思源没有说话，却也没有否认。

"你一直以来都这么欠揍，该不会是想让妈妈更喜欢乖巧文静的陈——"她意识到自己又抽离了陈韵如的身份，赶紧更正，"你是不是想让妈妈更喜欢我？"

"不要脸，还好意思说自己乖巧文静，现在根本就像大姐头——啊，不要揉我头发啦！"他以为陈韵如接下来要狠狠捶他，却没想到，她揉完了他的头发，轻轻一笑，赞许地拍了拍他的头。

她笑着说："不管以前如何，现在我还蛮喜欢你的，谢谢你这么为陈……这么为姐姐着想。"

陈思源脸有些红，一面闪避她的手，一面故意说："谁为你着想啊，自作多情！"

*

"起立！敬礼！"

下课铃响，在班长的口令下，全班同学一起站起来向老师敬礼。

讲台上的老师又交代了几句后，便离开了教室，同学们也纷纷收拾书包离开。

这时一个男同学的声音传来："莫俊杰，外找！"

莫俊杰与李子维同时往教室外头望去，竟然是陈韵如。

班长谢宗儒也望向陈韵如，随即像是怕被人发现般迅速低下了头。

李子维看着莫俊杰走向陈韵如的身影，不觉间有些介怀。

搞什么，居然只找莫俊杰？

陈韵如有些不好意思地对莫俊杰说："我今天看到全校排名成绩单，才知道你成绩这么好。那个……你知道，自从我受伤后，记忆力变得有些差，课本里很多东西我都忘得差不多了，所以——"

没等她说完，莫俊杰就接口："好。"

她愣了愣，反问："我还没讲完，你在好什么？"

"你是希望我可以帮你补习，对吧？"

她露出略微吃惊的表情，点了点头。

莫俊杰观察真是入微，她话都还没说完，他就已经知道她在想什么了。

"你需要我教你什么？"莫俊杰问。

她马上从书包里掏出数学课本递到他面前，露出求救的眼神，说："莫老师，麻烦你了！"然后她看见李子维背起书包正要往外走，便喊住他，"李子维，你这个全校倒数第五名的，要不要一起来补习？"

李子维一脸满不在乎地说："我不需要。"

她忽然想起李子维说过，他高中毕业后，全家就要移民到加拿大了。

她不自觉脱口而出："对喔，你毕业之后就要——"

李子维连忙使眼色打断她。

"李子维毕业之后要怎样？"莫俊杰问。

她一时词穷，李子维自己跳出来打圆场："我跟陈韵如说过，高中毕业之后，又不是只有念大学这一条路可以走，我可以先去做其他事情啊！大不了，重考不就得了。"

但莫俊杰还是隐约察觉到了李子维似乎有事情瞒着他。

李子维似乎怕他追问，随便找了个借口便先溜了。

"那我们去图书馆吧！"莫俊杰只好对陈韵如说，"先从最简单的数学公式开始。"

他背起书包，跟着陈韵如离开，教室里只剩下几个人还坐在位置上。

班长谢宗儒拿着笔，仿佛很认真地在笔记本上写着什么，但其实他什么都没写，只是不断在空白的笔记本上用力地画着旋涡，那幽黑的巨大旋涡一如他此刻的眼神，深不见底，令人胆战心惊。

*

李子维骑着车，只觉胸口莫名地烦躁，不觉越骑越快，还差点儿闯了红灯。

他到底是怎么了？

是因为陈韵如主动来找莫俊杰，而不是找他吗？

可是他不是应该要替自己的好友感到开心吗？

那他现在是在烦躁个什么劲？

忽然，一阵热腾腾的甜甜的香气飘来，他转过头，发现不远处正好有一家卖白糖粿的摊贩，便将摩托车停在一旁，下车朝摊贩走去。

当他手里拿着刚炸好的白糖粿回到摩托车旁，正要大口咬下时，看到一个六七岁的小女孩不知何时出现在一旁，大大的双眼直盯着他手上的白糖粿。

他慢慢把白糖粿移到左边，小女孩的头也跟着转到左边。

他再把白糖粿移到右边，小女孩的头也跟着转到了右边。

“你想吃啊？”他好笑地问。

小女孩立刻点头如捣蒜，还吞了好大一口口水。

他把白糖粿递给小女孩，她毫无戒心地接了过来，马上开吃。

“你妈妈没有教你，不要随便吃陌生人给的食物吗？”他失笑。

小女孩狼吞虎咽，完全不理他。

“你家住附近吗？”他左右张望都没见到小女孩的家人，只有她独自在这里，感觉有点不对劲。

小女孩吃完了白糖粿，才说：“我迷路了，找不到阿嬷。”

“什么？你迷路了？”他大吃一惊。

迷路了还能这么镇定地向陌生人讨食物吃？

他得赶快带这孩子去找警察，她的家人一定很着急。

谁知道，他一说要去警察局，小女孩便放声大哭，嚷着不要去警察局。

李子维无奈，更怕被人误会是诱拐犯，只好答应不带她去。

可是总要把这孩子送回家吧？

“那你想想，还记得阿嬷家在哪儿吗？我送你回去好不好？”

小女孩吸吸鼻子，想了想，天马行空地说：“有一个白白的、高高的、红色尖尖的屋顶，还有海哦！”

这是要玩猜谜游戏吗？

“白白的、高高的、红色尖尖的屋顶？啊！我知道了！你阿嬷家在安平对不对？”他说。

小女孩却一脸迷惑地摇摇头，还问他：“安平是什么，可以吃吗？”

李子维差点儿昏倒。

看来，只能先把小女孩带到安平附近转一转，希望她能认出阿嬷家。

小女孩也不怕生，像是非常信任他，听话地戴上对她而言过大的安全帽，爬上了摩托车。

他载着小女孩来到安平，停好摩托车，牵着她的手在大小巷弄中寻找她的家人。找了一阵子，小女孩忽然扯扯他的手，示意他停下。

“怎么了，是不是找到阿嬷家了？”他问。

“我口渴了，想要喝东西。”她指着一家冬瓜茶摊贩。

这个小吃货！

他无奈，只能掏出口袋里的零钱去买冬瓜茶。

买完一回头，发现小女孩又跑不见了，四处张望，才看到她正在做椪糖的摊子前，专注地看着老板做椪糖。

在汤匙里加上一点水、一点糖和一点苏打，加热后竟然可以膨胀成好大一块糖饼，真是太神奇了！

老板问她要不要也试试看，她连忙点点头，但一下子就失败了。正苦着脸的时候，李子维来到她身边蹲下，笑着拉起她的手教她做。

李子维做得很成功，小女孩一脸崇拜地看着他。

李子维被唤起童心，加上想让小女孩开心，干脆牵着她一边在老街上游玩，一边寻找她的家人。

玩完了射气球，又跑去玩打弹珠，还去捞金鱼，李子维样样精通，小女孩看他的眼神更加崇拜了。

当李子维把一袋金鱼递给她的时候，她忽然问：“大哥哥，你有没有女朋友啊？”

“没有。”他说。

“那你有喜欢的女生吗？”小女孩又问。

李子维心里马上浮现出陈韵如的脸庞，但马上又摇了摇头，说：“没有。”

“真的没有？”小女孩像是看穿了他的心思。

“你的问题怎么那么多啊？”李子维转过头，掩饰自己的些微心虚。

小女孩望着他，若有所思。

之后两人经过一家百元牛排店，煎肉的香气让小女孩的肚子“咕噜噜”地叫了起来。

“大哥哥，我饿了。”

“……”

小孩子的胃真的是无底洞啊，李子维想。

*

“大哥哥，那我做你女朋友好不好？”

他正细心地将牛排切成一小块一小块，好让小女孩方便入口，听到这句话，刀子一滑，差点儿从他手里飞出去。

然后他紧张地左右张望，生怕别人真把他当成诱拐孩童的变态。

“你在胡说什么啊？”他一边将一小块牛排放入小女孩面前的盘子里，一边说，“快吃快吃，吃完赶快去找你的家人，不然我都要被你吃垮了。”

小女孩却没有立刻开吃，而是眼睛闪亮地看着他，说：“那我问你最后一个问题，问完就不问了。”

“好啦，随便。”李子维已经有点自暴自弃，他实在不会应付小孩子。

“大哥哥，你喜欢什么样的女孩子？”

“等你长大了，我再告诉你。”

“不要，我现在就要知道！”小女孩任性起来，还说，“你不告诉我，我就要哭哦！”

李子维倒吸一口气，要是这小鬼真放声大哭起来，他可是有理说不清，铁定会被当成诱拐儿童犯啊！

他只好放下刀叉，开始认真思考：他到底喜欢什么样的女生？

然后，一个人影就这样鲜明地出现在他面前。

“大哥哥，你想完了吗？”小女孩问。

“我喜欢的女生嘛……要个性开朗独立，有自己的想法，而且面对问题从来不会害怕，勇于挑战……”原本，只是想随便说两句敷衍一下，但脑海里却不断出现那个女孩说过的每一句话、做过的每一件事，讲着讲着，他不觉单手撑住下巴，说出了自己真正的内心感受，浑然忘了在自己面前的不过是个六七岁的小女孩。

“她会说一些我根本听不懂的话，但反而让我更好奇，更想要了解她……”

像是，老是喊他王诠胜，或是不断述说一个仿佛很遥远却又很真实的梦境。

“有时候很成熟，有时候又很幼稚……”他脸上露出微笑，“笑的时候很漂亮，哭的时候让人心疼……”

看见她流泪的模样，会让人很想抱着她、安慰她，说不要再哭了，他哪里都不去，会一直陪着她。

他忽然略低下头，有些不好意思：“其实，我还没有喜欢过哪个女生，但跟她在一起的某些时刻，我会觉得我好像是喜欢上——”他停住，终于意识到自己真的喜欢上了陈韵如，脸色不禁微变。

她可是莫俊杰喜欢的女生耶！

他这样岂不是夺人所爱？

可是……可是他就是喜欢上了，这下该怎么办？

小女孩早已吃完了李子维替她切好的牛肉，开始呼噜呼噜地吃起通心面，小小的脸蛋几乎被黑胡椒酱沾满了一半，还不忘说：“大哥哥，我觉得你喜欢的那个女生，和我好像哦！”

正在烦恼的李子维听她这么一说，“扑哧”笑出声，伸出手指戳她脸颊，调侃道：“你少臭美了！吃得满嘴都是！我才不喜欢肮脏鬼！”一边说一边拿起餐巾纸替她擦嘴，“快点吃，吃完再带你去找家人，不然天都要黑了，他们一定担心死了。”

吃完牛排，他慢慢地骑着摩托车，带着小女孩挨家挨户寻找家人，骑到一处巷口时，她忽然手指着巷内一整排透天厝中的一户，说：“阿嬷家！”

他在巷口停下摩托车，牵起小女孩的手，来到门口按下电铃，门一打开，正是心急如焚的阿嬷，见到小女孩立刻抱住她，又气又急地说：

“你是跑到哪里去了？你妈都报警了！”

“我迷路了嘛！是大哥哥送我回来的。”她指着身后的李子维，“而且大哥哥还请我吃了好多东西哦！”

阿嬷听了，不住地向李子维道谢。

见小女孩终于找到家人，他松了好大一口气，转身离开前还不忘叮咛她：“以后不要再这样乱跑了，这世界上不是所有人都像我这么善良，好好记住了。”

他走到巷口，发动摩托车离去，此时小女孩忽然挣脱了阿嬷的手，追了上去，不舍地大喊：“大哥哥，你不要忘记我哦！”

他回过头，笑着回喊：“好，我不会忘记你的。”

“我叫黄雨萱，说好了，一定要记得我哦！”小女孩稚嫩的声音传到他耳里，一瞬间，他觉得这名字很耳熟。

黄雨萱……黄雨萱……

对了，他想起来了。

在陈韵如描述的那个梦里，她说她就叫黄雨萱，而他也不叫李子维，而是叫王诠胜。

“在那个梦里，我们在台北租了一间小公寓。一开始，其实我很不喜欢那间房子，可是慢慢的，看着房子里多了我们一起买的家具，多了我们一起拍的照片，多了很多很多我们一起留下的痕迹，我就越来越喜欢那间房子。喜欢到，当我们存够了钱，想要换一间更大的房子时，我却舍不得搬走了……”

那时候，她眼里闪动着的微光，以及洋溢着幸福的侧脸，至今仍让他着迷。

他甚至隐约地希望，自己真的就是她梦里的王诠胜。

黄雨萱……

他停下摩托车，回头望了一眼。

小女孩见到他回头，兴高采烈地对着他不断挥手，大喊："大哥哥，千万别忘了我哦！"

第九章

1998年，台南。

隔天。

下课铃响，李子维问莫俊杰："要不要去福利社[1]买点东西吃？"

莫俊杰低着头，看都没看他一眼，说："你自己去吧！我在帮陈韵如整理重点，今天放学后要教她。"

李子维一听就气闷，却也不好发作，只好摸摸鼻子转身离开。

前脚才踏出教室门口，就有个同学拉住了他，将一张折好的字条递过来。

"这什么？"他问。

同学耸耸肩，说："我也不知道，一个二班的女生要我拿给你的。"

二班正是陈韵如的班级。

莫俊杰听见了，抬头望了李子维一眼，只见李子维也是一脸纳闷。

李子维打开字条，上头写着：第二节下课后，学校后门见。

他转头问莫俊杰："陈韵如约我第二节下课去后门找她，你要不要跟我去？"

莫俊杰想了想，说："既然她会这样约你，应该是有事想单独对你说，你自己去就行了。"然后他继续低头整理参考书的重点，状似不怎么在意。

这下反倒是李子维不知道该怎么接话了。

---

① 即附属于学校的便利店。

自从他发现自己对陈韵如的感觉后，他和莫俊杰之间似乎筑起了一道隐形的墙，表面上他们感情如故，但私底下却不再像以往那样无话不谈，而是开始有了一些保留与隐瞒。

李子维不是很喜欢这样的感觉，却又不知道该怎么处理。

在前往福利社的路上，他不断看着手上的字条，猜想陈韵如为何要单独找他。

蓦地，他停下脚步，一脸震惊。

不会吧？

难道……难道陈韵如又想向他告白了吗？

*

第二节课下课铃声一响，老师都还没离开教室，李子维便从教室后门迫不及待地溜了出去。

他一面快步朝学校后门走去，一面想着要是陈韵如再次对他告白，这一次他该怎么回应？

像上次一样拒绝吗？

可是……可是如今他对陈韵如的感觉完全不一样了……

唉，等一下，他到底在想什么啊？怎么可能呢？

但他还是莫名地紧张了起来，甚至还有些期待。

来到学校后门，不见陈韵如人影，只有他一个人，他要自己冷静，不停地深呼吸，却根本无济于事，心跳仍是越来越快，呼吸也越来越急促。

然后他听到了脚步声。

来了！

*

嘴里虽然说不在意，但莫俊杰还是忍不住悄悄跟了过来，躲在转角处偷看。

“你在偷看什么啊？”忽然有人在他身后问。

莫俊杰转过头，一脸意外：“你怎么会在这里？”

陈韵如一脸理所当然：“今天我值日，来后门倒垃圾啊！你刚刚在偷看什么？”

莫俊杰把她拉到身边，低声问：“你不是让人传字条给李子维，约他到这里见面吗？”

陈韵如一脸不解，说：“我要找他，直接去你们班上找就好，干吗找人传字条？多别扭。”

“所以不是你约的李子维？那约他到这里见面的女生是谁？”莫俊杰说完便朝李子维的方向看去，陈韵如也跟着探头望过去。

只见一个女生朝李子维身后走去。

陈韵如“咦”了一声。

那不是她班上的班花蔡雯柔吗？

“李子维？”蔡雯柔喊。

李子维原本满怀期待的热切心情立刻冷了下来。

不是陈韵如的声音。

他缓缓转过身，看到一个长得很漂亮的女孩，只是脸上的微笑温柔到有些刻意，反而显得不太自然。

“我叫蔡雯柔，我……我喜欢你。”蔡雯柔说完后害羞地低下了头，还不时偷觑李子维的反应。

李子维看着她，心里只有一个念头：原来要找他告白的不是陈韵如啊。

见李子维迟迟没有回应，蔡雯柔忍不住抬起头，脸上的神情既紧张又期待。

而躲在转角看着这一切的陈韵如，不知为何，对于李子维的答案，同样感到莫名地紧张。

终于，李子维开口了：“你叫什么名字？”

“我叫蔡雯柔。”

李子维立刻一脸惋惜，说：“真可惜，从小我妈就告诉我，算命的说我这辈子都不能跟姓蔡的女生在一起，不然会折寿。”

蔡雯柔根本没想到会听到这样的回答，嘴角抽搐了几下才问：“你是在跟我开玩笑吧？”

李子维夸张地叹了口气，说：“不，我是说真的，虽然我也不想这么迷信，但我是独子，这种事情还是宁可信其有吧！所以，抱歉了！”

不知道收过多少男生情书的蔡雯柔还以为这次告白势在必得，谁晓得会被李子维用这么离谱的理由拒绝，窘得转身就跑。经过转角处时，正好看到陈韵如，她恼羞成怒，狠狠瞪了陈韵如一眼后，快步跑走了。

李子维有些失望地扒了扒头发，转身也回教室去了。

陈韵如看着他离去的身影，若有所思。

真的会这么巧吗……

大学时代的王诠胜也曾被学妹告白，当时他也是这么回复对方，而且还把人家姓什么都搞错，学妹明明姓林，他却说算命的说过，他不能跟姓罗的女孩子在一起，相当于直接拒绝了对方，听到传闻的人都笑翻了。

可是……可是李子维不可能是王诠胜啊……

陈韵如摇了摇头，要自己别再多想，莫俊杰在一旁虽觉得她举止有些怪异，却也没有多问。

*

几天后，陈韵如一早来到教室，拉开椅子想坐下时，发现桌子的抽屉里被塞了东西。

是照片，而且有很多张。

她拿起那些照片，发现照片里的人竟全都是她！

照片里的她不是一个人走在回家的路上，就是独自坐在唱片行柜台后。

她不记得自己什么时候被拍过这些照片，显而易见，是有人刻意在偷拍她。

她脸色微微一变，接着一转念，会这样偷拍她的人，会不会就是之前袭击她的凶手？

她立刻问了几位比她早到教室的同学，包括蔡雯柔，但没有人看到有人将东西放进她的抽屉里。

看着手里那些照片，她先是感到窃喜，认为自己真的成功吸引到了凶手的注意力，让他按捺不住，终于出手。

但窃喜随即转为不安，凶手把这些照片放在她抽屉里，其实也算是一种警告，不是吗？要她知道，他不但知道她的行踪，而且随时都能对她为所欲为……

她看着这些照片，推断出拍照时间都是这两天下午放学后到晚上九点她在唱片行打工结束，如果凶手真的是同一个学校里的学生，一个高中生模样的人拿着相机一路拍个不停，多少会引起一些人的注意才对。

她陷入沉思：所以只要沿着她放学后离开学校到唱片行的路线，询问沿路店家或住户，说不定就会有人看到凶手？

于是，趁着下课时间，她跑去找李子维与莫俊杰，将自己的推理说给他们听，李子维听完后不住地点头，莫俊杰却不太赞同，反问："我觉得事情没这么简单。凶手都躲这么久了，为什么会忽然耐不住性子，用这些照片警告陈韵如？再说，连警方都找不到当时他攻击陈韵如留下的任何证据，他又怎么会在这时候轻易地留下线索？"

"所以，你觉得凶手是在故布疑阵吗？"陈韵如问他。

莫俊杰想了想，不是很确定地说："也不无可能。"

李子维倒是很相信陈韵如的说法："想这么多也没用，不如就照陈韵如的方法，我们放学后先去问问沿路的店家，看看这两天有没有人见过拿着相机的高中生？"

*

放学的时候，忽然下起了大雨。

三个人躲在学校旁边店家的屋檐下，等着雨停。

"你这样打工会不会迟到啊？"李子维问。

陈韵如想了想，从书包里拿出一把折叠伞，还没打开，李子维已经吐槽：“帮帮忙，这么小一把伞，我们三个是要怎么撑？”

她打开伞，看看自己的小伞，又看看身旁都高出她一个头的男孩，无言。

“我在这里等雨停，莫俊杰你先送她去打工吧！”李子维说。

莫俊杰却摇摇头，平静地看着李子维，说：“不用，你送她去吧！我在这里等雨停就好。”

李子维有些意外。

她忍不住开口：“你们两个在互相让来让去什么？三个人一起撑就好了！快走啦！”说完就直接撑伞往前走，两个男孩互望一眼，也只有硬着头皮跟上。

但是，一把小小的折叠伞根本遮不了三个人，随着雨势越来越大，三个人一下子就被淋得湿透，她干脆收起伞，拉着另外两个人一同在雨中奔跑。

“陈韵如！就跟你说那把伞太小了啦！”李子维抱怨。

“反正雨这么大，不管有没有伞都会淋湿嘛！”她喊回去，看见李子维被淋成落汤鸡的狼狈模样，忍不住笑了出来。

李子维看着她在雨中开心灿烂的笑容，即使浑身被淋得湿透，胸口却有一阵一阵的暖意涌上来，他终于清楚地意识到，那就是心动。

他真的……喜欢上陈韵如了。

一旁的莫俊杰默默无语，只是低着头快跑。

他的左耳没有听见那两人嬉闹般的喊叫，只有右耳不断传来大雨的唰唰声。

但那两人脸上的神情，他看得一清二楚。

明明不是自己一个人，为何此刻他却觉得更孤单了？

三个人全身湿透地闯进32号唱片行，里头空无一人，应该是看店的吴文磊不知道去哪儿了。

“你们在这里等我，我去里面看看有没有毛巾，顺便找找有没有衣服可以先让你们换一换，别感冒了。”她说。

李子维看着她踩着湿淋淋的鞋走入唱片行里间，忽然下定了决心，对身旁的莫俊杰说：“你之前不是说，我最近有点太关心陈韵如了吗？”

莫俊杰转过头，望着自己的好友，心中已经知道他接下来会说什么。

但连他自己也意外的是，他居然对此已经没有什么感觉了。

没有失落，没有愤怒，也没有觉得被背叛，就只是一种连他自己也说不出来的……无动于衷。

李子维直视着他的双眼，坦率地说：“我想，我应该是喜欢上陈韵如了。”

莫俊杰没有回话，只是沉默地回望着自己的好友。

他唯一的朋友。

这时陈韵如拿着两条毛巾走了出来，笑着说：“这两条毛巾你们拿去用吧！”

莫俊杰若无其事地接了过来，还替李子维也拿了毛巾，转身递给他。

李子维看到他的反应这么平静，反而更在意起来。

莫俊杰该不会是受到太大的刺激，所以表现才有点反常吧？

这时唱片行门口传来吴文磊的声音：“奇怪了，我又没付你们两个薪水，怎么老是在我店里看到你们？”他拎着一袋盒饭走到两人面前停下，看看这个，又看看那个，说，“你们两个到底谁在追韵如？来，给我好好说清楚。”

陈韵如听了，立刻说：“舅舅，别闹了，他们只是顺路送我来打工而已，没有在追我啦！”

李子维看了莫俊杰一眼，莫俊杰表情镇定，开口说：“没错，我们就只是顺道送陈韵如过来而已，也差不多该走了。”他朝李子维使了个眼色，两个男孩向陈韵如道别后，离开了 32 号唱片行。

“等一下！”陈韵如拿着一把男用的黑伞跑了出来，递给李子维，“雨还没停，这把伞你俩一起用吧！”

李子维撑起伞，莫俊杰却先走一步，任由雨淋。

“莫俊杰！”李子维追了上去。

莫俊杰越走越快，直到李子维追上来，用力扯住他的手臂，抱怨道：“你走那么快干什么？”

莫俊杰深吸一口气，回过头看着自己的好友，问：“然后呢？”

“什么然后？”李子维一头雾水。

“你说你喜欢上陈韵如了，你会告诉她吗？”

李子维没想到他会问得这么直接，愣了愣，才转过脸，低声说：“不会。”

“为什么？”莫俊杰朝他走近一步，“是因为我吗？”

李子维显得有些为难，过了一会儿，终于下定决心，对莫俊杰说：“我不会告诉陈韵如我喜欢她，是因为我很快就要离开了。”

“离开？你要去哪里？”莫俊杰一脸不解。

“高三毕业后，我就要和家人移民加拿大了……”只是短短的一句话，却一个字比一个字沉重，到最后，甚至沉重得让他无法继续说下去。

是的，他很快就要离开台湾，离开莫俊杰，离开陈韵如，所以即使他喜欢她，也什么都不能做，那还不如，什么都不要说。

莫俊杰愣了几秒，才问："你什么时候知道要移民的事？"

"升高二的暑假。"李子维回避着他的眼神。

莫俊杰更是一脸不敢置信，隐忍着怒火，说："你这么早就知道了，为何不告诉我？"他沉默了一会儿，忽然又问，"陈韵如知道吗？"

李子维很想否认，但他实在不愿对莫俊杰说谎，犹豫了几秒钟，点了点头。

莫俊杰看着自己所谓的好友，那冰冷的目光几乎让李子维抬不起头来。

"很好，连她都知道了，就只有我什么都不知道！李子维，你还真是够朋友啊！"他恨恨地踢了一脚地上的水坑，水花溅在李子维早已湿透的制服上。

然后他气冲冲地转身离去，留下李子维一个人。

雨仍在下着，李子维看着莫俊杰在大雨中孤独愤怒的背影，懊恼不已，他索性将伞扔在一旁，任由雨水淋在自己身上，仿佛这样能稍微减少一些罪恶感。

*

32 号唱片行里，吴文磊和陈韵如正在吃着盒饭。

吴文磊一面吃一面好奇地问："那两个小鬼，你到底喜欢哪一个？"

她没好气地说："他们没有在追我，只是怕我落单，凶手又会找上我，所以才会特地送我来打工。"

吴文磊却是一脸不以为然，他又不是没有追过女孩子，怎么会不知道这些都只是借口。

“我不是禁止你谈恋爱，只是想提醒你，初恋只有一次……”

她白眼快翻到了天边：“谈恋爱的经验我丰富得很，你那些建议还是留着以后跟陈韵如说吧！”

吴文磊一愣，还没来得及掩饰，眼尖的她已经发现不对劲，不满地说：“你该不会到现在还不相信，我其实不是陈韵如？”

“相信！当然相信！”吴文磊赶紧配合搭腔，尽管心里还是不怎么信的。

她理直气壮地说：“既然相信，干吗一直问我到底喜欢他们哪一个？我已经二十七岁了，怎么可能会喜欢这种十几岁的小男生？要不是答应过你，不能毁了陈韵如原本的生活，我又怎么会陷在这种尴尬的三角关系里？”

“三角关系？”吴文磊随即恍然大悟，“你们三个到底谁喜欢谁？”

“莫俊杰喜欢陈韵如，可是陈韵如喜欢李子维，偏偏李子维不喜欢陈韵如。”这段三角关系，她早就看得清清楚楚，“如果我是陈韵如，根本不会跟莫俊杰走得这么近，也不会和李子维继续当朋友。”

想想，一个曾经对她告白，一个拒绝她的告白，和这两个男生相处有多尴尬！但偏偏她不是陈韵如，她不能替陈韵如决定到底要和李子维与莫俊杰维持什么样的关系，她只能在陈韵如回来之前，装作什么都没有发生过，继续跟他们当好朋友。

吴文磊一脸赞叹，只不过问她想跟谁谈恋爱，她居然可以想象出这么多情节，简直可以去当作家或编剧了。

像是知道他心里在想什么，陈韵如瞪过来一眼，他一心慌，连忙转移话题："别误会，我不是不相信你，好吧，这么说好了，我只是好奇，如果说你——不是，如果说过去的陈韵如，她喜欢李子维，但李子维却喜欢上了现在的你，那你该怎么办？"

她一愣，一瞬间想起这段日子以来与李子维的诸多互动。

当她对吴文磊说自己恋爱经验丰富时，并不是吹嘘，但直到这一刻，她才真正发现，李子维似乎……真的喜欢上了她……不，不不不，她赶紧用力地摇头，她想这么多做什么？她是黄雨萱，又不是陈韵如！她并不属于这个时空，迟早她都会回到属于她的2019年，再也不会与李子维相见……

一旁的吴文磊一边吃着盒饭，一边欣赏她脸上的表情，一下子沉思，一下子猛力摇头，然后一脸忧愁，仿佛舍不得什么最心爱的东西，简直内心戏十足，也许他这个外甥女将来还可以当演员呢。

*

因为下雨，要调查偷拍者的计划只好延后一天。

隔天放学后，陈韵如与两个男孩沿着她从学校前往唱片行的路线，一一询问较明显处的店家，但毫无线索，没有人见过拿着相机的高中生。

"不然我们拿这些照片去附近的照相馆，问问看最近有没有人冲洗这些照片？"莫俊杰提议。

她点点头，莫俊杰便径自往转角一家照相馆走去，一向与他形影不离的李子维却留在原地，反常地安静。

其实她早察觉到这两人有些不对劲，一路上，这两个人眼神一直在回避对方。聊天时，李子维有一搭没一搭，莫俊杰更似乎直接无视李子维，两个人仿佛在冷战。

她忍不住好奇，追上莫俊杰，问：“你跟李子维怎么了？”

莫俊杰忽然加快脚步，像是根本不想回答这个问题。

她再度追上，正想开口，莫俊杰却打断了她：“我现在不想提这件事。”

她看着莫俊杰的表情，心里隐约猜到了答案。

他是不是知道了李子维要移民的事了？

这时莫俊杰忽然转过头，对她说：“如果你还是喜欢李子维，其实可以不必顾虑我。”

她愣了愣，有些意外。

莫俊杰看了不远处的李子维一眼，说：“他明年就要离开台湾了，你应该会想多跟他相处吧！”

他果然知道了。

她想，所以他们才会冷战吧。

毕竟这么重要的事，李子维却一直没有告诉他。

“莫俊杰，我喜欢李子维那是以前的事了，我现在不一样了，我对李子维并没有——”

“够了！”向来温和的莫俊杰像是再也忍受不了似的低喊，打断了她的话，“陈韵如，够了，你不用再装了！”

她愣在当场，一时间不知道他为何要这么说。

“莫俊杰，我不是——”

莫俊杰再次打断她：“也许在别人眼里，过去的你和一般女孩子是不太一样，但那并不代表你不好，不代表你就是错的，你没有必要因为李子维而逼着自己去改变，变成他喜欢的样子，装作过去的陈韵如仿佛从来就没有存在过！你知不知道，你这样我看了心里有多难受？”他越说越难过，脸上的表情尽是痛心。

明明她就在眼前，可是现在的她却一直让他回想起以前的陈韵如，那个安静的、总是认为自己不受人注视的、躲在角落里默默沉浸在自己世界里的女孩。

莫俊杰说完后，见陈韵如并没有试图辩解，心中更是难过，转头就走。

走了没几步，她忽然用力地抓住他的手腕，他回过头，听见陈韵如说：“我有话要跟你们两个说。”

*

她先回到家里，从房间里拿出那台随身听，然后前往公园。

两个男孩已经等在那里，两人相隔一段距离，气氛尴尬，谁也不看谁，显然依旧在冷战。

她在心里叹了口气，走上前，深吸一口气，却仍迟疑着到底该不该告诉他们真相，直到李子维按捺不住，喊：“陈韵如，你不是说有话要对我们说吗？到底是什么事？”

说吧。她想。只有说出来，才能解释这一切。

她看着面前这两个男孩，说：“你们还记不记得，我之前说过，我在昏迷的时候做了一个很长很长的梦。”

两个男孩互望一眼，很快又别开脸，然后几乎同时点头。

“我说，在那个梦里，我不是1998年的陈韵如，而是活在2019

年的黄雨萱，其实……那不是梦，而是真的，我并不是你们认识的那个陈韵如，而是黄雨萱，来自2019年。”她走到莫俊杰面前，说，“你刚刚说的不完全错，我不是变了，而是我根本就不是你过去所喜欢的陈韵如。”

莫俊杰听了，眼睛眨也不眨地看着她，若有所思。

她接着转头对李子维说：“我知道你对我有好感，但我并不是你认识的那个陈韵如，所以……所以你们两个根本没必要因为我而冷战。”

李子维一脸莫名其妙，正想开口，她打断：“我知道你们一时间很难相信，不过我有证据。”她从口袋里拿出两张数学考卷，递到两人面前，解释道：“左边这一张是陈韵如之前写的，右边这一张是我写的，你们一看就会发现，上面的笔迹根本就不是同一个人。”

两人乖乖地望向那两张考卷，只见左边这张考卷是98分，上头的笔迹工整美观，右边那张考卷却是17分不及格，笔迹潇洒不受拘束，而且在姓名那一栏还有名字被划掉的痕迹，依稀可以看出来被划掉的是“黄雨”这两个字。

“如果我真的是陈韵如，怎么可能会把自己的名字写错？”她问。

两个男孩你看看我，我看看你，一时想不出答案，却也觉得事有蹊跷。

现在的陈韵如，的确和以前判若两人，但这一切实在太匪夷所思了啊！

在他们面前的这个女孩，居然说她来自未来？

李子维率先举手发问：“你说你不是陈韵如，而是来自未来的黄雨萱，那……你是怎么来到这里的？”

她将手上的随身听递到两人面前，说：“因为这台随身听。”

两个男孩又是对看一眼，然后同时转头看向她，脸上的神情复杂得难以解读。

她继续说下去："那时候，我刚参加完男友的告别式，有人寄了这台随身听给我，然后我在回家的路上，听着这台随身听里的音乐，听到睡着了，再醒过来时，就已经变成你们眼前的陈韵如了。"

"我可以看一下那台随身听吗？"李子维伸出手。

她把随身听交到李子维手上。

李子维看着手上的随身听，神情更显凝重，然后他忽然抬起头，一脸认真地对她说："实不相瞒，其实我也不是你认识的李子维。"

她一脸讶异，睁大了双眼望着李子维。

只听李子维继续说："我是来自2029年的生化机器人T1000。我来到这个世界的目的，就是要阻止天网计划，从魔鬼终结者的手中，拯救人类文明的未来！ I be back!!"

她的白眼直翻到脑后，当下很想直接昏倒！

这个白痴！

莫俊杰的反应显然和她想的一样，冷冷地呛李子维："是I'll be back!!①"

李子维瞪了他一眼，说："不是差不多？"

"差很多。"莫俊杰一脸"你就是白痴"的表情。

"我不是在和你们开玩笑！"她无奈地说，语气显得有些焦躁，"我是认真的，要是不快点找出凶手，陈韵如很可能不久之后就会被杀掉了！"

原本正想继续斗嘴的两人听她这么说，不约而同地都停了下来，

① 我会回来的。

转头看向她。

“你刚说什么？你说你会被杀掉？”李子维半信半疑地问。

“严格说起来，被杀的那个人不是我，而是陈韵如，她会在 1999 年被某个人杀掉。”她一脸忧虑，“所以我拜托你们，先不要为了谁喜欢谁这种小事吵架冷战了，快想办法帮我找出那个杀死陈韵如的凶手，剩下的事情，等陈韵如回来之后，你们再怎么吵都没关系！”

她一口气说完，却发现面前的两人还是一脸不太相信的模样，她感到全身无力。

这两个蠢蛋！就不要等到陈韵如真的被杀了，你们才后悔没有早点听她的话！

她转身想离开，莫俊杰唤住她：“陈韵如，我没有不相信你。”

她意外地转身，见莫俊杰走上前来，问她：“只是我有一个问题想问你。”

她点点头。

“你是不是为了让我跟李子维和好，才故意编出这个故事？”莫俊杰问。

她深吸一口气，忍住想要一拳击向那张认真的脸蛋的冲动。

算了！随便他们！

她从李子维手里一把抢回随身听，一阵风似的转身离开，留下两个不知所措的大男生。

过了一会儿，莫俊杰忽然主动开口问李子维：“要不要去吃冰？”

李子维有些意外莫俊杰居然主动示好，一时拉不下脸，故意犹豫了一下，才说：“不要。我肚子饿了，我想去吃鳝鱼意面。”

*

马路旁的小摊上只有简单的几张桌椅，客人却是川流不息。老板拿着锅铲的手忙到停不下来，却仍眼观八方、耳听四方，见李子维带着莫俊杰走来，随口问了句："今天两份？"

李子维点点头，带着莫俊杰找到空位坐下后，没多久老板娘就端来了热腾腾的鳝鱼意面，李子维也不客气，立刻拿起筷子开吃，酸甜咸辣鲜的芡汁与口感爽脆的鳝鱼一同入口，他一边吃一边大声朝汗流浃背的老板背影喊："老板，超好吃的啦！"

老板扬了一下手上的锅铲，老板娘依旧面无表情，忙着招呼其他客人。

莫俊杰默默地吃了几口，鳝鱼意面的确美味，但他脑袋里依旧想着方才陈韵如的那番话，有些食不知味。

李子维呼呼噜噜吃完了大半碗，正想叫第二份时，莫俊杰才开口："刚刚陈韵如讲的那些事，你怎么想？"

李子维夹起最后一块鳝鱼，说："用鳝鱼想也知道，就像你说的，她是为了让我们和好才编出那个故事的，不是吗？"他将鳝鱼放入嘴里，接着扫光剩下的意面，"不过，不知道为什么，我有种感觉，她说的……很有可能是真的。"

莫俊杰有些意外："所以你不认为她是在编故事？"

李子维也不是很确定，面露困惑地说："听起来是很荒谬，但自从她受伤醒来之后，的确像是完全变了个人。"

回想这一阵子和陈韵如相处的点点滴滴，她的个性、她说话的方式、她的笑容，甚至她生气的模样，都和他们以前所认识的那个陈韵如完全不同。

“那你呢？你相信她说的话吗？”李子维反问莫俊杰。

莫俊杰想了一会儿，才回答：“如果她说的是真的，那或许可以解释，为什么我最近对她不再有像以前一样的感觉了。”

其实，此刻他心里比谁都想要相信，陈韵如讲的一切，都是真的，至少这代表现在的陈韵如并不是真正的她，而是来自未来的黄雨萱，那他也不算是失恋了。

只是，他还是很想知道，以前的陈韵如，究竟去了哪里？

李子维点点头，垂下目光沉思。忽然，他抬起头，讶异地望着莫俊杰，问：“等一下，你的意思是，你现在不喜欢陈韵如了？”

“我也不完全是这个意思，只是我对她没有以前那样心动的感觉了。”他想了想，说，“至少，当你告诉我，你喜欢上他的时候，我其实没有那么生气。”

“你是认真的吗？”李子维小心翼翼地观察着莫俊杰，“你该不会只是想让我好过一点，才这么说的吧？”

莫俊杰冷冷地看了李子维一眼：“我不需要做到这个地步，好吗？”

李子维不禁打从心里松了口气，然后轻轻一拳击在莫俊杰的肩膀上，笑说：“你干吗不早点说？自从我发现自己喜欢上陈韵如之后，对你一直感到很愧疚耶！”

莫俊杰依旧一脸不以为然，呛他：“就算这样，你也没资格喜欢陈韵如。你都要移民了，还跑去喜欢她做什么？”

李子维一听，瞬间觉得胃口也没了，默默地拿着筷子搅拌空盘上的汤汁，好半天，才有些别扭地说：“我要移民这件事，没跟你说，不是因为我不把你当朋友啦，是因为，你知道的，就是……总之……”

讲了半天，那句“对不起”就是说不出口。

他实在是不习惯道歉。

莫俊杰见他这么支支吾吾，便起身去一旁的冰箱拿了一瓶啤酒，又另外拿了两个玻璃杯，回到桌前，坐下。

李子维接过啤酒，打开，替两人各倒满一杯。

莫俊杰先举杯，目光平静。

李子维跟着举杯，嘴角扬起微笑。

好友之间的默契，一切尽在不言中。

玻璃杯轻轻相碰，正要一口饮下，老板娘冷不防冒出一句：“你们不是高中生吗？未成年不可以喝酒！”

*

早已该人去楼空的校园大楼里，三个女孩的身影鬼鬼祟祟。

其中一个女孩拿着一沓照片，正一张一张地张贴在布告栏上。

全是陈韵如上体育课前在教室换装的照片。

“这样好吗？”一个女孩怯生生地问。

正在张贴照片的女孩愤愤不平地说：“她自找的！”

之前想要吓吓她，特地偷拍她，还把照片塞到她抽屉里，谁知道她一点反应也没有，还是整天跟李子维腻在一起，看了就碍眼！

照片贴完后，带头的女孩满意地看着布告栏。

等明天大家看到这些照片，看陈韵如还能多嚣张！

三个志得意满的女孩都没有注意到，有一个阴暗的身影在转角处，将这一切全看在眼里。

第十章

1998年，台南。

陈韵如一回到家就把自己关进房间里。

她抄起一个枕头，狠命地捶着，一面捶一面在心里暗骂：那两个大猪头！我那么认真解释，居然当我是在开玩笑！

可怜的枕头被她捶扁后，她才勉强算是出了口气。

她从床上跳起来，走到书桌前，打开抽屉，拿出那本日记，翻到最后一页。

还是一片空白。

那时候她看到的那一句“他就是王诠胜。”到底是不是陈韵如写的？

如果是，又是什么时候写下的？

那个“他”到底是谁？真的是李子维吗？

她看着日记本上的那一页空白，不禁陷入沉思。

她就是为了寻找答案才回到这里的，不是吗？

就在这个时候，窗户发出“砰”的一声。

她起身，打开窗户往下望，居然是李子维。

*

“你可以老实跟我说，你现在到底是双重人格，还是有妄想症？”

李子维难得一脸认真地问。

“你这么晚还叫我陪你来公园，就为了问我是不是神经病？”她火大地反问。

她受够了！

就在她怒气冲冲转身要回家时，李子维拉住了她，说：“我没有说你是神经病，我只是想搞清楚你现在到底是怎么回事。如果你是双重人格，这还说得过去，毕竟你跟之前实在差太多了。可是，下午你对我们讲的那些事，比较像是妄想症——”

“反正你认为我脑子有问题就对了！”她说。

见到她气成这样，李子维也是一脸为难，他不是故意要惹她生气，只是他想知道，自己喜欢上的到底是一个什么样的女孩。

“我不想再多说了，反正说再多，你也不会相信。”她一脸放弃的表情。

“等一下！那这样好了，你不是对我说过，你曾经做了一个很长很长、关于未来的梦吗？”

“那不是梦！那是在未来真实发生的事情！”她纠正他。

“好好好，如果那不是梦，那你可以告诉我，未来的黄雨萱发生了什么事吗？”

她一脸不耐烦：“说了你就会相信我吗？”

李子维扒了扒头发，说：“我只是很想知道，如果我现在喜欢的人，真的是来自2019年的一个叫黄雨萱的女生，那她是什么样的人，在未来过着什么样的生活，又是为了什么而来到这里？”

听见他这么说，她不由得一愣。

李子维这是……在说他喜欢她吗？

她有些傻眼地问："你刚刚是在对我告白吗？"

李子维虽然有些尴尬，但对他而言，喜欢就是喜欢，没什么不敢讲的，他才不像莫俊杰那样扭扭捏捏。

只是面对自己喜欢的女孩，他还是有些不好意思，但仍强自装作镇定，说："你不是早就察觉到我对你有好感了吗？所以这不算告白啦。"见陈韵如只是睁大了眼看着他，他越发有些不自在，连忙说，"我真的只是想知道，我喜欢上的女孩，到底真的是来自未来，还是有人格分裂或妄想症……"说到一半，他忽然像是领悟了什么，兴奋地说，"我现在终于发现我为什么会喜欢你了！因为不管是哪一种情况，听起来都超酷的！"

她忍住想翻白眼的冲动。

上一刻她还有些感动呢，下一刻就被这个小屁孩打败！

李子维看到她的表情，知道她心里八成又在黑他，忍不住抗议："陈韵如，你不要以为我不知道你现在心里正在骂我哦。"而且八成又在嫌他是个不成熟的小屁孩。

他摸了摸空空的手腕，他已经不再戴电子表了。

"所以你到底要不要跟我说？"他催促。

"说什么？"她问。

"未来的事啊！2019年是什么样子的？真的像电影《回到未来》一样，有车子在天上飞？街上到处都有机器人？"

"未来才不是像电影里演的那样呢！"她忽然觉得很困，转身就想回家睡觉去了。

李子维追了上来，继续问："那不然是什么样子？"

"虽然不像电影里演的那样，但还是有很多地方跟现在不一样，譬如手机，2019 年，我们用的几乎都是智能手机……”

她没有发现，自己的脚步越走越慢，原本想赶快回到家里睡觉的急切心情，不知道什么时候也缓和了下来。

秋凉的夜里，她和他一起走在路上，聊着聊着，她聊到了自己在未来喜欢什么，又不喜欢什么，而身旁的十七岁的男孩专心听着，把她说的每一句话都记在了心里。

*

隔天清晨，陈韵如一面打着哈欠，一面走进学校。

都是李子维，昨晚硬拉着她聊了那么久，害她那么晚才睡，现在困死了。

她转了个弯，教室就在走廊尽头，一大清早的本来就没什么学生，但此刻却有不少人围绕在她的教室前，她狐疑地走上前，只见教室四周被拉起了封锁线，里面有两个警员正在现场搜证。

“怎么回事？”她拉过一个同学悄声问。

“蔡雯柔死了！”那个同学一脸惊恐，“而且死得很惨！”

陈韵如吃了一惊，问：“蔡雯柔死了？”

另一个女学生凑过来，也是满脸惊恐，低声说：“听说她死得超惨，不但满脸是血，脖子上还留下不知道是什么东西造成的伤口，从脖子到脸上都是，第一个发现的人吓得都说不出话了。”

清晨第一个到达教室的女学生，一进门就看见蔡雯柔趴在座位上，仿佛在睡觉，她不以为意地走上前，拍了一下蔡雯柔的肩膀，没想到蔡雯柔顺势就往一旁滑落，整个人倒在地上，露出了渗出大量鲜血的口鼻，从脖颈处往下延伸的血管则像是被某种腐蚀性液体灌入，造成严重灼伤，留下诡异图腾般的伤痕。

女学生吓得放声尖叫，立刻吸引了其他教室的学生跑来围观，也有人报了警。没多久，听到消息的导师赶来，将学生们召集起来，宣布今天暂时停课，要大家先回家，并且注意安全。

陈韵如听完后，转过头，正好见到两个女学生盯着她瞧，眼神里满是说不出的恐惧。

她认得那两个人。

她们是丁郁馨与简盈慧，与蔡雯柔向来形影不离，做什么都在一起。

那两人看到陈韵如望向她们，立即移开视线，丁郁馨更是急忙拉着简盈慧离开。

陈韵如察觉有异，趁无人注意时，悄悄跟在她们身后，来到大楼转角的女厕，隐约能听见那两个人正在里头争论着。

“……我以为她昨晚先回家了，谁晓得会发生这么可怕的事……”

“当时不该留她一个人的，都是你啦，没事干吗突然尿急……”

“下一个……下一个会不会轮到我们？”说这话的简盈慧声音颤抖，怕得眼泪在眼眶里打转。

“你不要自己吓自己啦！啊——你干吗？！”

“你说，会不会是陈韵如？她发现了，所以把蔡雯柔杀了？”

“怎么可能啦！你放开我的手，好痛——”

女厕门口一暗，两个女孩猛地回头，看见站在门口的陈韵如时，惊得连话都说不出来，甚至连连退后了好几步。

“你们两个最好把话说清楚，这到底是怎么回事？”陈韵如站在女厕门口，双手横胸，冷冷地看着她们，语气里带着不容拒绝的威胁。

*

陈韵如背着书包，快步走向李子维与莫俊杰的教室。

原来，根本不是什么凶手在偷拍她，这一切都是蔡雯柔搞的鬼！

蔡雯柔当初对李子维告白，却被他用很糟糕的理由拒绝，又看到陈韵如成天和李子维与莫俊杰腻在一起，还表现得那么高调，吸引了许多男孩子注意，心里嫉妒，才想出用这个方法教训她。

只是丁郁馨和简盈慧都没想到，原本只是个恶作剧，想要替蔡雯柔出气，现在却闹出了这么可怕的人命！

因为发生了命案，全校停课，许多学生都背着书包正准备离校，陈韵如走得飞快，在一处转角不小心与一个学生撞在了一起，她重心不稳差点儿要摔倒，那人立即伸出手拉住她，还说了句："走路小心点。"

"不好意思，谢谢……"她抬眼向对方道谢，却在看到那人的面孔时，愣住，"你不是——"

这个人，不是谢芝齐吗？

应该说，是年轻时的谢芝齐。

"你认识我？"那人向来温和无害的双眼警戒地微微眯了起来。

陈韵如想起来了？认出他了？

她看着面前这个男学生，尽管知道他就是谢芝齐，但她现在急着找人，一时之间也很难解释自己为什么会认识他，干脆否认，摇摇头说："没有，我认错人了，刚刚真是不好意思。"说完后便匆匆离去。

那人站在原地，看着她快速离去的背影，眼神渐渐变得阴暗浑浊。

*

她很快就找到了也正要离开学校的李子维与莫俊杰，说有重要的事情要和他们商量。

“不过，这件事不方便在人多的地方讨论。”陈韵如说。

李子维立刻提议：“那去我家吧！反正我家现在没人。”

于是三个人来到李子维家里，那是一栋透天的两层独栋洋房，前后都有院落，只不过院子里杂草丛生，屋里也有些空荡，似乎没怎么整理。

李子维倒是不以为意，说：“家里的用人最近辞退了，反正我爸不在台湾，我妈也很忙，一天到晚不在家。”他耸耸肩，“我都这么大了，也不需要请个用人跟前跟后地照顾我，况且……”他话说到一半就停了下来。

况且，他们全家很快就要移民了，家里的东西能清就尽量清掉，房子也要处理掉，不会再需要用人了。

想到李子维很快就会离开台湾，陈韵如与莫俊杰都有些黯然，但，现在最重要的不是这个。

三人来到李子维房里，她很快将偷拍事件的来龙去脉告诉了两人。

李子维大为吃惊，顿时觉得对陈韵如很过意不去，连忙说：“我跟那个蔡什么，根本就算不上认识，我真的不知道她们居然会这样对你。”

“我知道，这其实和你没什么关系，只是……”她微微地皱起眉头，“这件事让我觉得不太对劲儿。”

“怎么说？”莫俊杰问。

“简盈慧和丁郁馨说，昨晚她们和蔡雯柔一起把我在教室换体育服的照片贴在了布告栏上，但今天那些照片竟然全都不见了。”

“什么？”李子维顿时火冒三丈，“你说她们拍你什么？难道……难道是那个……裸照？还贴在布告栏上？那些女生怎么这么过分！”说到后来他竟面红耳赤，愤怒中夹杂着几分害羞。

莫俊杰也是一脸气愤。

她看着两人的反应，觉得有些好笑，说：“还不到裸照的程度啦，而且你们搞错重点了吧？我要说的是，我怀疑蔡雯柔被杀，是不是跟我有关系？”

两个男孩闻言一脸震惊，双双望向她。

她耐心地解释：“蔡雯柔她们昨晚贴在布告栏上的照片，今早全部都不见了，这代表照片应该昨晚就被拿走了。也就是说，在这段时间里，除了蔡雯柔她们三个人，还有其他人在现场，还拿走了我的照片。”

李子维脑筋转得快，立刻接话：“所以你认为杀害蔡雯柔的人，也就是当初袭击你的凶手？”

她想了想，露出困惑的神情，说：“可是，如果真是同一个人，为什么要这么做呢？这不是等于在替我解围出气吗？当初那个凶手可是差点儿要了我的命耶！这一点都不合逻辑。”

一直沉默着的莫俊杰此时忽然出声，声调里带着一丝不同以往的压抑与黑暗，眼神也变得凌厉冰冷：“也许，凶手认为你只属于他一个人，除了他之外，任何人都不能碰你，更别提伤害你！”

莫俊杰忽然的黑化让其他两人都吓了一跳，李子维随手抄起枕头往他身上扔：“喂！你干吗啊！表情忽然变得这么可怕，好像你干的一样！”

莫俊杰立刻恢复了以往温和的模样，略带歉意地笑了笑，说：“我刚刚只是在推测凶手心里在想什么，不小心演得太入戏，你也不用这样大惊小怪吧？不过……”他望向陈韵如，“如果拿走照片的人，真是袭击你的凶手，那他这么做，是不是因为照片里拍到了他的身影？”

“不可能，那是我在班上换穿体育服的照片，整间教室里都是女生，他要躲在哪儿？”陈韵如立刻驳回这条线索。

“说不定凶手是女生？”李子维问。

她想了想，缓缓地摇头，说：“虽然我不记得攻击我的凶手长什么样子，但我隐约记得，他穿的是我们学校的男生制服。”

讨论了半天，还是没什么头绪，三个人都有点沮丧，暂时陷入一片静默。

然后莫俊杰站起身，说：“我想今天就先这样吧，我补习要迟到了，先走了。李子维，你等下送陈韵如回家。”

李子维点点头，说了声“好”。

莫俊杰离开后，李子维才忽然觉得哪里怪怪的，转头问陈韵如：“不对啊，他成绩那么好，根本不用补习啊。”

陈韵如一脸受不了的表情：“你看不出来，他是特地替我们制造机会吗？”话一出口，她也自觉讲得太直白，不免有些尴尬。

李子维也忽然觉得有些不自在，于是跳起来，说：“我去冰箱拿点饮料，你要不要也顺便喝点什么？”

她点点头，李子维便转身离开房间。

莫俊杰这家伙！根本是整他嘛！忽然就把他和陈韵如丢在这里，他一点心理准备都没有啊！

孤男寡女身处一室，实在是……实在是……想着想着他又觉得耳朵有些烧热，连忙要自己别再多想。

陈韵如独自留在房里，有些好奇地打量着四周，看到空荡荡的书桌上有一本打开的插画本，她走上前，随手翻了几页，里头都是李子维画的素描与插画，她越看越觉得有一种说不上来的熟悉感觉，直到她看到其中的一张插画。

那是一个穿着高中制服的女孩在雨中奔跑的背影。

她睁大了双眼，不敢置信地看着那幅画，双手颤抖。

所有的思念与久违的爱恋如翻江倒海般瞬间将她整个人淹没。

怎么会……真的是他……竟然真的是他！

“陈韵如，我家有冰红茶和可乐，你要哪一种？”李子维的声音从门口传来。

她深吸一口气，忍住即将掉出的泪水，望向站在门口的他。

这一刻，她终于明白，陈韵如日记里的最后一句话是什么意思。

他就是王诠胜。

李子维见她忽然变得情绪激动，小心翼翼地问：“你还好吗？”

她站起身，泪眼蒙眬中，将他年轻的身影印入眼里。

“真的是你……”她缓缓地朝他走去。

李子维，真的就是王诠胜！

面前的男孩变得越来越模糊、越来越模糊，她耳朵里似乎听见了有人在喊着什么。

“你怎么了？黄雨萱？你别吓我，快醒醒啊！”

“陈韵如？”李子维朝她走了过来。

两道声音交叠在一起，她还来不及分辨，眼前就忽然一黑。

“陈韵如？”

“黄雨萱？”

是谁在叫她？

她到底是陈韵如，还是黄雨萱？

*

她猛地睁开眼。

“太好了，你终于醒了！”

她躺在床上，床边是神情焦急的小黛与房东太太。

“小黛？”她的思绪还有些混乱，分不清自己现在到底在哪里。

她缓缓地从床上起身，环顾四周，小黛在她耳边聒噪不停：“黄雨萱，你终于醒了，老天！你怎么那么能睡？是要吓死我们吗？”

黄雨萱一脸困惑地看着面前这两人，她睡了很久吗？

房东太太又怎么会出现在这里？

“黄小姐，你也睡得太熟了，我们刚刚喊了半天你都没醒，差点儿就要叫救护车了！”身材丰腴的房东太太拍拍胸口，一脸心有余悸。

小黛也说：“你今天一整天没来上班，也没请假，传信息也没回，打手机也没人接，我赶紧把房东太太找来，请她开门让我看看你到底怎么了。”小黛看了房东太太一眼，说，“要不是我看你还有呼吸，真的以为你死了！”

黄雨萱听完小黛的解释，神情依旧有些恍惚，仿佛还没有完全睡醒。

她睡了很久？所以……那一切都只是一场梦？

她只是又梦见自己变成了陈韵如？

但是她好像在梦中找到了什么很重要的线索……忽地，她从床上跳起来，也不顾自己衣衫不整、睡了一整天根本没有梳洗，神情激动地冲到了门外，把傻眼的小黛和房东太太抛在身后。

她想起来了！

他就是王诠胜！

李子维就是王诠胜！

她在李子维房间里看到的那张高中女生插画，就是王诠胜工作室里那张占据了整面墙的巨幅插画！

不论是构图或用色，都一模一样！

她还记得，自己当时看到王诠胜工作室里那幅插画时，心里立即明白，这个只有背影的女孩，对王诠胜一定有特殊意义。

她心里介怀，追问王诠胜，他起先只是笑而不语，最后才告诉她，这是他第一次喜欢上的女孩。

原来是他的初恋。

心里的醋坛子瞬间被打翻了好几坛，但谁没有过初恋？她自己的初恋还是一个连名字都不知道的大哥哥呢！

想要装作大度不在乎，但她还是忍不住挑剔起那张插画，嫌画风不成熟，拉低了整间工作室的品位，力劝王诠胜换下。

王诠胜脸上的微笑却是越来越灿烂，直到她捏着他的耳朵逼问："你是不是还想着那个女孩？好啊，那你去找她啊！跟我在一起干吗！"

王诠胜大声喊痛，嘴角却仍是掩不住的笑意。

原来……原来墙上的那个女孩子，是陈韵如，也是她，黄雨萱。

从头到尾，不管是王诠胜，还是李子维，他心里都只有她。

*

2019 年，台北。

吴文磊正在咖啡馆内的吧台后泡着咖啡，忽然有人打开门闯了进来，他抬起头，看到黄雨萱一身狼狈、眼眶泛红，不由得惊讶问："黄小姐，你怎么了？"

黄雨萱直接走到他面前，情急地隔着吧台逼问："李子维就是王诠胜，对不对？"

这一路上她思绪纷乱，但勉强整理出个大概，如果李子维就是王诠胜，那王诠胜是不是也像她一样穿越了时空，进到了李子维的身体里？她在 1998 年遇到的李子维，其实就是王诠胜？

吴文磊显然对她的来势汹汹有些招架不住，一时不知如何回答。

黄雨萱见状，更不耐烦地大声说："如果你想要我帮助陈韵如，就告诉我真相！"

"我替他回答吧！"一道声音忽然出现在黄雨萱身后。

她瞬间倒吸了一口气，她认得这个声音！

是这两年来她心心念念只想再听见一次的声音！

她颤抖着转过身，没有错，站在她面前的就是王诠胜！

不，不是王诠胜……站在她面前的这个男人，眼角的鱼尾纹与眼底的憔悴与忧伤是那么明显，这不是她记忆中的王诠胜。

王诠胜虽是她的大学学弟，但因为是重考，与她年纪相同，如果他还活着，今年应该和她一样是二十七岁，可此刻在她面前的这个男人，少说也有三十来岁了。

“你是……”她愣愣地看着他，心里隐约浮现出一个念头。

如果她的梦境都是真实的，那么眼前这个男人，会是李子维吗？

若真是如此，算算年份，当年的十七岁少年，此刻已经三十七岁了。

她看着他熟悉的眉目，他凝望着她的眼神是那么深情，却又夹杂着难以割舍的痛苦。

这到底是怎么回事？

直到开口，她才发现自己的声音早已哽咽：“你到底是李子维，还是王诠胜？”

泪水随之落下。

不管他到底是李子维还是王诠胜，她真的，再次见到他了。

他朝她走近一步，泪流满面的她是那么令人心疼，好想将她拥入怀里轻声安抚，告诉她，不要再哭了，他哪里都不去，会一直陪着她。

他又朝她走近一步，仿佛怕吓着她了，温柔地看着她的双眼，轻声说：“我是李子维，也是，王诠胜。”

*

一切都是因为一场车祸。

那一年是 2003 年，正是人人闻之色变的 SARS 横行时，几乎人人都戴上了口罩。

当年的李子维，高中毕业后便随家人移民加拿大，就读加拿大的大学。

大学毕业后，家里位于台南的另一处房产需要处理，于是他自告奋勇地回到台湾，飞机落地后，在机场租了辆车便前往台南。

他这次回来的另一个目的，是想去探望一个人。

然而，当他到达看守所时，那人却拒绝探视，甚至通过狱警告诉他，以后不用再来了。

他失望地离开看守所，上了车，这时口袋里的手机响了起来，他接起电话。

是在加拿大的母亲打来的，千叮咛万嘱咐，要他不管出门去哪儿都一定要戴上口罩。

挂上电话后，他正准备发动引擎时，忽然想到了什么，伸手从乘客座上的背包里拿出一台随身听，正是当年他与莫俊杰合送给陈韵如的那一台。

他愣愣地看着那台随身听，往事如潮水般涌上来，至今他都不愿相信，莫俊杰真的会做出那种事，可是……

可是陈韵如的确死了，一如她曾经的预言。

她死在 1999 年的 2 月 14 日，正是小年夜[①]那一晚。

李子维戴上耳机，按下随身听的播放键，没过多久，耳朵里便传来熟悉的音乐，歌声依旧沧桑，这个世界却已经不同了。

他一面开车一面听着歌，所有青春时代的往事都一一浮现在眼前，那些酸甜苦辣、那些争执与愤怒，还有那些脸红心跳的甜蜜时刻。

① 台湾地区小年夜一般为除夕前一日。

车子开上了海滨公路，路上只有他这一辆车子，于是他侧过头，望向遥远的海平面，回想起他曾经载着她到海边看夕阳。

那天的夕阳很美，她抱着他的手臂，他们一起听着随身听，听的正是这首*LAST DANCE*——

你给的爱，无助的等待。

是否我一个人走，想听见你的挽留。

春风秋雨飘飘落落只为落寞……

你给的爱，甜美的伤害。

想问问你的心中，不愿面对的不懂。

明天之后，不知道面前的你是否依然——

砰——！！

随身听里的音乐忽地中断，同时伴随着震耳欲聋的撞击声，紧接着是全身的剧痛，他觉得自己仿佛忽然脱离了地心引力，被一股难以言喻的巨大力量狠狠地抛出。

他的车子经过十字路口时被一辆抢行的直行车狠狠地撞上。

被撞得几乎面目全非的车子倒在路边，他上半身被抛出车外，下半身还卡在车里，动弹不得。尽管他努力想要睁大眼睛，保持清醒，但视线仍旧渐渐变得昏暗，直至一片漆黑。

躺在他胸前的随身听，播放键忽然跳动了一下，音乐声又开始断断续续地出现。

是那首还没有播完的*LAST DANCE*。

你给的爱……甜美的……伤害……

深深的锁住了……我……隐藏不住的……脆弱……

沧桑的歌声仿佛从很远的地方传来，含混不清，音乐也变了调，仿佛泡水后的磁带仍在勉强播放着。

然后他听见了水声。

巨大的、隐藏着汹涌力量的水声。

泛滥河水……将我冲向……你的心头……不停流……

一波又一波汹涌的水流将他卷起，一道光忽然直射他的双眼。

他睁开眼，发现自己无法呼吸。

他在水里。

自己刚刚不是明明还在陆地上，出了车祸，怎么忽然又到了水里？

他抬起头，本能地顺着那道光游去，涌进口鼻的咸水让他意识到自己身处海里，他憋着气不断往上游、往上游，直到破水而出的那一刻——

歌声忽然中断。

世界陷入完全的寂静。

*

他睁开眼，发现自己躺在一张床上。

消毒水的气味让他意识到自己是在医院里。

是救护车将他送来的吗？

“诠胜！诠胜！你终于醒了！”

病床旁一名中年妇女见他终于醒来，激动地上前紧紧抱住他。

“醒来就好，醒来就好……”女子哽咽地说。

他却是一脸茫然，轻轻推开她，问：“你刚刚叫我什么？”

“诠胜啊。”中年妇女满脸泪水地说。

“诠胜？”他愣住。

他跳下床，不顾女子的惊呼阻拦，冲到床尾，扯下病人资料卡。

上头写着的病人姓名，正是王诠胜。

他瞪大了双眼，不敢置信。

他焦急地四处张望，想要搜寻镜子或任何能反射影像的东西。

他看见了厕所门，冲了进去，当洗手台上方的镜子映照出他的面容时，他惊骇得无法言语。

那是他熟悉的面孔，但，却不是李子维。

王诠胜？

他是王诠胜？！

王诠胜竟然就是他？

“诠胜？你还好吗？”王诠胜的母亲战战兢兢地站在厕所门口，刻意放轻声量，仿佛眼前的儿子是玻璃做的，一不小心就会碎掉。

第十一章

2010年，台北。

他看着手里的身份证，上头写着王诠胜的名字，出生日期是1992年7月21日。

然而真正的王诠胜，已经死于2010年的夏季。

王诠胜是投海自尽的。

当他在医院醒来后，属于王诠胜的记忆同时存在于他的脑海里，原本的王诠胜，在高三那年被同学霸凌，躲在家里三天没有上学，之后，他一个人骑着单车来到海边，走入海里。

他看着那张身份证，千头万绪。

所以陈韵如，不，或者该说，黄雨萱并没有骗他。

只是，黄雨萱是从2019年回到1998年，而他却是从2003年往前跳跃了七年，来到2010年。

黄雨萱是在陈韵如受到袭击后才出现的，而他则是在王诠胜投海自尽后，穿越了七年的时空，来到未来。

那么，原来的陈韵如呢？难道她也早就已经死了吗？

在1999年死去的陈韵如，到底是她本人，还是黄雨萱？

如果，来自2019年的黄雨萱是二十七岁，那么2010年的黄雨萱是十八岁，应该正在读大学。

……在那个梦里，我是在上大学的时候，遇见了那个叫王诠胜的你……我跟你明明是第一次见面，可是很奇怪的是，我喜欢什么、我不喜欢什么，你都知道。第一次在梦里见到你的时候，我就感觉好像你已经认识我很久很久，好像，你就是为了遇见我，才出现在我面前……

他想起当年陈韵如的这段话。

那个时候的她，应该就是黄雨萱。

黄雨萱是在念大学的时候和王诠胜相遇，进而相恋。

他来到电脑前，开机，联上网络，搜寻“黄雨萱”这三个字。

一页又一页的搜寻结果出现，他看到一个博客，点进去，首页便是黄雨萱的照片，他看着年轻快乐的黄雨萱，忍不住露出微笑。

接着他点到相册，点进“大学新生活”的文件夹，看见她参加各种活动与聚会的照片，他一张一张地看过去，看完一次后，又从头再看一次。

这是黄雨萱，是他第一次喜欢上的女孩。

他的视线停留在最后一张照片上，照片里的黄雨萱站在一棵树旁，回头对着镜头微笑。他伸出手，万分依恋地抚摸着屏幕上女孩的脸庞，心头原本一个很模糊、隐约的概念，渐渐变得清晰。

如果他现在是王诠胜，那他注定会遇见黄雨萱，与她相恋。

那么，他是不是能弥补过去的遗憾?

他看着屏幕上微笑的女孩，慢慢将拳头握紧，下定了决心。

*

他在家休养了几天后，去了一趟台南，结果发现 32 号唱片行早已歇业，老板吴文磊跑去台北开了一间咖啡馆。

于是他前往台北寻找吴文磊，来到了 32 号咖啡馆。

吴文磊一开始以为他是李子维，他苦笑着说：“我是李子维，也不是李子维。我现在的名字是王诠胜。”

即使他解释完一切发生的经过，吴文磊仍有些诧异，但事实摆在眼前，吴文磊也不得不信。

“所以，那时候她讲的，都是真的。她不是韵如，她真的是另外一个人……”吴文磊若有所思地说。

他点点头：“若不是同样的事情发生在我身上，我也不会相信，毕竟，这一切听起来实在太令人难以置信了。”

他又问了吴文磊，陈韵如家人的近况，得知韵如母亲几年前改嫁了，夫妻俩经营着一家火锅店，日子还算过得下去。陈思源从那件事以后，整个人像是忽然长大了，开始认真念书，大学毕业后在科技公司上班，就快结婚了。

表面上，大家看起来似乎都放下了那件事，继续往前走，谁也没再提过陈韵如，但其实是不敢提，尤其是吴文磊，他常常在想：如果当年他把陈韵如说的那些话当真，是不是就能避免她走上这样的结局？

李子维，现在的王诠胜，犹豫了一下，问吴文磊：“那，我在2003年，也就是那时候的李子维，出了那场车祸后，后来怎么样了？”

“那场车祸后，你就陷入昏迷，再也没醒过来，被医生判定为植物人，你父母最后决定将你接回加拿大照顾。”吴文磊犹豫了一下，这么告诉他。

他沉默了下来。

过了好一会儿，才又问："我可以再问一件事吗？那莫俊杰后来怎么样了？"

这一次，吴文磊没有立刻回答，甚至，稍稍转过了目光，没有与他对视。

过了很久，吴文磊才开口："莫俊杰他……两年前出狱后，就不知去向了。"

*

黄雨萱曾经说过，她与王诠胜是在大学时认识的，黄雨萱现在已经是大一新生，而他是休学中的高三生，想要考上同一所大学，得付出不少努力。

他说服王诠胜的父母，为了专心念书，他决定搬出家里，并报名补习班，准备考大学。

王诠胜的母亲一开始反对，但父亲却认为孩子大了，迟早要离家，借由这个机会让他一个人去外头磨炼，也是好事。

况且，从那场溺水中意外苏醒过来后的王诠胜，似乎像变了一个人，总是对他们客客气气，在朝夕相处中，他们其实也有些无所适从，不知道该怎么与现在的王诠胜相处。

他搬出去，也许是一个契机，让彼此都有机会稍微喘息一下。

他原本想租房子，但吴文磊早已将咖啡馆的二楼整理出来，让他暂时借住，这样一来，吴文磊可以就近照顾他，他也能省下一笔房租费用。

搬进 32 号咖啡馆二楼的那一天，吴文磊特地交给他一样东西，是一个鞋盒大小的纸盒，对他说："其实，当年我不是没有想过，她说的话，有可能是真的，所以我一直好好收着这些。但我想这些东西，现在或许更适合由你来保管。"

他打开纸盒，里头是陈韵如的日记本、一台相机，以及一沓照片。

照片里大多是三个人的合照，也有李子维睡觉被偷拍、莫俊杰专心解数学题目的照片，其中有一张，是陈韵如站在 32 号唱片行前，正微笑地对着镜头招手。

下一张，便是他们三人站在唱片行前的合照，他们笑容灿烂，无忧无虑，仿佛这个世界上从来就没有哀愁与悲伤。

他看着那些照片，久久说不出话来。

*

接下来的日子，他每天都在补习班与打工的超市间来回。

打工的超市就位于黄雨萱就读的大学旁，之所以会选择在这里打工，当然是希望能见到黄雨萱，而黄雨萱也真的来过一次，只是她并没有认出他。

应该说，这时候的她，根本还不认识他。

他愣愣地站在柜台前好久，久到她忍不住问："我刚点了一杯中冰美，你有听到吗？"

他这才大梦初醒，立刻转头替她泡咖啡，同时嘴角是掩不住的笑意。

真的见到了。

她离他那么近，不再遥不可及，他甚至能感受到她的体温。

直到她离去许久，他仍愣愣地看着店门口，脸上的笑容一直没有消失。

日夜苦读的结果没有让他失望，他如愿考上了与黄雨萱同一所学校的视觉传播系。得知放榜结果的他兴奋得直往楼下冲，一见到正在扫地的吴文磊就冲了上去，像是把他当成了黄雨萱，一把将他整个人抱起来，一面开心地旋转一面大喊：“我考上了！我考上了！”

“放我下来！”吴文磊吓得扫把都掉到了地上。

他放下吴文磊，开心地一面欢呼一面跑了出去，像是想要和全世界分享他的喜悦。

咖啡馆外，阳光灿烂，他迎头感受阳光的温暖，第一次觉得，人生充满希望。

世界上没有平白无故的奇迹，这一切，一定是上天给他的第二次机会。

这一次，他一定要亲口告诉那个女孩，他喜欢她。

“黄雨萱！我喜欢你！”他对着马路大喊。

这一次，他绝对不会再错过了。

*

大学开学第一天，他特地起了个大早，仔细挑选衣服，打扮妥当后，便在镜子前面练习今天见到黄雨萱后，第一句话该怎么开口。

“你好，可以耽误你一点时间吗？我叫王诠胜，我想请问——啊！不行不行，这根本是在拉保险吧？”

“女人，我王诠胜看上你了——靠，这样说的话，她肯定觉得我有病！”

“学姐，我是……啊不行！一见面就把她叫老了，第一印象一定被扣分！”

“黄雨萱，好久不见，我很想你……这样也不行啦！一听就像是个跟踪狂！”他懊恼地抱着自己的头。

到底见到黄雨萱时，他要说什么呢？

烦恼了半天，眼见出门时间就要到了，他只好先拎起背包，匆匆离开咖啡馆二楼。

*

他满怀期待地走入校园，原本想去视觉传播系，但走着走着，忽然转念，看着新生报到简章上的地图，往国贸系走去。

穿过校园，经过一处广场，眼前这栋教学大楼的二楼，便是国贸系。

也就是黄雨萱就读的系所。

他深吸一口气，缓缓走上教学大楼的楼梯，一面走，一面四处张望，却没有找到他想找的人，正有些失落之际，他不经意地从二楼望向一楼广场，竟看到一个熟悉的人影，戴着耳机、手里抱着书，从不远处走来。

他立刻冲下楼，来到黄雨萱面前，脸上是止不住的笑意。

等了这么久，努力了这么久，为的不就是这一刻吗？

然而黄雨萱见他兴冲冲地跑到自己面前却只是傻笑，一句话也不说，纳闷地反问：“请问有什么事吗？”

这句话敲醒了被喜悦冲昏头的王诠胜，他忽然脑袋一片空白，怎么想都想不出来到底与黄雨萱的第一次正式见面该说什么，倒是黄雨萱见他一脸慌张，关心地问：“你是新生吗？迷路了吗？”

他连忙点头，还拿出简章上的地图，说：“对，我是新生，我要到视传系报到，可是怎么找都找不到！”

黄雨萱笑了出来：“视传系在另外一头耶，你怎么会走到这里？”

他装作不好意思地搔了搔头，说：“我这个人向来没什么方向感。”

黄雨萱拿过地图，跟他解释待会儿要怎么走才能到视传系，但他根本没在听，只是凝视着她认真指路的侧脸，心绪激动。

她的声音、她的呼吸、她身上散发出来的温暖气息，近在咫尺。

有好多好多的话想对她说，想告诉她，在过去他就已经认识了她，而现在的他即将要成为她的男友，与她相识、相恋，过去他们来不及拥有的，可以从现在起，全部拥有。

“学弟，你有没有在听我说话啊？”黄雨萱说完了，却见他只是盯着自己发呆，忍不住伸手在他面前晃了晃，“你还好吧？”

他回过神来，说：“有啊，我有在听，只是我真的是路痴，可以请你再说一次吗？”

黄雨萱想了想，说：“那我直接带你过去好了。”

“真的？”他一脸惊喜。

“反正我等下跟人约在图书馆，刚好就在你们视传系附近，就顺路带你过去吧！”

他喜不自禁地道谢，趁着黄雨萱转过身时，开心握拳，默默地喊了一声：YES!

太好了！看来他和黄雨萱的正式初次见面，她对他应该很有好感，才会对他这么好吧？

他赶紧追上黄雨萱，两人并肩走在校园里，一如当年的他与陈韵如，缓缓地并肩散步、聊天。

只是他太过沉浸在喜悦里，一路上只是看着黄雨萱傻笑，好半天才想起要自我介绍："我叫王诠胜，言字旁的诠，胜利的胜。学姐你叫什么名字呢？"

尽管觉得初次见面，又不是同一个系所，就这样互报名字有些奇怪，但不知道为什么，黄雨萱并不讨厌这个人，便也报了自己的名字，还问："学弟，考上我们学校这么开心吗？我看你一直笑得很开心。"

他依旧笑容灿烂，回答："我是很开心能考上这里没错，不过，其实我真正开心的原因，是你。"

这时两人已经走到了视传系的教学大楼前，黄雨萱听见他这么说，纳闷地问："我？为什么？"

这时他才发现自己不经意间说出了真心话，忘了对这个时候的黄雨萱而言，他根本就是一个陌生人。

他赶紧试图解释："呃，我的意思是，来学校第一天，认识的第一个人，就是像学姐你这么好的人，我当然开心！"

黄雨萱笑了笑，不以为意，说："好了，视传系到了，你别再迷路了。"说完她便转身往图书馆的方向走去。

期盼已久的重逢居然一下子就结束了，他不禁有些怅然若失，望着她离去的背影，依依不舍。

他走向大楼，然而走到楼梯转角处，又忽地转过身，朝着图书馆的方向跑去。

*

“黄雨萱！”

黄雨萱正要走进图书馆，听见有人大喊她的名字，转过头，发现是刚刚迷路的那个学弟。

只见他脸上带着笃定的微笑，仿佛一切就该如此注定，缓缓地朝她走来，然后说：“我喜欢你。”

她眨眨眼：确定自己的耳朵没有听错。

“你说什么？”她问。

“我说，我喜欢你。”他又往前走了一步。

她完全傻眼：“我们今天才第一次见面吧？”

“我喜欢你，和我们认识多久，一点关系都没有。”他一面说，一面继续朝她走去，“我第一眼看到你，我就确定，我喜欢你。”他终于走到了她面前，将那句埋藏在心里已久的话，亲口对她说了出来，“因为，早在你认识我之前，我就已经深深地喜欢上你了。”

他的表情是那么认真，以至于有那么几秒钟，黄雨萱只是看着他，被他的话语所震慑，无法言语。

然后，她回过神，确认：“你刚刚是在跟我告白吗？”

他立刻点头：“没错，我喜欢你，我想跟你在一起。”

黄雨萱一脸遇到疯子的表情：“你有病吗？我根本就不认识你！”

“你不是知道我的名字了吗？我是王诠胜啊！”他一不小心又一头热了起来，压根儿忘了在此之前，黄雨萱根本不知道他这个人。

黄雨萱真的觉得自己遇到了疯子！

“就算你想搭讪，至少也先从朋友做起吧！哪有人像你这样，在路上见到一个女生就随便告白？”她说。

“谁说我是随便告白？”他抗议，“我是认真的！我知道你现在一定觉得莫名其妙，但只要给我一个机会，我保证你以后一定会喜欢上我的！”

黄雨萱啼笑皆非，真不知道这家伙哪来的自信？

老天，她还真是第一次见识到脸皮这么厚的搭讪方法！

“随便你，学弟。”她特地加重了“学弟”这两个字，暗示他只是个不知轻重的小鬼，“但很遗憾，我要告诉你，你不可能有这个机会。”

“为什么？”他脱口问。

这时黄雨萱朝他身后挥了挥手，没多久，一个长相英俊的男生走了过来。

“学长。”黄雨萱露出笑容，还上前挽住了他的手。

王诠胜在一旁看得目瞪口呆。

等等，这是怎么回事？

“学弟，这是我男友，如果你也想知道他的名字，他叫杜齐闵。”她大方介绍。

王诠胜不敢置信。

黄雨萱……有男朋友了？

“这位是？”杜齐闵看了王诠胜一眼，转头问黄雨萱。

黄雨萱一脸不在意地说：“今年刚进来的小菜鸟，迷路了。”接着她微笑着问王诠胜，“现在你知道视传系在哪里了吧？应该不需要我们再帮你带路了吧？”

他还没从震惊中恢复过来，只能表情僵硬地回答：“不……不用了，谢谢。”

黄雨萱似乎很满意他的回答，点点头，挽着男友的手，两人一起走进了图书馆。

只留下傻眼的王诠胜，呆站在原地。

黄雨萱有男朋友了？而且不是他？

靠！黄雨萱，你回到 1998 年的时候为什么没有告诉我？！

*

王诠胜不知道自己是怎么走进视传系教学大楼的，他失魂落魄，像个游魂，只听到周围不断有人说话，心完全被那个大大的疑问占满：黄雨萱有男朋友了？

那他算什么？

新生训练结束后，有个同学跑来问他，晚上要不要参加联谊？

他意兴阑珊，但是当他发现联谊的对象是国贸系的新生后，忽然振作起来，答应参加联谊。

在联谊时，他才知道负责这场联谊的同学叫陈财裕，和他就读同一所高中，这家伙早在网络上认识这几个女生，得知她们也考上了同一所大学，便光明正大地借着庆祝之名，趁机联谊把妹。

当然，王诠胜对联谊并没有兴趣，大家才刚坐下，位置都还没坐热，他便问："你们认识一个叫黄雨萱的学姐吗？"

但大家都是今天才刚报到的大一新生，连同班同学都还来不及认识，更别提学长、学姐了。

陈财裕敲了一下他的头，说："王诠胜，你也太扯了！来参加联谊，居然还打听其他女生？你有没有搞错啊？"

那几个国贸系的女生娇声笑了起来，直说没关系。

这时一个女服务生走了过来，问：“请问要点餐了吗？”

王诠胜一听到这声音，猛地抬头，竟然是黄雨萱！

没想到她在这家餐厅打工？！

黄雨萱看到他也是十分意外，问：“你怎么会在这儿？”

陈财裕见到有美女便立刻凑过来，笑嘻嘻地问王诠胜：“你们认识？”

王诠胜点点头，有些尴尬地说：“呃，她就是我刚刚提到的那位学姐。”

陈财裕一脸了然，窃笑着偷偷用手肘顶了一下王诠胜，低声说：“我懂你为什么要打听她了。”

王诠胜还没来得及警告陈财裕别乱说话，这家伙已经起身，大方地对黄雨萱介绍自己：“学姐，你好，我是王诠胜的同学，陈财裕，叫我阿财就好。”

黄雨萱看着满桌的年轻男女，随口问：“你们都是同学？视传系的？”

那几个女生摇摇头，其中一个说：“只有他们两个是，我们都是国贸系的。”

“你们是国贸系的？那怎么会跟他们一起出来吃饭？”黄雨萱有些讶异。

“我们是在交友网站上认识的，阿财说庆祝我们都考上同一所大学，所以一起约出来吃个饭。”另一个女生回答。

黄雨萱一脸恍然大悟：“原来是在交友网站认识的。”然后目光状似不经意地扫过王诠胜，说，“学妹，交朋友还是要小心一些，别碰到那种满脑子都在想着把妹的差劲男生。”

王诠胜窘极了，找了个借口起身离开。

他走进厕所，懊恼不已。

早知道就不来参加这什么鬼联谊了！

不但没打听到关于黄雨萱的任何事，还被她误会……

他打开水龙头，用冷水洗了把脸，让自己振作。

既然是误会，解释清楚不就好了？

他走出厕所，正好看到臭着一张脸的黄雨萱经过，连忙追了上去，试图解释：“那些女生真的不是我约的，我——”

黄雨萱打断他：“学弟，你没必要解释，你想跟那些女生出去，跟我一点关系都没有。”

“黄雨萱，不是啊，我——”

“还有，我跟你没这么熟，以后别随便叫我名字，叫学姐就行了。”她说完便头也不回地离开了。

王诠胜回到位置上，心情低落到极点，只是默默地吃着烧烤，偶尔黄雨萱过来上菜，他仍会抬起头，凝视着她熟悉的脸庞，却完全感受不到他所期待的回应。他忽然不知道，自己这么努力，到底是为了什么。

联谊完，陈财裕将他拉到一旁讨钱，王诠胜掏出一张五百块钞票，却被嘘：“五百哪够？那些女生的钱你也要出，你还要再给我七百五。”

原本就已经很郁闷的王诠胜，听了更加郁闷。

什么都没问到，还被黄雨萱误会，最后还要替这些女生埋单？

两人离开了餐厅，他走到停在不远处的摩托车前，一屁股坐在摩托车上，却没有立即离开。

陈财裕好奇地问：“你不会是想等那个学姐下班吧？”

王诠胜白了他一眼，没有否认。

“哇，这么死缠烂打，有毅力，够不要脸，我开始有点欣赏你了！”陈财裕夸张地说。

王诠胜郁闷了一整天，正想好好发泄，他猛地回过身，右手揪住陈财裕的领子，举起左手的拳头，作势要揍人：“你是不是没被人扁过？尽说这些有的没的——”

“快看！你的学姐下班了耶！”陈财裕赶紧手指着餐厅门口的方向。

王诠胜转头，果真看到黄雨萱换下了制服，走出餐厅，他正想迎上去，却看到一身帅气的杜齐闵骑着摩托车来到她面前，还细心地替她戴上安全帽。

黄雨萱满脸幸福地坐上摩托车后座，双手搂着男友，两人扬长而去。

王诠胜看着他们迅速离去的身影，失落到连话都说不出来。

“人家都有男友了，我看你就死了这条心吧！”陈财裕冷冷地说。

王诠胜瞪了他一眼，跨上摩托车，启动引擎，猛踩油门，瞬间不见踪影。

他不死心地在街上四处张望，直到看到黄雨萱与杜齐闵坐在一家速食店里，两人正甜甜蜜蜜地吃着蛋卷冰激凌，黄雨萱还替男友细心地擦掉沾上嘴角的冰激凌。

他将这一切都看在眼里，心情更是直跌谷底。

*

回到 32 号咖啡馆时，已经接近深夜。

吴文磊特地等着他，想知道：他今天第一天进大学，遇见黄雨萱了没？进展得顺不顺利？

结果王诠胜臭着脸回来，手里拎着一大袋啤酒，走进咖啡馆里，一声不吭地打开啤酒猛灌。

看起来不是很顺利啊。吴文磊心想。

王诠胜一连灌下三罐啤酒，这才开始完全释放情绪，拉着吴文磊不断狂吐苦水：“在今天之前，我一直以为，能够来到这里，能够见到她，是多么幸福，可是我错了！我到现在才明白，当时黄雨萱变成陈韵如的心情……”说着说着悲从中来，眼眶也更红了。

自己喜欢的人就在面前，却完全不认得他，感受不到他的思念，也听不到他心里想对她说的话……他不甘心！

可是他能怎么做？

横刀夺爱吗？

不，他不能这么做，那等于是破坏了黄雨萱的幸福……

吴文磊拿过一罐啤酒，打开，递给了王诠胜。

王诠胜吸了吸鼻子，转过头，掩饰自己的失态，倔强地说：“可恶的黄雨萱，居然不等我来找她，就自己随便交了男朋友，气死我了！”

吴文磊摇摇头，苦笑，问：“难道她从来没提过这件事吗？”

“哪有啊！她只是一天到晚说她有多喜欢王诠胜，说王诠胜对她有多了解，说他很体贴却又不会让人感觉有压力……”讲着讲着，模模糊糊间他好像想起了什么。

忽地，他坐直了身子，眨眨眼，然后用力甩甩头，想让自己清醒些。

他想起来了，当年的陈韵如，或者该说是黄雨萱，虽然没有说过她在王诠胜之前交过其他男友，但……其实她老早就把她和王诠胜相处的点点滴滴全都告诉他了，不是吗？

吴文磊见他忽然一副若有所思的模样，好奇地问："怎么了？"

王诠胜一扫阴霾，露出自信的笑容，说："作战计划改变！"

*

他请人帮忙调查黄雨萱的课表，然后拉着陈财裕选修了同一门通识课。

当然，黄雨萱踏进教室时看到他们两个，一脸讶异。

"王诠胜？你怎么会在这里？"

王诠胜一脸无辜地说："学姐，这门通识课大一也可以修好吗？还有，学姐，我跟你没有很熟，不要随便叫我名字，叫我学弟就可以了。"说完还露出一脸无害的笑容。

黄雨萱被他堵得哑口无言，气得转头不想理会他，偏偏她身旁的女同学毛毛见状好奇地问了声："你们认识啊？"

黄雨萱正想回答谁认识这个跟踪狂，王诠胜已经抢先开口："认识啊，开学那天我迷路了，要不是这位黄雨萱学姐很亲切地帮我带路，我差点儿就赶不上新生报到了。"

黄雨萱一脸意外。

这家伙居然说她好话？

但，更令她意外的，是王诠胜居然完全无视她，只顾着和毛毛聊天。

“学姐，怎么称呼啊？你的头发染得真好看！”王诠胜对着毛毛说。

毛毛被帅哥称赞，笑得花枝乱颤，装害羞地说：“真的吗？你觉得好看吗？”

“是啊，学姐你自己染的吗？”王诠胜像是很有兴趣。

“当然不是，我哪那么厉害！”

“那可以跟我说是在哪里染的吗？我也想试试看。”

黄雨萱看这两人聊得这么开心，自己完全被忽略，憋了一肚子气，故意走到教室最角落，挑了个离两人最远的位置坐下。

她的一举一动都被王诠胜看在眼里，他脸上的微笑更加灿烂，毛毛几乎都要被融化了。

下课后，毛毛蹭了过来，问黄雨萱要不要一起去吃饭，她正想说好，毛毛忽然开心地向王诠胜与陈财裕招手，说：“学弟，你们不是要我介绍学校附近好吃的餐厅吗？一起去吃午饭吧！”

黄雨萱问：“他们也要一起去吗？”

“是啊。”毛毛点头。

“那你们去就好了，我不去了。”黄雨萱冷着脸，转身快步离去。

毛毛一脸莫名其妙，望向王诠胜，他也只是耸耸肩，假装不知道黄雨萱为何闹起别扭。

*

一整天，黄雨萱的心情都不是很好。

她整个脑海里都是王诠胜那该死的笑容。

跟踪狂！不管她到哪里，他就要跟到哪里吗？

下课后，她来到打工的餐厅，店长告诉她，今天来了个新人，请她帮忙带一下。

她想都没想就答应了，店长唤来新人，她一愣。

又是他！

过了三秒，她回过神，气冲冲地把王诠胜拉到餐厅后门外的小巷子里，质问："你给我说清楚，你到底想怎么样？和我上同一堂课也就算了，现在又跑来这里打工？你这个变态跟踪狂——"

王诠胜打断她："哇哦，学姐，你是不是误会了啊？我只是跟毛毛学姐聊到我想打工，然后她就很热心地介绍我到这里来了。"

黄雨萱气到简直要喷火了。

那个见色忘友的臭毛毛！

她指着王诠胜，警告："你明明知道我有男友了，为什么还要一直缠着我？你知不知道，你这样让我很困扰！"

何止是困扰，根本是气得想揍人！

王诠胜睁大了眼，一脸无辜地说："学姐，我不懂你为什么会觉得困扰。我是跟你告白过没错，但我知道你有男友之后，就没再提过我喜欢你了吧？"

黄雨萱语塞。

王诠胜继续说："不小心跟你选到同一门通识课，还有毛毛学姐介绍我到这里打工，都只是巧合不是吗？这算缠着你不放吗？"

黄雨萱被堵得说不出话，好半天才说："反正我就是不喜欢！这样很奇怪！"

"奇怪？学姐，如果我一直刻意回避你，那才奇怪吧？"他见黄雨萱气得脸都红了，忍不住笑着说，“还是说，学姐，你对我有什么，嗯……难以说出口的感觉吗？”

“你少自恋了！我怎么可能会对你有这种感觉？”黄雨萱立刻回呛。

“是啦，如果没有的话，那学姐你也就没什么好困扰的，不是吗？只是……”话锋一转，王诠胜似乎意有所指，“如果学姐你因为对我有其他想法，而感到困扰的话，那我会很识相，离你远远的，保证不会让你感到困扰。”这一连串绕口令似的回答，让黄雨萱听得一头雾水，正想开口问他到底是什么意思，王诠胜又说，“今天是我第一天上班，不能陪学姐继续在这里摸鱼了，抱歉。”

王诠胜推开后门，走回餐厅，留下黄雨萱一个人，不知道到底该拿他怎么办。

第十二章

2011 年，台北。

这天下了课，黄雨萱仍旧到餐厅准备打工。

才走进餐厅，她就看到王诠胜正拿着纸笔登记其他同事们想要喝的饮料。

王诠胜一看到她，便满脸笑容地来到她面前问：“学姐，今天我在这里领到了打工的第一份薪水，为了谢谢大家这一个月来对我的照顾，想请大家喝饮料。你想喝什么？”

“我又没特别照顾你，你买他们的饮料就好，不用买我的份。”黄雨萱冷冷地说。

王诠胜早知道她会有这种反应，不气馁地继续追上前，问：“你真的不要喝吗？我请客哦！”

“我说不用就是不用，你不要一拿到薪水就乱花钱好吗？”黄雨萱没好气地说。

“那这样好了，我们来打个赌，要是我猜中你想喝的饮料，就让我请你。要是我猜错了，以后我绝对不会再来烦你，如何？”

黄雨萱一听，冷笑道：“好啊。”

反正，这家伙根本不可能猜到她平常喜欢喝什么饮料。

“想好了吗？”王诠胜问。

“想好了。”

“不可以随便敷衍我哦！”

“你烦不烦啊——”她话说到一半，就见王诠胜从身后拿出一杯咖啡递到她面前。

“我知道你不喝摇茶，只喝中杯冰美式咖啡，所以今天上班前就先替你买好了。”

黄雨萱惊讶得说不出话来。

“你……你怎么会知道我喜欢喝中冰美？”

王诠胜没有回答，只是露出神秘的微笑：“我猜对了吧？按照约定，这杯咖啡就算我请你喝了，拿去吧！我还得赶在上班前去买其他人的饮料。”

她接过咖啡，看着他转身离去后，才对着手上的咖啡，露出一抹惊喜的笑容。

*

差不多到了餐厅要结束营业的时间，黄雨萱与王诠胜在外场忙着收拾，她张望了一下，问：“毛毛去哪儿了？怎么还不快点过来帮忙？”

这时刚好毛毛从厨房走出来，正不太耐烦地对着手机说：“不会啦，不用担心啦，她不会有事的。要是每次失恋都要死一次，那我不是死了几百次了？”说完便挂上电话，过来收拾。

黄雨萱忍不住问：“毛毛，你刚跟谁讲电话？什么死不死的？听起来有点让人担心耶。”

“没有啦，我高中一个要好的同学失恋，在无名小站上写了一堆什么不知道一个人该怎么继续活下去，是不是死了就不会这么痛苦之类的话。另一个同学看了很担心，问我要不要去看看她。”毛毛说。

黄雨萱不禁一脸忧心："听起来蛮严重的，你不赶快过去看看吗？"

毛毛一脸不在意："我干吗去？她写那些就是故意给前男友看的嘛！哎哟，虽然我很不想这样说，可是我真的很讨厌这种以闹自杀来感情勒索的人。"

黄雨萱还想说什么，毛毛挥挥手打断她："真的不用理她啦！再说，今天刚好轮到我做盘点，我哪有时间去处理这种小事。"

"这才不是小事。"一直在旁边静静听着的王诠胜忽然发言。

黄雨萱和毛毛同时转头望向他，发现他的表情从未这么认真、凝重，不由得都有些意外。

王诠胜语气严肃地说："每个人或多或少都会遇到不知道该怎么走下去的难关，有些人很幸运，可以靠自己想开，或是有人适时拉一把，但也有些人没这么幸运……"那一刻，他想到了莫俊杰。

算算时间，莫俊杰出狱也有三年了，至今音讯全无。

如果当时，他多关心莫俊杰一些，那么莫俊杰是不是就不用独自承受这一切？也不至于与这个世界完全失去了联系。

王诠胜回过神，发现黄雨萱与毛毛都愣愣地看着他，赶紧将自己不小心流露的懊悔与伤心收起，然后对毛毛说："我只是想说，就算你认为她闹自杀只是想感情勒索，可是她现在真的很难过，很需要有人陪，你既然和她感情很好，这时候去关心她一下、陪陪她，也是应该的吧？"

毛毛将他这番话听进了心里，点了点头。

黄雨萱立刻说她可以帮毛毛处理盘点工作，让毛毛可以放心地去找那个高中同学。

毛毛离去前，悄声问黄雨萱："王诠胜刚刚那样说，是不是他以前也曾遇到过类似的事情啊？”

黄雨萱摇摇头，本来她对王诠胜的过去一点兴趣都没有，但此刻却不免有些好奇了。

*

餐厅后门外，王诠胜背靠着墙，仰着头，望着一颗星辰也没有的灰暗天空。

莫俊杰，到底怎么了呢？

他相信莫俊杰不会做出那样残酷的事，但是当警察出现、把莫俊杰押上警车时，莫俊杰没有一句辩解。

甚至，之后再也没有联络过他。

这么多年过去了，他一直很想当面问莫俊杰：那天晚上，究竟发生了什么事？

他正沉浸于过往的悲伤与遗憾中，餐厅后门忽然被打开，黄雨萱探头出来，问：“王诠胜，你躲到这里做什么？”

王诠胜快速别过头，不想让她看到自己脸上的哀伤。

他调整了一下心情，说：“没干吗，就是发呆。”

但他的语调明显没有平常的欢快。

“你是不是……想起了谁？”黄雨萱试探地问。

王诠胜不想继续这个话题，便说：“你不是要下班了吗？”

“我是要下班了，可是我想你没做过盘点，我可以顺便教你一下。没事的话，快点进来，早点教完，我才可以早点下班。”黄雨萱说。

他忽然意识到，也许，黄雨萱是在关心自己。

他跟着黄雨萱回到厨房，她一一仔细指点，见王诠胜心情似乎仍有些低落，她放下盘点单，对他说："你猜，自从来这里打工后，我只要心情不好，就会做什么？"

王诠胜茫然地摇摇头。

"就是抢着做盘点。"黄雨萱说。

"为什么？"他有些不解。

见终于成功地让他稍微转移了注意力，她不知道为什么，感到有些开心。

"因为盘点的时候，店里只有我，这时就可以放我喜欢听的歌啊！还有，盘点虽然很无聊，却必须要很专心，可以暂时让我不去想那些不开心的事。最重要的，是盘点时常常会有一些意外的惊喜，像是——"她走向冰柜，打开冰柜门，从里头端出一整盘牛肉，"我刚刚发现负责内场进货的工读生[①]，居然偷偷地藏了一块肋眼牛排！怎么样，我们一起把这盘牛排磕掉吧！"

他知道黄雨萱是在试图让他心情好一些，于是勉强挤出笑容，用力地点头。

打开燃气，将牛排夹起放在烤架上，没多久整间厨房便肉香四溢，让人闻得直流口水。

他看着她专心烤肉的侧脸，也许是想到待会儿就能吃到美食，她的脸上满是笑意。

那笑容让他打从心底感到温暖。

于是，发自内心地，他的嘴角也扬了起来。

---

① 边工作边学习的人员。

*

今天是黄雨萱的生日。

他早就计划好要送她什么礼物，还特地拉了陈财裕帮忙，要他想办法打听黄雨萱在哪儿过生日，然后他再假装刚好路过，刚好手上准备了一个小礼物，又刚好发现今天是黄雨萱生日，就可以刚好陪她一起过生日，送她礼物。

陈财裕听完他的计划，只有一个疑问："你想送她生日礼物就直接送啊，何必绕这么大一圈？她有男友又如何？送个生日礼物又不会怎么样？"

"你懂什么？要是她知道我想送礼，肯定不会收，但如果是当着大家的面送礼，你们起个哄，她就没理由不收了——"

这时黄雨萱跟着毛毛走进教室，王诠胜赶紧拉着陈财裕坐下，正当他使眼色要陈财裕过去打听时，毛毛居然自己走了过来，直接问王诠胜："学弟，你今天餐厅打工有排班吗？"

"我今天排休，怎么了？"王诠胜问。

"我今天临时有事，你可以帮我代班吗？"毛毛一脸恳求。

王诠胜看了陈财裕一眼，有些为难地说："可是，不好意思，我今天已经有别的安排了。"

毛毛一脸失望，这时黄雨萱也走了过来，问："毛毛，怎么了？"

毛毛难过地说："我妈前阵子动手术，谁知道回家后，伤口感染，今天临时住院，我下课要去照顾她，所以想找人帮我代班。"

"你要不要向店长请假呢？"黄雨萱建议。

毛毛摇摇头，说："我记得你今天也排休，这样就两个人排休了，阿凯上个星期又辞职，加上今天是周末，店里肯定忙不过来，店长不会让我请假的……”讲着讲着，心里一急，毛毛眼眶忍不住红了。

黄雨萱见状，想了想，自告奋勇地说：“那我帮你代班吧！”

毛毛一脸讶异：“可是你今天不是和学长约好了，要一起过生日吗？”

黄雨萱不是很在乎地说：“没关系，要过生日，可以等下班再跟他过啊！”

王诠胜听了，立刻起身，拍拍胸脯，说：“毛毛学姐，我帮你代班吧！”

“真的吗？可是……你不是说已经有其他安排了吗？”毛毛问。

“我那只是小事，况且，今天是雨萱学姐的生日，总不好意思要寿星在生日当天还去代班吧？那多扫兴！”他说。

“王诠胜，没想到你这么体贴！”毛毛感动死了。

王诠胜笑着望向黄雨萱，说：“学姐，你就好好跟你男友一起过生日吧！”

黄雨萱看着他，露出赞许的微笑。

*

周末夜里的餐厅果然忙得不可开交，王诠胜从开始上班后就完全没闲下来，几乎是一个人当两个人用。

“服务生，点餐！”一桌客人大喊。

王诠胜应了声，正要快步走去时，餐厅大门打开，他跟着其他工读生大喊“欢迎光临！”然后望向门口，愕然发现来人竟是黄雨萱。

黄雨萱似乎心情有些低落，进门后便朝员工休息室走去，似乎是要换上制服上工。

王诠胜唤来另一个人帮他替客人点餐，然后走向员工休息室，果然看到臭着一张脸的黄雨萱正在换上制服围裙。

“学姐，你怎么来了？”

其实他还想问：你不是要和学长一起过生日吗？

但从黄雨萱的脸色判断，他觉得自己这时候最好别提起这件事。

黄雨萱刻意振作，装作无事地回答：“店长打电话给我，说今天人手不足，问我能不能过来帮一下忙，我想反正也没事，就过来了。”

“什么没事？你今天不是要跟那个肚脐学长一起过生日吗？”王诠胜无法理解。

“什么肚脐学长？你不要乱叫好不好？”黄雨萱纠正他，然后语气有些沮丧地说，“他说今天临时有事，不约了。”

“有什么事比陪你过生日更重要？”王诠胜不觉地拉高了音量，甚至带着些怒意。

他反应这么大，反倒让黄雨萱吓了一跳。

这时店长喊人过去帮忙上菜，王诠胜应了一声，转身离开，眼里依旧带着藏不住的怒意。

黄雨萱看着他的背影，若有所思。

他……为什么要这么在意？

*

兵荒马乱的周末夜晚终于结束，餐厅里所有的工作人员几乎都瘫倒在椅子上，动弹不得。

王诠胜看了一下墙上的时钟，已经接近晚上十点了，他想了想，走向正在收拾最后一张桌子的黄雨萱，问：“学姐，你等一下有事吗？”

黄雨萱摇摇头。

“那你可不可以等我一下，我很快就回来！”王诠胜说完也不等她回答，立刻转身跑出餐厅。

这附近有一家晚上十点才关门的蛋糕店，如果还来得及，他想买一个生日蛋糕替黄雨萱庆生。

然而王诠胜离开餐厅没多久，黄雨萱的手机便响了起来，是杜齐闵打来的。

“你不是说今天临时有事吗？”她问。

“是啊，不过我现在事情都忙完了，现在人就在附近的咖啡馆，你方便过来一下吗？”杜齐闵在电话那头说。

黄雨萱有些意外，但随即想到，也许这是杜齐闵特意安排的生日惊喜，疲累的脸上不禁浮现出幸福的笑容，喜滋滋地答应了。

等到王诠胜气喘吁吁地捧着在蛋糕店关门前买到的蛋糕回到餐厅时，黄雨萱早已离去，只剩下店长一个人正在收拾。

“黄雨萱呢？”王诠胜问。

“走啦。”店长说。

“走了？”王诠胜傻眼。

“她接到男友电话，问我能不能先走，我看她一脸开心的样子，大概是想赶着去约会，就让她先走了。”

王诠胜顿时像泄了气的皮球，无力地捧着蛋糕，呆站在原地。

他苦笑着想：看来，他又自作多情了呢。

*

黄雨萱走进咖啡馆，满怀期待地四处张望，坐在角落的杜齐闵看到了她，对她挥了挥手。

她开心地走过去，脸上的笑容忽然僵住，因为杜齐闵的身边还有另一个女孩，她打扮时髦、长相亮眼，且正不客气地上下打量着黄雨萱。

“她是？”黄雨萱迟疑地问。

杜齐闵还没开口，那女孩已经盛气凌人地指使杜齐闵：“你不是要跟她说清楚吗？快点啊！”

这时杜齐闵才一脸为难地说：“她是我前女友，前阵子我跟她联络上，这才发现，分手后我们心里都还是没有忘记过对方，所以……我们决定复合。”

黄雨萱简直不敢相信自己的耳朵！

杜齐闵心里愧疚，不敢直视黄雨萱的双眼，微微地转过了头，说：“我知道，这样对你很抱歉，但我觉得还是当面说清楚比较好。”顿了顿，他说，“我们分手吧。”

黄雨萱脑袋一片空白，过了几秒钟，才吞吞吐吐地问：“所以……所以这阵子，你说你在忙着毕业论文，都是在骗我？”她指着坐在杜齐闵身边的女孩，“你其实都是跑去跟她在一起？”

杜齐闵点点头，正想说些什么，黄雨萱忽然一巴掌用力挥过来，“啪”的一声巨响，整间咖啡馆的人都听见了，纷纷转过头来好奇地张望。

杜齐闵愣愣地摸着自己辣痛的脸颊，不知道该如何反应。

“喂，你干吗动手打人啊！”杜齐闵的前女友气呼呼地起身指责。

“闭嘴！这里没你的事，你给我乖乖坐好，不然我连你都打！”黄雨萱狠狠地瞪了她一眼，气势完全把她比了下去。

那女孩立刻听话地坐下，不敢再吭声。

杜齐闵连忙护在女孩面前，像是生怕黄雨萱真的会再出手打人。

“这一切都是我的错，”杜齐闵说，“我知道我真的很对不起你，可是总比一直瞒着你——”

黄雨萱愤怒地打断他：“杜齐闵，今天是我生日，你忘了也就算了，居然还把你的前女友找来在我面前演这出烂戏！这样我以后每年过生日，岂不是都会想到我曾经跟你这个大烂人在一起过吗？”

杜齐闵还傻傻地问：“今天是你生日？”

黄雨萱觉得自己简直要气炸了。

这无能的家伙！自己走不出上一段感情，为何还要把她扯进来？

“抱歉，我真的不知道今天是你生日——”他依旧忙着道歉。

“你闭嘴，我不需要你的道歉，我只希望从此以后你永远消失在我面前！”黄雨萱说完便快步走出咖啡馆。

可恶！可恶可恶可恶！

杜齐闵这个大烂人！

今天是她的生日耶！

这真是她过的最差劲的一次生日了！

她一面在街上快步走着，一面流下了不甘心被欺骗的愤怒的泪水，但随即用手将眼泪用力抹去。

有什么好哭的！

何必为这种烂人感到难过落泪？

不过就是遇到感情诈骗集团而已……

尽管努力安慰自己，但才抹去的泪水还是不争气地再度落了下来。

这时，她听见手机响起的声音，原本以为是杜齐闵那烂人打来的，她拿出手机就想直接挂掉，却在看到来电显示时，犹豫了一下。

她接起手机，故作镇定："打给我有什么事？"

手机里传来王诠胜的声音："没什么啦，只是想到，现在离学姐的生日结束，还有一小时，我发现我都还没跟你说一声'生日快乐'。学姐，生日快乐。"

一句温柔的"生日快乐"，不知为何让她倍感委屈，泪水掉得更凶，她不敢回话，甚至不敢出声，就怕被王诠胜发现自己在哭。

然后，她停下了脚步。

她讶异地看着不远处自己打工的餐厅前，王诠胜一个人坐在摩托车上，正一面给她打电话，一面细心地在一个生日蛋糕上头插上一根根蜡烛。

她听见王诠胜的声音继续从手机里传来："我知道学姐现在应该正在和学长一起过生日，我也知道我说过，要跟你保持距离，但我想，和你说一声'生日快乐'，不为过吧？"

她看着王诠胜插完蜡烛，不太利落地用单手拿起打火机，一一点燃蜡烛。这个令她沮丧难过的生日夜晚，随着那一盏盏烛光亮起，她的心也渐渐温暖起来。

至少，还有一个人在乎她，愿意为她点起生日蛋糕上的蜡烛。

王诠胜点完了蜡烛，一直没有听到黄雨萱的回应，以为自己真的打扰到了她，赶紧说："没事了，我要说的就这些，不打扰你们约会了，拜拜——"

“等一下！”黄雨萱打断他，“今天我生日，你以为说一句生日快乐，就可以打发了吗？”眼里的泪水早已被抹去，她的声音里带着一丝欢快。

王诠胜心头一暖，正想说些什么，黄雨萱已经走到了他面前。

他睁大了眼，一时之间不知该怎么回应，这时黄雨萱挂掉手机，看着王诠胜替她准备的蛋糕，问：“刚刚下班的时候，你要我等你一下，就是为了买这个蛋糕给我吗？”

王诠胜点点头，说：“我本来以为今天没人帮你过生日，所以跑去买了个蛋糕，想祝你生日快乐。”

黄雨萱看着涂满奶油的生日蛋糕，还有上头燃烧的蜡烛，原本满心的委屈与被背叛的愤怒，仿佛烛油般正在缓缓地被融化，只剩下微微暖意在流淌。

“你不是和肚脐学长在过生日吗？怎么现在一个人在这里？”王诠胜好奇地问。

而且，黄雨萱的反应也不太对劲。

要是在平常，她只会嫌他多事，还会骂他是跟踪狂，哪会像现在这样，一脸感动到不行。

“学姐？”

“再不许愿的话，蜡烛就要烧完了。”她忽然说。

这时候，他才发现，她的眼眶红红的。

他隐约猜出了什么，但没有说破。

“那我先唱个生日快乐歌吧！”他说。

“先别唱了，快许愿吧！”她催促着，仿佛有些迫不及待。

“好吧，寿星说了算。”他说。

她看着轻柔燃烧的蜡烛，眨眨眼，还能感受到眼眶里的湿意，然后说："我的第一个愿望，是愿天下有情人终成眷属。"

王诠胜心头一紧，看着她的侧颜，发现了微微干掉的泪痕。

"第二个愿望，我希望这一辈子，都别再给我赏人耳光的机会。"

王诠胜微微睁大了眼，有些意外。

第一次听到有人这样许生日愿望的。

黄雨萱刚刚到底发生了什么事？

黄雨萱停顿了一下，没有继续许愿。

于是他问："那第三个愿望呢？"

她微微歪着头，想了想，看着他说："第三个愿望，我想不到，就送你吧！"

"送给我？为什么？"王诠胜指着自己。

"反正不许愿就浪费掉了，不如送给你。"

王诠胜微笑着说："好，寿星说了算，你的第三个生日愿望，我来替你许。"然后闭上双眼，一脸认真，仿佛真的在替她许愿。

直到这个时候，黄雨萱才抬眼看着他，脸上带着微笑。

谢谢你，学弟。她在心里默默地说。

"你许了什么愿？"她问。

王诠胜神秘一笑："第三个愿望，是不能说出来的。说出来了，就不会实现了。来，切蛋糕吧！"

她接过王诠胜递过来的塑胶刀，忘却了今晚曾经发生的所有不愉快，开开心心地切下了蛋糕。

之后，两人偷偷地溜回餐厅厨房，摸出一罐气泡酒，一面吃着蛋糕，一面喝酒庆生，黄雨萱终于把今晚她和杜齐闵分手的事情告诉了王诠胜。

王诠胜马上为她叫屈，先是痛骂了一顿脚踩两只船的杜齐闵，然后说："真搞不懂，你怎么会喜欢上那种人？"

黄雨萱仿佛也有些懊恼，想了想，说："其实，一开始我对他一点感觉都没有，直到两个月以前，我们系很多人一起出游，遇到了一个走失的小女孩，我看着学长牵着小女孩的手，帮忙寻找她的家人，我便觉得好像在他身上看到了一个人的影子……"她开始回想着很久很久以前，她第一次见到那个人的时候。

"你想到了谁啊？"王诠胜见她一脸神往，不觉有些介怀。

黄雨萱微微歪着头，喝了一口气泡酒，神色变得温柔，说："我很小的时候，有次回台南看我阿嬷，自己贪玩跑出去，结果迷路了。就在我不知道该怎么办的时候，有一个大哥哥不但带我找到回家的路，还请我吃了好多东西，有白糖粿、冬瓜茶，他还做椪糖给我吃，最后还带我去吃牛排，而且他还带我在老街玩打弹珠、捞金鱼，他可厉害了，玩什么都精通……"

王诠胜听着听着，忽然觉得这些场景好熟悉啊。

蓦地，他想起了自己还在念高中时，也曾遇过一个这样贪吃的迷路小女孩！

大哥哥，千万别忘了我哦……

当年那个小女孩在他身后的不舍呼唤仿佛在耳边回荡。

王诠胜一口气泡酒卡在喉咙里，呛得他不断咳嗽，面红耳赤。

他想起来了！当年那个对他死缠烂打的小女孩，不是说她叫黄雨萱吗？

他怎么会忘了这件事？

“你没事吧？”她关心地问。

他一面摇头，一面问：“那……咳咳，那你还记得那个大哥哥长什么样子吗？一定很帅吧？”

难道黄雨萱现在看到他，都不会觉得眼熟吗？

只见黄雨萱摇摇头，遗憾地说：“我只记得，大哥哥骑着摩托车送我回阿嬷家后，他要离开时我很难过，我还追在他身后大喊，要他千万别忘了我，可是……后来，反而是我忘记了他的模样……”

王诠胜暗暗叹了口气。

如果她没忘记，也许在大学校园里他们相遇的那一刻，她就会立刻爱上他呢。

回想起童年时的甜美往事，黄雨萱眼里闪着光芒，说：“虽然我想不起他的样子了，但我一直没有忘记他。我总在心里想着，如果有一天，我要交男友，那个人一定要像他一样——”

王诠胜打断她：“就因为那个臭肚脐也送迷路的小女生回家，你就把他和那个大哥哥联想在一起，喜欢上他了？”

黄雨萱没有否认，有些害羞地点了点头。

王诠胜嘴角暗暗抽搐，暗想：那个臭肚脐跟他未免也差太多了吧！

“你干吗这个表情？”黄雨萱瞪了他一眼。

“呃，这个，我是……我是很开心好吗？”他赶紧解释。

“有什么好开心的？”她不解。

“因为你失恋了，那不就代表我可以追你了？”

“王诠胜，你很白痴耶！”她一掌打在他的后脑勺，“我刚失恋耶！”

“难道你没听说过，治疗失恋最快的方法，就是赶快再谈一次恋爱！只要你需要，我随时都在！”

“你想得美！我再也不相信你们这些臭男生讲的话了，也不要再交男友了！”黄雨萱转过头，不想理他。

“好啊，你一辈子都不交男友，以后我就可以每年名正言顺地帮你过生日。每年的情人节，我也可以找你一起诅咒那些幸福快乐的情侣——”

“王诠胜，你真的有病！”被他这么胡闹一番，她忍不住笑出声来。

“学姐，我是认真的，要是你不想再交男友，那我这辈子也不交女友！”他认真地对她说。

因为，在他心里，这一辈子，他早已认定了她。

黄雨萱却没有把他的话当真，她看了看时间，已经很晚了，她得回家了。

这时王诠胜递给她一样小礼物，说：“祝你生日快乐。”

她接过那包装精美的小礼物，看着他，嘴角浮现出浅笑。

*

黄雨萱后来才知道，王诠胜其实很受欢迎。

自从她没有刻意回避他，或是没再对他的存在表示反感后，她便注意到，只要是王诠胜出现的地方，总是有那么几个年轻女学生害羞地盯着他不放。

这天上完通识课，她见到几个女学生偷偷地跟在王诠胜身后，兴奋地交头接耳，不知道在说些什么，便随口问毛毛："王诠胜是不是很受女生欢迎？"

毛毛一脸大惊小怪："你现在才知道啊？王诠胜在他们系上根本就是系草，不止学妹，甚至很多学姐都会主动对他示好耶！"

黄雨萱"哦"了一声，表面上装得不是很在意，随口说："难怪那家伙这么有自信，到处乱把妹。"

毛毛一听，立刻停下收拾笔记的动作，瞪大了眼说："等一下，我们讲的是同一个人吗？你说王诠胜喜欢到处把妹？"

"他没有吗？"黄雨萱问。

"拜托，他哪有可能到处把妹？他跟所有女生都保持距离，从不主动与女生说话，让一堆女生看得到、吃不到，所以才会这么哈他啊！"毛毛说。

黄雨萱一脸困惑，再次确认："你确定你说的是王诠胜吗？"

毛毛已经收拾好东西，拉着黄雨萱走出教室，一面走，一面说："不然你以为我们讲的是谁？你知不知道，从开学到现在，已经有多少女生对他告白？结果每一个都被他拒绝。而且他拒绝的理由超烂的，你想听吗？"

黄雨萱心里明明有那么点在意，硬是不想显现，和毛毛并肩走了几步后，才问："什么烂理由？"

"今年大一新生的校花林孟洁你听过吧？前天迎新会，她当着大家的面对王诠胜告白，结果王诠胜居然对她说，算命的说过，他不能跟姓罗的女生在一起，不然会折寿，可是人家明明就姓林！他连人家姓什么都没搞清楚就直接拒绝，现场所有人都笑翻了。"毛毛说。

"等一下，你怎么知道得这么清楚？"黄雨萱问。

毛毛这才哭丧着脸，不好意思地说：“因为……因为上个星期，王诠胜才对某个女生说，算命的说，他不能跟姓毛的女生在一起，不然会冲到他爸妈，害家庭失和……”毛毛越说越小声。

黄雨萱不用问也知道，“某个女生”就是毛毛本人。

她正想说些什么安慰的话，毛毛已经自己振作起来，说：“没关系啦，虽然这理由很烂，但我觉得他其实还蛮体贴的，用这种搞笑的方式拒绝，让女生对他死心，也有台阶下。只是……被拒绝的那一刻，真的蛮窘的。”

黄雨萱若有所思。

所以，王诠胜其实并不是对每个女生都狂献殷勤？

至今他甚至拒绝了所有对他告白的女生？

她不得不承认，她开始慢慢地对王诠胜另眼相看了。

*

那天下课后，黄雨萱照例前往餐厅准备打工。

餐厅还在准备，她一走进去，就听见音响里播放着一首显然是有点年代的老歌。

沧桑的歌声让她隐约想起一个歌手，有着粗犷外表却常常唱着温柔的情歌。

“怎么只有你在这里？店长呢？”黄雨萱问。

“店长发现厂商今天进错货，刚刚气冲冲地跑去找厂商吵架了。”

她点点头，听着背景音乐，好奇地问：“这是你放的歌吗？”

王诠胜点点头：“是啊，怎么样？好听吗？”

“这是很久以前的歌吧？你才几岁的人，怎么会喜欢听这种老歌？”黄雨萱好笑地问。

他缓缓走到她面前，眼里的深情与眷恋一览无余。

他说：“我喜欢老歌，尤其是这一首歌。只要我听着这首歌，就会感觉自己搭上了时光机，不知不觉就随着旋律回到了过去的某个时刻，想起很多往事……”

可能是某个不经意就停留在心中的笑容。

也可能是某个不留神就走进梦里的人。

又可能，是一个不小心就记得很清楚的拥抱。

他看着眼前的女孩，听着伍佰的*LAST DANCE*，那些在他们高中时的记忆画面纷纷浮现，又酸又甜，还带着青春的苦涩。

下雨天的一个微笑。

转过头见到的熟睡容颜。

第一次，感受到她环抱自己时的体温……

他凝视着她，对她说：“这首歌总是让我想起，一直在我心里的那个人，从很久以前到现在，我从未忘记过她。”他刻意停顿了下，才又说，“你想知道那个人是谁吗？”

她早已被他灼热的眼神望得心跳加速。

她想起今天在学校里与毛毛的对话，王诠胜对所有的女生都没兴趣，唯独对她……

是不是，在王诠胜心里，她真的，是与众不同的？

她装作不在意地问：“谁啊？”

她察觉到自己竟隐约忌妒起在他心里的那个人。

“就是你。”他一脸认真。

他以为，黄雨萱听了后又会念他，要他别一天到晚说这些垃圾话，但出乎他意料的，是黄雨萱没有任何反应，只是静静地回望着他。

“怎么了？干吗不讲话？”他不是很习惯这样安静的黄雨萱。

“你一天到晚讲这些垃圾话，就不怕万一有一天，我当真了怎么办？”她问。

“如果你当真了，我会很开心。”他老实说。

况且，他说的每一句都是真心话。

“你是不是对每一个女生都这样说？”她转过脸，掩饰自己的害羞。

“才没有！”他抗议，“这些话我只对你说！”

“好了别挡路，我要去换制服准备上班了。”黄雨萱忽然没头没脑地冒出这句话，推开王诠胜走入员工休息室。

她离开的速度太快，以至于王诠胜错过了她烧红的脸蛋以及不知所措的神情。

第十三章

2011 年，台北。

这天，黄雨萱回到家的第一件事，就是翻出那副红色耳机。

那是王诠胜送她的生日礼物。

她本来并没有那么重视它，生日那天晚上兴致勃勃地拆开礼物后，就扔在了一旁。

但今晚，她特地将这条红色耳机插上手机，然后滑着手机屏幕，寻找一首歌。

他说，这首歌，总是会让他想起一直在他心里的那个人。

他说，这个人，就是她。

这是什么意思?

她不是很懂，可是她看着他的眼神，知道他并没有说谎。

她找到了那首歌，开始播放。

是伍佰的 *LAST DANCE*。

……所以暂时将你眼睛闭了起来，

可以慢慢滑进我的心怀。

舞池中的人群渐渐散开，

应该就是现在……

她喜欢这首歌。

而她知道，从此以后，当她听着这首歌的时候，心里面也会有一个这样的人。

*

期末考很快就到了。

王诠胜几乎天天都在图书馆里苦读。

这天，当他读到一个段落，伸了个懒腰，打了个哈欠，正想揉去眼角被挤出的泪水时，有人拍了拍他的肩膀。

他回过头，是黄雨萱，手上还拿了一杯饮料。

她把饮料放在桌上，微微抬了抬下巴，示意这是要给他的。

“谢谢学姐！”王诠胜轻声说，一脸开心。

“我们有这么不熟吗？你明明和我同年，却一直叫我学姐，都被你叫老了！”她故意瞪了他一眼，“以后别再叫我学姐，听到了没？”说完后她便快步走出图书馆。

王诠胜追了过去，在图书馆门口大喊：“听到了，黄雨萱！”

黄雨萱没有停下脚步，也没有转身回应，她只是从背包里掏出了那副红色耳机，塞进耳朵里。

*

“王诠胜，你有没有看到黄雨萱？”忙得满头大汗的店长问。

又是一个忙碌的周末夜晚，餐厅里忙得不可开交，偏偏黄雨萱却不见踪影。

“店长，黄雨萱一来上班就急着跑去厕所了！”在一旁拼命洗碗的屁屁从碗盘山里抬起头说。

“我去找她！”王诠胜说，心里也不禁有些担心。

难道黄雨萱身体出了什么问题吗？

他来到厕所，敲了一下门，里头立刻有人回敲。

“黄雨萱，是你吗？”他压低声音问。

“干吗啦。”黄雨萱的声音听起来很虚弱。

“你是不是吃坏东西拉肚子？你已经在厕所半个小时了耶！”

“你……算了，毛毛在不在？”黄雨萱问。

“她今天没上班哦。”他说。

“那店里还有谁？”

“就店长、屁屁，还有我啊！”

躲在厕所里的黄雨萱无语问苍天。

怎么今天都是男生当班啊？

这要她怎么说出口？

“黄雨萱，你到底怎么了？如果你真的很不舒服，想好好休息，那我不吵你了。”王诠胜说完就要离去，却被黄雨萱喊住：“等一下！”

“怎么了？”

“你……先不要走，有件事可以请你帮忙吗？我那个……我那个来了，有点突然，我身上没有……”她越讲越羞窘，烦死了，为什么偏偏是王诠胜？

王诠胜一听，立刻领悟过来：“我知道了，你不用再说了，我现在就去帮你买，马上回来！”

*

他知道女孩子生理期时，多少会感到不适，有些人更是会特别难受，显然黄雨萱就是属于后者，她痛得甚至直不起腰，脸色苍白。

于是他替黄雨萱向店长请好了假，还自告奋勇地送她先回去，并且保证很快就会回来餐厅继续上班，连今晚本该是黄雨萱做的盘点工作，他也一并包了。

黄雨萱本来不愿给大家添麻烦，说她自己回去就行了，但王诠胜十分坚持，她虚弱得没力气和他争辩，也就随他去。

王诠胜叫了辆出租车，送她回去。

到达黄雨萱家门口时，见她举步维艰，二话不说就背起她，慢慢走上楼梯。

黄雨萱靠在他宽阔温暖的背上，忍不住轻声问："你为什么要对我这么好？"

从来就没有一个男孩对她这么体贴过。

不但完全不介意替她跑腿买卫生棉，还送她回家，甚至背她上楼。

"那还用问？当然是因为我喜欢你啊。"王诠胜回答得理直气壮。

虽然身体很不舒服，但她的心却好温暖，忍不住把头轻轻靠在他的肩上，嘴角微扬。

原来，这就是幸福吗？

*

把黄雨萱平安送回家，再次确定她没事后，王诠胜才转身离开。

他走下楼梯，来到街上没几步，手机就响了起来。

他拿出手机，屏幕显示是黄雨萱打来的。

“你是不是忘了拿什么东西？还是要我再替你买什么吗？”他问。

“不是，你抬头看一下。”黄雨萱说。

他有些纳闷地抬起头，只见黄雨萱靠在公寓三楼阳台上，面带微笑地望着他。

“怎么了？”他抬起头，望着那个他心爱的女孩。

黄雨萱深吸一口气，像是鼓足勇气，然后说：“你要记好今天的日子哦。”

“今天？为什么？”他更纳闷了。

“因为，今天是第一天。”黄雨萱的声音里藏着一丝羞赧。

“什么第一天？你那个来的第一天哦？”他傻傻地问。

“不是啦！”黄雨萱又羞又气地对电话喊，“是我们在一起的第一天啦！王诠胜，你真的很傻耶！”

王诠胜瞪大了眼，不敢相信自己的耳朵。

黄雨萱亲口说，他们在一起了？

他抬头望着三楼阳台上的那个女孩，街灯清楚地映照出她满脸的笑意，并不像是在开玩笑，而且从头到尾，黄雨萱的视线都没有离开过他。

王诠胜狂喜到无以复加，拿着手机就在巷子里大声欢呼——

“我们在一起了！今天是我们在一起的第一天——”

他恨不得让全世界的人都知道！

“王诠胜！你小声一点啦！”黄雨萱看他高兴成这副模样，又好气又好笑。

“黄雨萱，我爱你！”他不只对着手机，同时也是对着全世界宣告。

终于，在一起了！

从十七岁那年的爱恋，经过时光回转，到了现在，他终于能与自己喜欢的女孩在一起了。

*

能够与喜欢的人在一起，而对方也喜欢自己，那应该是全世界最幸福的事了吧？

王诠胜与黄雨萱在一起后，两人的感情从未退烧过，他总是将她放在心里头的第一位。当然，他们偶尔也会有争吵，但王诠胜从来不会恶言相向，也总是先低头道歉。

他不喜欢看到她生气，也不喜欢看到她哭泣。

他喜欢看到黄雨萱幸福的笑容。

尽管，随着时间渐渐往前推进，那个预言般的梦境，总是会不断出现。

他清楚地记得，十七岁的时候，回到过去的黄雨萱曾告诉他，王诠胜后来死了，只留下她一个人痛苦孤单地继续过日子。

王诠胜确切的死亡日期，当时的黄雨萱并没有提到，他从有限的线索中挖掘，只能推出应该是在他们大学毕业后。

既然他现在是王诠胜，那么，他是否能改变自己注定死亡的未来？

黄雨萱大学毕业后，在一家科技公司找到了工作。

一年后，王诠胜也毕业了，自己开了一间工作室接单。

然后，他们同居了。

一切就像当年的黄雨萱说过的那样发展着，可是王诠胜总忍不住想，这一次，也许会有所不同，也许他真的可以逃过死亡的命运，与黄雨萱继续在一起，然后结婚、生子，看着他们的孩子长大……

日子一天天过去，他的工作室业绩蒸蒸日上，黄雨萱在公司的努力很快得到赏识，也不断升迁。

大学毕业后的第三年，就在王诠胜差不多存够了准备婚礼的钱，也悄悄买好了求婚用的戒指时，那一刻，终究还是到来了。

*

那天晚上，他回到家，一开门就朝屋里喊："我回来了，你吃过了吗？要不要一起出去吃？我今天赶了一整天图，什么都没吃，快饿死了——"

屋里没有人回应。

他走进屋里，见黄雨萱一个人坐在餐桌前，脸色有些凝重。

"怎么了？"他问。

黄雨萱抬头望着他，好一会儿，才说："公司想要外派我去上海。"

她的话语很轻很轻，他却清楚地听见了有什么东西被狠狠敲碎的声音。

是他曾经编织过的美好未来。

他知道他很自私，他不想就这样离开黄雨萱，总是对她千依百顺的他，这一刻却意外地抗拒她独自前往上海工作。那天晚上，为了这件事，两人难得吵了一整夜。

他不得不把求婚计划提前，然而他还来不及求婚，黄雨萱就已负气提早离开，先一步搭上了前往上海的班机。

他甚至连求婚戒指都来不及从藏好的地方取出，也跟着奔去了机场，买了最近一班前往上海的机票，想把黄雨萱追回来。

或至少，让她答应嫁给他。

然而，就在他要准备通关时，有人叫住了他。

“王诠胜。”

他回过头，随即一脸诧异！

那人缓缓地朝他走来。

“你……你怎么会……？”

站在王诠胜面前的，居然，是李子维。

是那个在 2003 年出了车祸后再也没有醒过来，之后被父母接回加拿大照顾的李子维。

“你知道，你搭上这班飞机后就会死吗？”李子维无视王诠胜脸上的惊诧，对他这么说。

王诠胜愣住。

“你也可以选择不搭这班飞机，如此一来，你就不会死，可以继续留在她身边，也不必承受我后来所经历的一切。”李子维看着他说。

在那一瞬间，王诠胜明白了。

这一切就是一个不断循环的结，如果王诠胜没有因为搭上这班飞机而意外死亡，伤心欲绝的黄雨萱就不可能会回到过去，那么十七岁的李子维就不可能爱上回到了过去的她……

沉默许久后，王诠胜问李子维：“你是什么时候醒过来的？”

李子维说：“其实，出车祸后两个星期，我就醒来了。”

在那短短两个星期里，李子维穿越了时空，以王诠胜的身份活了七年，直到搭上那班失事的飞机为止。

“我受了很重的伤，在台湾的医院里整整复健了快两年才出院，之后我没有回加拿大，而是到台南经营民宿，生意还可以，除了民宿的生意，我也弄了一间设计工作室，接接案子……”李子维说。

“等等，你是说，你在 2003 年出车祸没多久就醒来了？那……那这么多年来，你都不曾试图与黄雨萱联系吗？”王诠胜惊讶地问。

李子维苦笑，没有回答。

王诠胜一脸不可思议地看着他。

十四年。

李子维醒来后整整十四年，明明和黄雨萱处在同一个时空，也对她与另一个王诠胜之间的发展全然知晓，却只能始终维持着旁观者的身份，在一旁默默地等待这一切的发生吗？

“为什么？”到最后，王诠胜只能问出这三个字。

“因为我爱她。”这是李子维的回答，“所以我愿意等待。”

尽管等待是那样地漫长、煎熬，而唯一让他愿意如此等待的，还有另一个理由。

那个理由是莫俊杰。

仿佛心有灵犀般，王诠胜急切地问：“那你知道莫俊杰的下落吗？文磊叔说他出狱后就不知去向……”

李子维眼眶泛红，看得出来正在压抑着激动的情绪，他深吸一口气，才说：“是我要文磊叔这么告诉你的。”

“等一下，所以……所以他早就知道了？”王诠胜惊讶地问。

李子维点点头：“是我请他帮忙好好照顾你的。”

“那……那莫俊杰到底怎么了？”

李子维哽咽地说：“他出狱后没多久，莫奶奶就过世了。我帮他为莫奶奶办完丧事，那天晚上，我们一起喝了点酒……我原本以为，这一次，我一定能挽救悲剧，但是……”他双手握紧拳头，猛地转过身，不想让王诠胜看到自己崩溃失控的模样。

“所以莫俊杰到底怎么了？”王诠胜冲上前，一把扯住他的肩膀，硬是将他转过身来面对自己。

泪水从李子维的眼眶里落下，他说：“那天晚上，他到了当年陈韵如被发现死亡的地方，就是那栋废弃的工业大楼……从上面跳下来……自杀了。”

王诠胜只觉脑袋一片空白，放开了李子维，愣愣地往后退了几步。

当年，警察在案发现场发现陈韵如的尸体，以及满身是血的莫俊杰，就此认定他是凶手，莫俊杰完全没有辩解，只是眼神空洞地任由警察将他逮捕。

这么多年来，王诠胜始终不愿相信，莫俊杰就是凶手。

他一直想听莫俊杰亲口解释，但——

他激动地用力抓住李子维的手臂，问：“莫俊杰有没有跟你说什么？陈韵如……真的是他杀了陈韵如吗？”

李子维只是摇头。

“你是不知道，还是他真的没有杀害陈韵如？”王诠胜追问。

“他没有说。他什么都没有说……”懊悔的泪水不断从李子维眼里流出，“我明明知道他会自杀，想要阻止，但还是没有用，莫俊杰他还是……”

一个接连一个的打击让王诠胜有些站不稳，他踉跄地走到一旁的座位坐下，身子微微前后摇摆，想要消化这突如其来的噩耗。

所以，莫俊杰自杀了？已经不在这个世界上了？

所以，如果他坐上这班飞往上海的飞机，他就会死，然后回到

2003 年的李子维身上?

如果……如果他不坐上这班飞机呢?

一个孩子的欢笑嬉闹声让他无意识地转过了头，是一个小男孩，手里拿着玩具，正直直地往前跑，应该是他母亲的年轻女子在后头着急追赶，不远处一名年轻男子双手提着行李在快步跟上。

那一瞬间，年轻女子变成了黄雨萱，而他变成了提着行李的年轻父亲，跑在前头的，是他们的第一个孩子。

这也许可以是他和黄雨萱的未来。

但是，如果他没有死，如果这一切的时空循环在他这里断裂，那么他根本不可能有机会认识黄雨萱，更遑论爱上她。

而且，在这个时空里的李子维该怎么办?

王诠胜沉思了许久，李子维只是默默地站在一旁看着他，仿佛早已知晓他接下来的答案。

终于，王诠胜抬起头，看着李子维，露出苦笑："我到底在天人交战什么？当我决定以王诠胜的身份与她相遇时，我就该知道，这一天迟早会来的。"说着说着，眼眶也红了，毕竟，他是那么舍不得她，也知道，失去了他之后，她会有多痛苦。

但他还是努力说服自己，不能这么自私，况且，若是他能回到 2003 年，那么也许这一次，他能够阻止莫俊杰自杀。

王诠胜转过头，望向落地窗外一架正在起飞的班机。

自己多么想像那架飞机一样，起飞，翱翔，朝向自己最钟爱的女孩飞去。

他深吸一口气，转过头，像是要说服自己，说："我知道我该怎么做了。"

虽然不舍，但他知道，他会再次与黄雨萱相遇。

只是必须要经过漫长的等待。

而届时，他将以李子维的身份，重新出现在她面前。

王诠胜扬起笑容，握紧手上的机票，转身朝着海关走去。

李子维默默地目送。

但王诠胜走到一半，像是想起了什么，又转回头，将自己的手机掏出来，交给李子维，说：“这些年，我跟她最珍贵的回忆，都在这里了，替我好好保管。”

李子维脸上的表情有些意外，犹豫了一会儿，才伸手接过。

王诠胜看着另一个自己，笑了笑，转身，头也不回地走了。

*

2019 年，台北。

在 32 号咖啡馆内，望着面前知晓了一切而一脸不敢置信的黄雨萱，李子维再也无法压抑心中澎湃的情感，眼眶泛红地说：“我原本以为，我可以熬过这一切，但我却不知道，没有你在身边，每一天，每一分钟，每一秒钟，都是如此地难熬……”他低下头，双手紧紧交握，一脸自责，“而莫俊杰……我最好的朋友……”

想到这么多年来，李子维独自默默地承受着所经历的这一切，黄雨萱无比心疼。

她伸出手，握住了李子维的手，这才发现，他的手颤抖得好厉害。

情感溃堤了，这么多年来的孤独，终于被了解、被温柔抚慰，李子维控制不住地痛哭失声，黄雨萱抱紧了他，默默地跟着流泪。

原来，他真的从来没有消失过。

原来，不管是王诠胜还是李子维，他们真的都是同一个人。

原来，她一直被深深地爱着。

*

再一次，踏入他与黄雨萱同居的家，李子维竟有些迟疑。

身为王诠胜的那些年，对他而言，始终只是像场美梦。

这一切，都是真的吗？

黄雨萱察觉到了他的心情，没有多说什么，只是先一步走了进去，然后回过头，静静地看着他。

然后，他终于走了进来。

这一次，他不是王诠胜，而是李子维。

之前黄雨萱准备再次接受外派，前往上海，屋内已经收拾得差不多，只有几件大型家具，还有堆在角落的一个个纸箱，但他一踏进来，满满的回忆立刻涌上来。随着他的视线望向四周，他们曾经亲手布置的家，再次出现在眼前。

他脸上不禁浮现出怀念的笑容。

这时黄雨萱悄悄从身后拥住他，说："我终于等到你回来了。"

他反握住她的双手，歉疚地说："对不起，让你等了这么久……"

*

那天晚上，两人相拥入眠，却是谁也不想先闭上眼，就此睡去。

就怕再次睁开眼，会发现这一切不过是场梦而已。

可到底哪个是梦？哪个才是现实？

他们躺在床上，面对着面，低声谈着这一切，依旧不敢置信。

在等待与黄雨萱重逢的漫长日子里，李子维不止一次地问过自己，他们之间的经历，是不是在无数交错循环的时空里，早已发生过千万次，而是不是，每一次他都会无可救药地爱上来自未来的黄雨萱？

是不是每一次，他都无法阻止那天晚上发生的事？

是不是每一次，他都会为了想再见到黄雨萱，从过去穿越到未来，成为王诠胜，再一次爱上她？

是不是每一次，她又会因为王诠胜的离去，从此刻回到过去？

他们总是处在不同的时空，重复交错、不断循环，永远都不会有结束的时候，一如莫比乌斯环，不知道哪里是起点，也不知道哪里是终点。

黄雨萱听着听着，不自觉地将他搂得更紧，无助地说：“如果这一切会不断循环，那我们到底算什么？现在的你，过去的你，都活在被设定好的命运里，连我也是……”

他温柔地抚摸着她细柔的发丝，怜惜地说：“是啊，当我想清楚，发现不管我多努力，都无法改变这一切后，我也放弃过，想着就这么随波逐流，任由命运摆布，但是……”

李子维回想着两年前，他在机场与王诠胜的那场对话。

他以为自己完全可以预测王诠胜的所有反应，毕竟，他也曾经是王诠胜，也曾经在同样一个地方、同样一个时间，遇见另一个自己。

但是，就在他以为一切都将遵照冥冥之中的定数，再次启动另一次的循环时，他发现，王诠胜和当年的自己，有了些微不同。

那时候的王诠胜其实还说了这么一段话：“如果我不搭上这班飞机，你现在又怎么会出现在这里？黄雨萱也就不会为了我而回到过去，这样一来，就没有人可以回到过去，去拯救莫俊杰、陈韵如，还有……我和你了吧？”

在他面前的李子维，不禁一愣。

李子维并没有预料到王诠胜会说出这段话。

他以为，王诠胜会和他一样，知道真相后，就此认命。

而王诠胜将自己的手机交给他后，走了没几步，似乎想起什么，又折回来，对他说：“如果，最后我还是无法改变这一切，请你一定要替我好好照顾她。”

他伸出手，要与李子维握手。

两人握住手的当下，李子维感到手心里有什么东西坚硬地刺着他的肌肤。

王诠胜松开了手，再次转身离去。

而留在李子维手心的，是一枚莫比乌斯环的戒指。

那是结婚对戒中的男戒。

李子维更加震惊，因为，当他还是王诠胜的时候，在机场时，他并没有将这枚戒指交出去，而是留在自己身上。

这个时空里的王诠胜，和当年的他，不一样。

王诠胜似乎更相信自己能够改变过去，挽救他想要挽救的那些人……

李子维望着黄雨萱，说：“我想了很多，也许就是因为我们太想改变什么，才导致这些事情一再发生。就像，当我还是王诠胜时，我为了改变最终会离开你的未来，用尽一切努力，但最后，让我搭上飞机的，却是我自己。”

黄雨萱专心地听他说着。

“可是，就在我已经认命，不再试图去改变我所知道的未来时，这看似从来没有变动过的循环里，却出现了令我意想不到的变化……”

虽然，他们终究没有能够改变命运，但时空的轨迹确实是已经悄悄起了变化。

“所以，我在想，如果陈韵如在 1999 年的那天晚上没有死的话，这之后的一切，是否就不会发生？”

换言之，也许这个循环的起点，正是陈韵如的死亡？

黄雨萱凝视着他认真的眼眸，知道他心里正在想什么。

但是，她没有说出口，只是略微不安地垂下了目光。

李子维也明白她在想什么，很体贴地没有说破，只是更加搂紧了她。

他们想的都是同一件事。

若是黄雨萱能够再次成功回到过去，回到陈韵如被杀害的前夕，让陈韵如活过 1999 年 2 月 14 日那天晚上，那么这一切的无止境循环、这一切的悲剧，便有可能不会再发生，但那也意味着，他们的未来也会被改变。

如果，李子维不会遇见回到过去的黄雨萱，那么在茫茫人海中，他和她还会相遇、相恋，最终相守吗？

虽然这一切的无限交错循环会就此停止，但，是不是，他们也从此就成了没有交集的陌生人？

“我……我不知道，我怕……”黄雨萱终于说出了心里的恐惧。

李子维更加抱紧了她：“不用怕，我们现在不是在一起吗？”

她将脸埋在他的胸膛里，好半天都没有说话。

直到李子维以为她睡着了，才听见她轻声说："这样，不好吗？"

至少，现在，我们在一起了。

*

黄雨萱拿出那副红色耳机，李子维见了，会心一笑。

她将耳机插入随身听，正要按下播放键时，停下了动作。

会不会她醒过来之后，李子维已经不在了？

李子维看出她的迟疑，伸手过去拿过另一边的耳机线，塞入自己耳里，说："我陪你。"

她鼓起勇气，微笑，点点头，按下播放键。

LAST DANCE 的前奏响起。

他们两人一起躺在床上，面对面，缓缓地闭上了眼。

……你给的爱，甜美的伤害。

想问问你的心中，不愿面对的不懂。

明天之后不知道面前的你是否依然爱我……

可是，她还是很害怕。

她不想忘记王诠胜。

她不想忘记李子维……

她宁愿一直承受着这样无限交错循环的悲痛与狂喜。

因为，她是那么爱他。

*

她睁开眼。

映入眼帘的，是昨夜熟悉的天花板。

她转过身，发现床上空无一人。

难道昨晚真的只是一场梦？

她急急忙忙跳下床，冲出卧房，四处张望，这时厨房里传出声响，然后李子维从厨房里探出头，说："你睡醒了？早餐快好了，再等一下。"

她立刻冲进厨房，紧紧抱住李子维。

"怎么了？"他问，"是不是你昨晚回到了过去？发生了什么事吗？"

她摇摇头，好半天，才说："我只是醒来没看到你，怕又只是一场梦而已。"

他放下手上正在煎蛋的锅铲，抱着她，说："不要怕，这不是梦，我真的回来了，不会再离开你了。"

但她只是抱得更紧，心中更加不确定。

昨夜，同样是听着伍佰的*LAST DANCE*，同样是在睡梦中，但是这一次，她没有回到过去。

当李子维苦思原因时，她隐隐地知道答案，却没有说出口。

也许那是因为，此刻的她，并不是那么想回到过去，进而改变未来。

她看着李子维在一张纸上列出回到过去的必要条件：伍佰的*LAST DANCE*、随身听、耳机、移动的交通工具……

"到底少了什么关键呢？"李子维喃喃自语。

就在这个时候，黄雨萱的手机响了。

是心理科的门诊护理人员打来的。

她这才想起今天已经和谢医生约好了上午十点的门诊，但此刻她人却还在家里。

“不好意思，我临时有事，忘了去看诊。可不可以请你帮我跟谢医生改约个时间——”那一瞬间，谢医生的面孔在她脑海里闪过，她忽然愣了愣，“抱歉，我可以晚点再回电话确认吗？”

李子维见她脸色不太对劲，见她一挂上电话，便问：“怎么了？”

“我今天原本预约了心理科的门诊，但是我忽然想起一件很奇怪的事。”

“怎么说？”李子维问。

“我曾经跟我的心理医生提到，我做了一个很长的梦，在梦里我回到了1998年时，也有提到陈韵如、你和莫俊杰，他当时只是跟我说，这一切只是梦境而已，要我别想太多。可是，后来我再次回到1998年，竟然遇见了他，而且他好像还是你们班上的同学。”

李子维想了想，说：“也就是说，他应该知道我们的事情。”

黄雨萱点点头，说：“没错，可是我认识他好几年，他却从未提过这件事。就算他对陈韵如没有印象，但至少，当我提到你或莫俊杰，他或多或少都该有些印象，但他却什么都没说，好像根本就不认识你们。”

“他叫什么名字？”李子维问。

“他叫谢芝齐。”黄雨萱说。

李子维摇摇头：“我没听过这个名字。”

“但我在1998年时明明在学校见过他！”黄雨萱忽然想到什么，

拿过手机，上网滑了一下，访问医院网页，找到了谢芝齐的照片，拿给李子维看，“这就是他。你真的不认识吗？”

李子维看着手机屏幕上的照片，有些意外，说：“这张脸我记得，他是我们班的班长，但我记得他不叫谢芝齐，而是叫谢宗儒。”

两人互望了一眼，心里都有同样的问题：如果谢宗儒和谢芝齐是同一个人的话，他为什么要假装对这一切毫不知情呢？

*

几天后，黄雨萱抱着疑惑与戒备，来到心理科门诊。

谢芝齐见到她，表情依旧亲切，嘘寒问暖了一番：“换了药之后，吃得习惯吗？失眠的状况有没有改善？还有没有做那些奇怪的梦？”

黄雨萱看着那张亲切的面孔，不知为何，总觉得那人脸上的笑容似乎只是张面具。

但，也许，谢芝齐对于当年的事，知道些什么。

想到这一点，黄雨萱鼓起勇气，说：“谢医生，我今天其实不是来看诊的，而是想问你一件事。”

谢芝齐没预料到她会这样问，微愣了一下，才点点头：“请问。”

“之前我不是提过，我做了一场梦，回到过去，变成了一个叫陈韵如的女孩吗？”她没有错过谢芝齐瞬间变化的脸色，“谢医生，你是不是认识陈韵如？”

谢芝齐很快摇摇头，说：“不认识。”

“真的吗？你真的不认识这个人？”黄雨萱追问。

谢芝齐笑了：“她是你梦境中出现的人，我怎么可能会认识？”

黄雨萱想想也对，谢芝齐的回答听起来并没有破绽。

于是，她决定换另一个问题："那，你听过谢宗儒这个人吗？"

这一次，谢芝齐脸上的面具，明显出现了裂痕。

"你是怎么知道这个名字的？"他质问的表情里隐隐带着威胁，仿佛一直深深隐藏的秘密被忽然揭开。

黄雨萱从没见过他这个模样，但她并不害怕，反问："你以前是不是在念台南的凤南高中，就读于三年级八班，但那时候你不叫谢芝齐，而是叫谢宗儒？"

谢芝齐的身子微微往后退，沉默了一会儿，才又重新露出微笑，说："我想你认错人了，谢宗儒他……是我哥哥。"

黄雨萱没料到会听到这个答案，如果这是真的，这两人长得实在太像了！

"我哥哥大我六岁，看过他的人，都说我跟他长得很像，所以你会误认很正常。"他说。

"所以你是谢宗儒的弟弟……？"

"没错。"谢芝齐的身子往后仰，眼神飘向天花板，像是在回忆往事，"我好久没跟人提起他了。小时候，我们感情很好，他很照顾我，可是我念小学的时候，爸妈离婚，我们就分开了，从此没什么机会再联络，我记得最后一次见到他，已经是……二十年前了吧！"

黄雨萱心中顿时响起警钟：二十年前？那不正是1999年吗？

"可以请问，那一年发生了什么事？为什么从那之后你就没见过他了？"她小心翼翼地问。

"因为那一年，他住进了疗养院。"他的眼神重新落回她身上，"我妈告诉我，那一年我哥高三，正在准备大学联考，可能是因为课业压力太大，他受不了，精神崩溃，老是说他脑袋里有另一个声音，一直要他去杀人。他很害怕，不但把自己关起来，甚至还出现自残行为，最后我爸妈只能把他送进疗养院。”

脑袋里有另一个声音，一直要他去杀人？

难道陈韵如的死，和谢宗儒有关系？

“那……你哥哥，谢宗儒，有没有真的伤害过什么人呢？”黄雨萱问。

谢芝齐却摇摇头，说：“这我就不知道了。”

“能不能让我见你哥一面？”她急切地问。

谢芝齐眯细了眼，看着她，问：“可以是可以，但在这之前，我想问：你是怎么得知我哥的事情的？”

黄雨萱犹豫了一下，但除了据实以告，她一时间也想不出其他合理的解释。

“我……是在 1998 年遇见他的。”她只好说实话。

谢芝齐面露困惑。

“谢医生，你还记得我之前说过，梦到自己回到了过去吧？其实，那不只是一场梦，而是……”

于是她将一切都告诉了谢芝齐。

第十四章

那一年，谢芝齐七岁。

他经过哥哥房间门口，看到他正在制作昆虫标本，就好奇地张望。

谢宗儒看见了，挥挥手要他进来。

“它美吗？”谢宗儒举起手里的甲虫问他。

谢芝齐点点头。

“只要它变成标本，就永远都这么美了。”谢宗儒把甲虫扔进毒瓶里。

甲虫剧烈地挣扎了一会儿，便动也不动了。

“哥哥，它不动了。”

“嗯，因为它死了。”

“死……会很痛吗？”

“不会，因为只要死了，就不会感觉到痛了。”谢宗儒看着他，“只要死了，它就永远属于我了。”

之后，他在哥哥的抽屉里，发现了陈韵如的照片。

“你是不是也觉得这个女生很美？”谢宗儒问他。

他有些犹豫。

因为他觉得哥哥怪怪的，尤其是眼神，仿佛完全变成另一个人。

“别怕，告诉我，你是不是觉得她很美？很想要她？”谢宗儒诱导似的问。

他看看哥哥，又看看照片里的陈韵如，尽管还不是很明白，但，他点了点头。

谢宗儒笑了，看着他，说："不要急。慢慢来，有一天，她会是你的。"

*

2019 年，台北。

谢芝齐回到家里。

与其说是家，不如说是标本展示间。

宛如样板房般四处一尘不染的家里，除了几件必要家具外，什么都没有，唯独墙面上挂满了各种昆虫的标本。另一面墙上则是一个巨型的档案柜。

他走到档案柜前，打开其中一个柜子，拿出一沓照片。

居然都是当年陈韵如在教室更衣时被偷拍的那些照片。

他一张一张地看过去，原本平静的眼神变得痴迷，燃起强烈的占有欲。

他伸出手去抚摸照片里的陈韵如，然后露出微笑。

如果……黄雨萱所说属实，那么这一切就有了答案。

他知道那天晚上是谁杀死陈韵如了。

*

电铃响起，黄雨萱一面前去应门，一面问："你忘了带钥匙吗？"

她以为是李子维，但站在家门口的，却是一位不速之客。

“谢医生？你怎么会……”黄雨萱吃惊地看着站在眼前的谢芝齐。

谢芝齐有些不好意思地说：“对不起，我知道这样很冒昧，但你回去后，我一直在想你说过的那些话，越想越不对劲，就决定直接来问你了。”他不等黄雨萱邀请，便径自走进屋内，“我想看看你提过的那本日记，还有那台随身听。”

谢芝齐见黄雨萱面露迟疑，便说：“我需要更多的证据，才能确认这件事是否真的和我哥有关。”

黄雨萱只好将那本日记与随身听都拿出来，交给谢芝齐，并说：“谢医生，我知道这很难令人相信，但是这本日记里有两种不同的笔迹。”她翻到最后一页，“这是我的笔迹，一看就知道是两个完全不同的人写的。”

谢芝齐翻开日记本，的确，如黄雨萱所说，前半段的字迹相当工整，后半段的字迹却变得潇洒随性，一看即知是两个完全不同的人所写。

或者该说，这两种字迹，代表了两个完全不同的人格。

谢芝齐合上日记本，对黄雨萱说：“你这么想见我哥，是不是因为你怀疑他是杀害陈韵如的凶手？”

黄雨萱犹豫了一下，点点头。

谢芝齐忽然激动地站起身，说：“不可能！我哥绝对不会伤害任何人！”

黄雨萱连忙安抚：“所以我才想亲自见你哥哥一面，我想当面问清楚，他和陈韵如的死到底有没有关系。”她才刚说完，手机铃声正好响起，她望了一眼手机屏幕，是李子维打来的。

她略带歉意地向谢芝齐点了一下头，便一面接起手机，一面走入卧室里接听。

“我快到台北了。”李子维说。

他特地南下一趟回到之前就读的高中，找到之前的班主任，想要打听谢宗儒的近况。

“查到什么了吗？”黄雨萱问。

“班主任说，谢宗儒后来休学，然后因为精神问题被送进了疗养院。”

“那是在陈韵如死后没多久，对吧？”黄雨萱说。

“你怎么知道？”李子维讶异地问。

黄雨萱把谢芝齐忽然来访的事情告诉他，并说：“谢医生说，他哥哥精神崩溃后，一直说自己脑袋里出现另一个声音，要他去杀人，他很害怕，就把自己关了起来。”

李子维沉默了一会儿，才说：“难道，当年杀害陈韵如的凶手是谢宗儒？”

“目前什么都还不能确定，总之，你回来后我们再聊。”她说。

“好，我很快就会到家。”李子维说。

黄雨萱挂上电话，回到客厅，问谢芝齐：“谢医生，要不要喝杯咖啡？”

客厅里无人回应。

黄雨萱看到谢芝齐坐在沙发上，戴着耳机，手里拿着随身听，闭着双眼，似乎正在听音乐。

“谢医生？”

*

他睁开眼。

“你没事吧？”她问。

面前的女孩是黄雨萱……不，竟是陈韵如！

他眨眨眼，一段回忆模糊地涌现——

他看见陈韵如一个人走在街上。

陈韵如正要过马路，有辆车子急速朝她驶去。

他冲上去，抱着陈韵如闪过车子，自己却也不小心跌倒，撞到了头。

然后，他似乎昏了过去……

陈韵如见他恢复意识，像是松了口气，之后见他一直盯着自己不放，不禁转过了头，避开他莫名灼热的视线。

他缓缓地站起身，望了望四周，难掩兴奋。

他成功地回到过去了？

他好不容易按捺住激动的情绪，装作平静地问陈韵如：“这么晚了，你怎么一个人走在路上？”

陈韵如摇摇头，像是不想多说。

“如果你没事，那我先走了。”她说。

“等一下。”他拦住她，“这么晚了，你还要去哪儿？”

“去找我的家人。”她只好老实说。

“那……我陪你。”他说。

陈韵如没有回答，转头就走。

他犹豫了几秒，也立刻迈开脚步跟上。

不久，下起了大雨，但她无视雨势，继续冒雨寻找家人，他则是静静地跟在她身后。

雨水淋湿了她身上的制服，湿透的布料紧紧地贴着她的身躯，隐隐透出肌肤，他看着看着，想起了那些她更衣的照片，脑袋里渐渐有了邪恶的念头……

在那栋废弃大楼前，他将陈韵如诱骗进去，然后推倒她。

陈韵如拼命挣扎，不愿就范，用力一脚踢开他，转身爬起，狼狈地想要逃走。

她没命地往外头跑，却因为惊慌过度，脚步踉跄，不慎跌倒。

她赶紧爬起来，浑身颤抖地想要继续逃走时，忽然发出一声凄厉的尖叫——

“不要——”

他追了上来，抓住了她的双腿，她整个人往前扑倒在地，仍使出最后力气往前爬。

“救命——谁来救——”

后脑勺传来一阵剧痛，她的求救声在大雨声里中断。

大雨唰唰地下个不停，没有人听到她的求救。

他看着倒在地上的女孩，后脑勺正不断流出温热的血液，直到再也没有反应。

她，终于要属于他了。

他的嘴角泛起笑容，举起手里的石块，准备再次狠狠落下时——

“谢医生？”

他一愣。

“谢医生？”

*

“谢医生？”

谢芝齐睁开眼，发现黄雨萱站在自己面前，一脸纳闷。

他睁大了眼，随即反应过来，匆忙取下耳机，不好意思地说：“你说用这台随身听，听着里头的音乐，就能回到过去，我只是好奇想试试看，结果……”他欲言又止，仿佛意犹未尽。

“结果？”黄雨萱问。

“没想到这首歌这么好听，听着听着就入迷了。这首歌叫什么？”谢芝齐笑着问。

“是伍佰的*LAST DANCE*。”

谢芝齐若有所思地点点头：“我会记住的。”他放下随身听，对黄雨萱说，“不好意思，我可以要杯水喝吗？”

“我正准备泡咖啡，请你等一下。”她说完便去厨房开始泡咖啡。

谢芝齐起身，一边走向厨房，一边说：“我刚想过了，如果，一切真如你所说，那么我想我知道我哥到底为什么变了一个人。”

黄雨萱正在泡咖啡，听到最后一句话时，微微愣住，正想回过头，谢芝齐已经一个箭步走到她身后，将早已准备好的针筒拿出，将针头刺入她的脖子。

黄雨萱根本来不及反应，双脚一软，缓缓地瘫倒在谢芝齐面前，陷入昏迷。

他慢慢蹲下，一脸不可思议地看着倒在地上的女人。

从见到她的第一天起，他就想这么做了。

因为她长得实在太像陈韵如了。

他伸出手想要抚摸黄雨萱的脸庞，这时客厅忽然传来有人开门的声响。

他猛地缩回手，张望了一下，快步走入卧室躲藏。

“我回来了！”李子维一边进门一边喊，却没有得到回应。

他走入屋内，一眼就瞧见黄雨萱倒在厨房内，立刻冲了过去：“雨萱？你怎么了？你没事吧？”

身后忽然有什么东西迅速闪过，他立刻回头，只见有个人影冲出了家门，他立刻追了上去！

谢芝齐飞快地往外跑，李子维穷追不舍，直到来到一处死巷，谢芝齐无路可逃，这时李子维已经追到，直接将他扑倒在地，当他看到谢芝齐的面孔时，不觉一愣，脱口喊出：“谢宗儒！”

谢芝齐开始挣扎，李子维回过神，一拳往他脸上挥去！

“说，你对黄雨萱做了什么？”他逼问谢芝齐。

谢芝齐想要反击，却被李子维挡下，李子维又狠狠地赏了他一拳！

“说！你到底对黄雨萱做了什么？！”

李子维又气又恼，不停地挥拳，谢芝齐一面挨打一面胡乱挥手，忽然抓住路边的陶瓷花盆，直接往李子维头上砸去。

剧痛让李子维不得不松开手，谢芝齐趁机挣脱，再次拾起沉重的花盆，一次又一次重重地往李子维的头上砸去。

当李子维再也没有反应，谢芝齐才放下花盆，然后四处张望。

他将随身听与陈韵如的日记本偷了出来，方才一阵打斗中，它们掉落在地上。

他找到这两样东西，拾起，准备逃离时，听见身后传来声响，他回过头，只见李子维半张脸上都是头上伤口流出来的血，正挣扎着想要起身。

“把那些……东西……还回来……”即使伤势严重，李子维仍狠狠地瞪着谢芝齐。

谢芝齐冷笑一声，转身走到李子维面前，双手再度举起沉重的花盆，用力朝着李子维头上砸去。力道之大，让花盆在击中李子维的同时也应声碎裂。

李子维终于再也无法动弹。

*

谢芝齐回到家里，并没有急着马上清洗血迹，也并没有慌张地想要逃走。

因为，他有更重要的事情要做。

他坐在那张干净到没有一粒灰尘的纯白沙发上，仿佛欣赏这世界上最珍贵的宝物般，打开了陈韵如的日记本。

有时候，我觉得自己是宇宙中最黯淡的那颗星，拼命发光，想要有人发现我渺小的存在……

可是最后，等着我的，却只有坠落。

陨落的那一刻，我知道，世界上，没有人记得我……

我在遗憾的青春中渐渐凋零着，我在失落的荒原中学会了哭泣。

我在扮演自己的过程中，丢弃了我自己……

我在心里最深处那关着灯的房间里，吟唱着只有自己才能拥抱自己的情歌……

一句一句，他面带微笑，如吟咏情诗般地念出陈韵如写过的每一个句子，如痴如醉。

读完后，他将日记本小心翼翼地合起放下，拿起耳机，塞入耳中。

接着他闭上双眼，含笑着拿起随身听，按下播放键。

*

电话铃声响起。

他睁开眼，发现自己坐在老家客厅里，茶几上的电话正在响个不停。

他接起电话，听了一会儿，冷静地说：“妈，我知道了。你先不要急，我来处理。”

*

1998 年，台南。

母亲说，他的弟弟杀死了一只小猫，但是她不敢告知再嫁的丈夫，因为他本来就不喜欢这个她带来的拖油瓶。

他来到母亲再嫁的新家，看见弟弟一个人在房里，没有开灯。

他示意母亲先离开，然后走入房间，将房门锁上，慢慢走到弟弟面前。

屋外昏暗的光线照映着他的脸，平静且带着微笑。

他在男孩面前蹲下，说：“我有话要跟你说。”

男孩慢慢将脸抬起，两人目光交会。

“你没有错。”他说，“错的是他们，因为他们永远都不能理解我们的想法。”

男孩原本畏怯阴暗的眼神，缓缓亮了起来。

“所以，我们也不需要他们理解，在他们面前，我们只要继续扮演好他们想要看到的模样就好，只有这样，我们才能继续去做想做的事，让这个世界变得更美好，你懂吗？”

男孩的双眼直视着他，然后，缓慢地点了点头。

他露出笑容，说：“下次我带你去做更漂亮、更美的标本，好不好？”

*

他拉着年幼的男孩，走在空荡荡的校园走廊里。

“哥哥，都这么晚了，你还带我来你们学校做什么？”男孩一脸不解。

“我不是说过，要带你做更漂亮、更美的标本吗？”他说。

虽然，那还不是最美的。

他将男孩带到教室，一个穿着高中制服的女学生早已被绑在椅子上，嘴巴被布塞住，发不出声音，正在拼命挣扎。

当她看到这两人时，挣扎得更剧烈。

他望向身旁的男孩，只见男孩双眼睁大，被她美丽的双眼里流露出来的浓浓的恐惧深深地吸引。

他蹲了下来，与年幼的男孩双眼直视，微笑着说：“我们开始吧！”

然后，他从口袋里掏出一支针筒，缓缓地往那个女孩纤细洁白的脖子上刺去……

“住手！”

他一愣。

那是谢宗儒的声音，从他脑海里传来。

但是他很快用意志将那道声音压下，继续坚定地、缓缓地，在年幼的自己面前，将针筒上的针刺入了蔡雯柔的脖子。

*

2019 年，台北。

黄雨萱醒来时，发现自己是在医院的病床上。

仍残留在体内的药物让她反应迟钝，视线模糊，只能隐约看到有人在自己面前走动。

“我怎么……会在这里……”她虚弱地问。

“你醒啦？”吴文磊立即上前问。

那天李子维追着谢芝齐夺门而出后，房门大开，邻居回家后发现不对劲，探头张望，发现了倒在厨房地上的黄雨萱，立刻报警。

警察赶到时，吴文磊也正好赶了过来。

原来不久前李子维打电话给他，他没有接到，回拨后一直无人接听，他改打给黄雨萱，也是无人接听。他隐隐觉得不对劲，不放心，于是赶了过来，没想到黄雨萱真的出事了。

“这里是……医院？”黄雨萱想要坐起身，却一阵晕眩，又倒回床上。

吴文磊说：“你被人下药，昏倒在你家厨房地上，是邻居报警，把你送来医院的。你已经昏睡一整天了。”

“黄小姐，你现在意识清楚吗？可以说话吗？”守在病房外的一名警察见黄雨萱醒了，立即走进来问。

黄雨萱虽然感到头晕目眩，仍勉强自己点点头。

“那你记得，在被下药昏迷之前，发生了什么事吗？”警察问。

黄雨萱皱起眉，努力回想：“我记得……谢医生忽然来家里找我……然后我接到了李子维的电话，接下来……我去厨房准备泡咖啡……”

她想起来了，是谢芝齐对她下药。

但，为什么？

她这时才发现，李子维呢？

她望向吴文磊，问：“李子维呢？他说他很快就会回来了，他在哪里？”

吴文磊没有回答，眼神里却透露出遗憾的悲伤。

一旁的警察做完笔录，说：“黄小姐，如果可以的话，还要麻烦你跟我们走一趟。”

“去哪里？”她问。

“太平间。”警察说。

*

她脚步虚浮地踩在冰凉的地板上，四处都是浓浓的消毒水味，陪伴着她的医院工作人员，面无表情地踏步前进，仿佛对于穿梭在人间与死亡的界线，早已习以为常。

她不断告诉自己，不会的，不可能，绝对不会是李子维……但是当他们从冰柜中拉出他的遗体，掀开白布时，她终于崩溃，双腿再也没有了力气，跪倒在地，但她仍挣扎着爬起来，双手攀在放置他遗体的铁床架上，想要再一次看清楚。

这是真的吗？

李子维……真的死了？

被谢芝齐杀死了？

怎么会？！

她放声痛哭，整个人扑倒在那冰冷的遗体上，不断喃喃："你不是说你再也不会离开了吗？你骗人……你骗人……李子维……你为什么要骗我……"

为什么，又要留下她一个人？

滚烫的泪水一滴滴地落在他的脸上，而他，再也不会睁开眼了。

一旁的吴文磊不忍，转过头，眼里也泛着泪光。

忽然，黄雨萱跳了起来，激动地对吴文磊说："随身听，那台随身听呢？"

吴文磊很快会意过来，但随即说："我知道你在想什么，但是……"

一旁的警察听到"随身听"三个字，神情立即警戒，问黄雨萱："黄小姐，可以请你到警察局来看一下我们调出来的监视器画面吗？"

吴文磊说："她刚醒来，情绪又很激动，我想要不要等明天——"但黄雨萱打断了他。

"没关系，我可以现在就去警察局。"她坚定地说。

*

警察局调出来的监视器影像里，除了谢芝齐对李子维行凶的画面外，也清楚地录到了谢芝齐在逃离前，特地四处张望，拾起掉落在一旁的随身听与日记本。

警方的疑点是，为何谢芝齐会为了一台随身听和一本日记就对黄雨萱下药，甚至杀害李子维？

黄雨萱与吴文磊面面相觑，一时间也不知道该如何回答，只好支吾带过。

两人从警察局离开后，黄雨萱默默不语，吴文磊像是在问她，又像是在自言自语地说："我实在想不通，那个谢芝齐为什么要带走这两样东西……"

黄雨萱忽然停下脚步。

"怎么了？"吴文磊问。

"我想，可能是他在我家听随身听的那短暂几分钟里，跟我一样，回到了过去……"黄雨萱说。

很有可能，谢芝齐也回到了 1998 年。

如果他回到了 1998 年，那么会不会，他其实就是谢宗儒？

也许他们一开始就弄错了。

她和李子维一直想要在过去的时间里找到杀死陈韵如的凶手，但说不定凶手根本就不存在于过去，而是来自未来，也就是现在的 2019 年……

黄雨萱自责地对吴文磊说："都是我的错！要是我早点发现过去的谢宗儒与现在的谢芝齐长得这么相似，并不只是单纯的偶然，李子维也不会——"她浑身颤抖，泪水再度落下。

吴文磊安慰她："先别想这么多，我们现在还不能确定，谢芝齐是否真的像你一样也回到了过去。我们现在唯一能确定的，就是只要找回随身听，你就有办法回到过去，阻止那一夜所发生的事情，那一切都还有机会挽回。"

黄雨萱一面抹去眼泪，一面摇头，说：“就算我想办法让陈韵如安全度过那一夜，如果谢芝齐真的能回到过去，他还是随时可以找机会再对陈韵如下手的。”

吴文磊听了，也跟着开始忧心。

黄雨萱要自己冷静，想了想，说：“现在最重要的，就是要想办法厘清谢芝齐……不，谢宗儒当年到底和陈韵如的死，有没有关系。”

*

即使谢芝齐始终没有透露谢宗儒目前的下落，但黄雨萱还是通过渠道，找到了他目前居住的疗养院。

“阿脱，谢谢你。”这一次，她真心诚意，电话另一头的阿脱反倒有些愣住，说：“黄雨萱，你这么认真地感谢我，我好不习惯哦。”

之后，她独自一人来到疗养院，想见谢宗儒。

当她在会客室见到谢宗儒走入的那一瞬间，即使明知兄弟俩长得十分相似，她仍忍不住吃了一惊。

实在太像了！

简直就像是双胞胎！

只是比起谢芝齐的意气风发，谢宗儒显得颓丧灰暗，而且因为服药的关系，眼神浑浊，似乎分不清自己到底在哪里。

院方人员领着谢宗儒在她面前坐下后，她看着那张与谢芝齐一模一样的面孔，忍着强烈的恨意，深吸一口气，问：“谢宗儒，你能不能告诉我，二十年前，你到底发生了什么事？”

不知道是不是因为服药的关系，谢宗儒只是呆坐着，毫无反应，像是完全没有听到她的问题。

黄雨萱耐着性子再问一次：“你听到我的问题了吗？二十年前发生了什么事？”

谢宗儒依旧眼神空洞地望着她。

黄雨萱不自觉地握紧了拳头，语气也随之加重：“谢芝齐说，你那时候听见脑袋里有另一个人的声音，不断要你去杀人，那个人是谁？他要你杀的人是谁？是不是陈韵如？”见谢宗儒始终没有反应，她口气更加焦急，甚至激动地上前扯住他的手臂，大声追问，“陈韵如的死到底和你有没有关系？你不要再假装没听到，快回答我！”

谢宗儒忽然全身一抖，用力甩开了她的手，这时一旁的院方人员也注意到了黄雨萱语气激动，走过来说：“黄小姐，请你冷静，不要对我们的病人这样。”

黄雨萱这才意识到失态，正想要道歉，却听见谢宗儒喃喃呓语：“我听得到……”

黄雨萱赶紧问：“你听到了什么？”

谢宗儒空洞的双眼看着她，说：“我可以听到外面的声音，也看得到外面发生了什么事，我甚至可以感觉到，我就在外面继续活着，可是外面的那一个我，却不是我……不是我……不是我——不要！不要！住手！”他仿佛看到了什么，忽然起身激动地大喊，双手乱挥。

黄雨萱有些被吓到，不自觉地望向一旁的院方人员，露出求救的眼神，只见对方点点头，示意她别太担心，显然这已经是谢宗儒的常态。

“明明我就是我，却只能在里面听着另一个我说话，看着另一个我做那些事，我好想知道：为什么会变成这样？那一个我，真的不是我，我不可能做出那样的事情，我不可能杀人，那不是我——”谢宗儒几乎用喊说完这一长串后，似乎用尽了力气，跌坐在椅子上，双手抱头，一面身子不安地前后晃动，一面嘴里仍在喃喃低语：“不是我……真的不是我……那个我不是我……”

黄雨萱为了验证之前的推理，小心翼翼地问：“你说那个你不是你，那……是不是谢芝齐？”

谢宗儒猛地抬起头，像是终于看见了黄雨萱，一脸惊慌失措。

“陈韵如？！”他脱口喊出，接着整个人情绪失控，他想从椅子上跳起来，却连人带椅狼狈地摔倒在地上，然后浑身颤抖地躲到墙角，蜷起身子不住地颤抖，“不是……不是我杀的……是他……是他……”

黄雨萱想要靠近他，再问详细些，谢宗儒却直愣愣地盯着她，喊着：“是你！是你逼我的，是你……是你要我杀了你！”

黄雨萱愣在原地。

谢宗儒的话前后毫无逻辑，很可能只是他单纯的幻想或服药的副作用，但他的眼神却让她头皮直发麻。

那天晚上，杀死陈韵如的，到底是谁？

*

警方破门而入时，意外发现谢芝齐并没有反抗，而是坐在沙发上，身上仍穿着沾满血迹的衣物，正戴着耳机、听着随身听，如初生婴儿般安静地沉睡。

警察虽觉诡异，仍继续着逮捕行动，两名警察一前一后包抄谢芝齐，其中一名伸手推了他一把，喊："谢芝齐？谢芝齐？"

"不……就差这一步……就差这一步了……"谢芝齐皱紧眉头，似乎抗拒清醒。

"谢芝齐！"

谢芝齐猛地睁开眼，整个人清醒过来，见到面前的警察，第一件事就是紧抓着随身听，起身拔腿就想跑，他身后的警察立即扑上去，将他制服在地上，他怀中的随身听也随之滑落。

谢芝齐愤怒不已，大喊："为什么是现在？为什么？！就差这一步了！"

然后他更加奋力地挣扎，看到落在眼前的随身听，竟不断用自己的额头撞击它。

"就只差这一步了！就只差这一步了！"他一面喊，一面继续用额头重击随身听，一张脸上已是鲜血淋漓。

如果他得不到她，其他人也休想得到！

*

黄雨萱赶到警察局，看到那台几乎毁损得不成样子的随身听，心瞬间凉了。

随身听坏了……那是不是意味着，她再也无法回到过去了？

她颤抖着手拿起随身听，按下播放键，一点动静都没有。

怎么会这样？怎么会这样……

就在她不知该如何是好时，谢芝齐正好从审讯室中被带出来，她立即冲上前，一旁的警察赶紧拦住她。

“你为什么要这样做？你到底做了什么？”她情绪失控地逼问谢芝齐。

谢芝齐一脸该死的得意笑容，居高临下地看着她，反问：“你问错问题了。你应该要问，你对陈韵如做了什么吧？”

黄雨萱愣住，完全不明白他这番话的意思。

她对陈韵如做了什么？

她回到过去后，不就是陈韵如吗？

难道陈韵如对回到过去的谢芝齐说了什么？

“谢芝齐，你把话说清楚——”

然而警察却迅速将他带走。

黄雨萱看着他离开的身影，满脑子疑惑，却没有办法得到解答。

*

她带着随身听，几乎找遍了每一家电器维修行，大部分维修师傅只瞄了一眼便拒绝。

“小姐，都变成这样了是要怎么修？干脆买一台新的比较快！”他们说。

有的甚至劝她别再用这种随身听了，现在早就没人听磁带了。

黄雨萱不死心，最后终于在一条不起眼的小巷里，找到一位年老的维修师傅，他看了一眼随身听，正想开口，她立刻说：“我知道你想说什么，但是它对我而言真的很重要！求求你，师傅，拜托帮我修修看，只要修到它能动就好，就算只能放一首歌的时间也行，求求你……”到最后，她竟有些哽咽。

她一定要回到过去才行！

唯有回到过去，改变陈韵如死亡的命运，他们的未来才会改变。

哪怕，她和李子维在改变后的未来里再也没有相识的机会也无妨，她只要他活下来。

“师傅，拜托……请你帮我修好这台随身听……”

年老的师傅看着她泛红的双眼，没有再说什么，默默地接过了随身听。

*

两天后，她从老师傅手里拿回贴满了胶布的随身听。

她回到家里，拿出随身听，戴上了耳机。

按下播放键的那一刻，她停下了动作，像是生怕自己所有的期待都成了空。

然后她鼓起勇气，按下播放键。

她用力地闭上双眼，双手紧紧交握，当略微变调的歌声旋律从耳机里传出时，她激动得难以自已，几乎就要掉泪。

让她回到过去吧！回到 1998 年，让她改变这一切……

随身听里的磁带出现了咬带，音乐声变成杂音，她紧紧闭着双眼，感觉整个人像是浮在空中，不知道什么时候会狠狠地往下坠落。

忽然，杂音消失，歌声继续，她松了一口气，原本紧绷的面容渐渐放松了下来。

……随着……我的步伐……轻轻柔柔地踩……

将美丽的回忆……慢慢……重来……

音乐声停止了。

接着，所有的声音，都停止了。

第十五章

1998年，台南。

“陈韵如，我家有冰红茶和可乐，你要哪一种？”李子维的声音从门口传来。

她缓缓抬起头，看着近在眼前的李子维，激动得眼眶泛红。

他还活着。

“陈韵如？”

李子维一手拿着冰红茶，一手拿着可乐，站在门口疑惑地看着她。

“陈韵如，你没事吧？”

她放下手里的插画本，忽然扑上前，紧紧地抱住李子维，他吓了一大跳，手里的饮料跟着落地。

“陈韵如，你怎么突然——”

“求求你，不要说话，什么都不要说！”她将脸埋在他的胸前，贪婪地听着他有力的心跳，那是他还活着的证明，“就让我这样好好地抱着你……”

尽管他不知道在刚刚那几分钟里，陈韵如到底发生了什么事，但见她在自己怀里哭得无法自已，一时间也不知道该怎么办，只好就这么僵硬着身子，任由她抱着自己痛哭。

*

当她的情绪终于平稳下来，时间也已经晚了，李子维想了想，提议先送她回去。

在骑车回家的路上，她坐在后座，看着眼前那宽阔的肩背，于是小心翼翼地将脸颊贴了上去，像是想要确认什么。

这一切，真的不是梦。

正在骑车的李子维，感觉到肩膀上有什么东西靠着，趁着红灯停下时，微微回头一望，只见陈韵如正闭着双眼靠在他背上，嘴角微微露出微笑。

绿灯很快亮了，李子维虽然心里感到有些纳闷，却没有说出口。

到家时，陈韵如下了车，摘下安全帽递给李子维。

他接了过来，终于忍不住问："陈韵如，你刚刚到底怎么了？明明我离开房间前，你还好好的，怎么我一回房间，你就忽然抱着我大哭？"

她听了，没有回答，只是低下了头，让人看不清她脸上的表情。

李子维于是更加担心，追问："到底发生了什么事？"

这时，她才缓缓抬起头，眼神坚定地说："其实，刚刚在你房间的时候，有一瞬间，我……好像回到了未来，也就是 2019 年。"

"真的假的？"李子维讶异极了，"就在刚刚？你回到了 2019 年？在我房间里的时候？"

她点点头，不再说话。

"然后呢？你在 2019 年发生了什么事？你又是怎么突然回来的？"李子维又问。

她支吾半天，像是在努力回想，最后却一脸为难地说："我……我不知道，我忘了。"

"你忘了？"李子维睁大了眼睛。

怎么可能？

之前陈韵如不是说了很多关于未来的事情吗？而且连细节都记得清清楚楚，怎么这一次却忘了？而且，他一时也说不上来，但总觉得陈韵如变得有些不一样。

看到李子维眼里的怀疑，她连忙说："我在 2019 年好像知道了一件很重要的事，但不论我现在怎么想，就是想不起来了。"她将手放在自己的后脑，仿佛之前的伤口又开始发作疼痛。

李子维见状，也只能说："没关系，你不用勉强自己，先回家好好休息吧！等你想起来了，再告诉我。"

她点点头，转身要开门回家时，李子维叫住她："陈韵如，从明天起我来接你上学。"

她有些受宠若惊，不知道该说些什么，只是微微睁大了眼睛望着他。

"你们班上的蔡雯柔发生那种事情，我很担心。我想，为了你的安全，这阵子暂时让我送你上学好吗？"

她仍然没有说话，只是望着他。

"反正，明天早上我会来接你。"说完后，李子维便对她挥挥手，"快回家休息吧！"

她这才点点头，转身跑上了楼。

李子维看着她的背影，若有所思。

不太对劲。

陈韵如的一举一动，说话的方式，甚至是眼神，都不太对劲。

也许，是因为她刚从未来回到这个时空，暂时还无法适应的关系？

他实在很想知道，在他离开自己房间的那短短几分钟内，陈韵如到底经历了什么？

*

隔天早上。

陈韵如起床，一如往常地刷牙洗脸，换上制服，然后站在镜子前，看着镜中的自己。

她想起昨晚李子维说过的话，忍不住露出了笑容。

那笑容是羞涩内敛的，甚至，有些美梦终于成真的不知所措与窃喜。

她看着镜子里的那个人，抬起手，摸摸自己的脸，像是想要确认自己的存在。

然后她对着镜子开始练习笑容。

快乐的微笑。

开心不已的笑容。

整个人放开心胸的开怀大笑。

直到她自觉练习得差不多了，才走出房间，去叫陈思源起床。

“陈思源，起床了，你上学要迟到了。”她轻声喊。

陈思源毫无反应。

她犹豫了一下，深吸一口气，有些不自然地对着棉被底下的弟弟喊：“陈思源，你给我起床！”

陈思源一脸起床气地掀开被子，狠狠地瞪向她。

她的目光立刻流露出胆怯，但随之狠狠地瞪回去，甚至还扯开棉被，厉声说："瞪什么瞪？起床！"

陈思源尽管一肚子起床气，但居然也没回嘴，而是乖乖起床，走出房间准备刷牙洗脸。

他走到门口，忽然想到什么，转过头看着陈韵如，问："姐，你怎么怪怪的？"

她一愣，急忙掩饰心里猛然蹿起的小小惊慌，故作镇定地反问："哪里怪？"

"我也不知道，总之就是感觉你怪怪的。"陈思源说完也没怎么放在心上，打了个哈欠，便离开了房间。

陈韵如起身，低着头走出陈思源房间。

*

她走出家门，张望了一下，果然没多久便看到李子维骑着摩托车过来。

跟着她后头出门的陈思源见了，取笑她："难怪你今天早上怪怪的，原来是男朋友要接你去上学。"

她没有反驳，瞪了陈思源一眼："你少啰唆！"

她上了车，戴上安全帽，李子维载着她来到学校后门，正好莫俊杰也刚到，正在停摩托车。

他见李子维载着陈韵如上学，有些讶异："你们怎么会一起来学校？"

李子维回答："学校里发生命案，我担心她的安全，所以这阵子暂时送她上学。"

陈韵如也笑着说："我本来觉得没必要，但是既然他坚持，就随他了。"

尽管莫俊杰昨天是自己离开，刻意凑合这两个人，但看到这两人进展飞快，心里多少还是有些介意。

三人一面闲聊，一面走向另一头的学校大门，原本满脸笑意的陈韵如，见到正在校门口担任纠察队长的谢宗儒时，笑容忽然凝结，接着迅速低下了头，似乎不想让对方发现自己。

她特意放慢速度，躲在莫俊杰与李子维两人身后，走进校园。

就在经过校门口那一刻，她迅速地抬头望了谢宗儒一眼，发现他竟然一直在看着她，不由得心头一惊，赶紧转过头，避开他的视线。

在走廊上和莫俊杰与李子维分开后，她还没走到教室就被班主任拦住。

班主任身后是刑事组组长杨碧云以及一名警察。

"陈韵如，麻烦你先跟我去办公室一趟，警方有些问题想问你。"班主任对她说。

*

教师办公室里，陈韵如在班主任的陪同下，接受杨碧云的讯问。当然，最主要还是关于蔡雯柔的命案，但这次陈韵如却什么都说不出来。

杨碧云看着表现迥异于之前的陈韵如，心中疑惑，但仍尽量和蔼地问："你真的什么都不知道？那你知道蔡雯柔偷拍你更衣照片，还贴在布告栏上面吗？”

陈韵如愣了一下，然后摇摇头。

“那你知道，蔡雯柔尸体被发现后，那些贴在布告栏上的照片全都不见了吗？”杨碧云进一步追问，见陈韵如仍旧低头不语，她轻轻拍了拍陈韵如的肩膀，“陈韵如，你真的一点都不知情吗？”

陈韵如不得不抬起头，而杨碧云看得出来，尽管陈韵如试图故作镇定，但眼里仍旧流露出一丝恐惧与不安，她的眼神与杨碧云对上后，立即转开，然后急促地低声说：“我不知道，我真的不知道，这些事情我完全都不知道！”

陈韵如的反应，只是更添了杨碧云心中的疑云，于是她再次追问：“你是否猜测过，蔡雯柔的命案，可能和谁有关？”

这一次，杨碧云明显看见陈韵如浑身轻轻一震。

然而，在沉默了几秒钟后，陈韵如仍旧摇头。

看样子，陈韵如的确知道些什么，却不愿意吐露。

“好了，我问完了。”杨碧云忽然说，神情也变得极为和蔼，“你可以回去上课了。”

陈韵如有些不敢置信，直到班主任起身要带她离去，她才有些畏怯地朝着杨碧云点点头，转身快步离开。

杨碧云看着她离去的背影，心中思索着。

陈韵如很明显是在说谎，难道是想包庇凶手？

那么这也意味着，她知道那名凶手是谁。

昨天出炉的验尸报告里提到，蔡雯柔体内发现了一种叫溴乙酸乙酯的有机化合物，那是一种毒性很高，专门用来制作军用毒气的化学试剂，吸入、吞咽或皮肤接触都可能致命。而蔡雯柔的死因，是凶手直接用针筒将这剧毒的有机化合物大量地注射至体内而导致死亡的，手法之凶残，令人发指。

照理，这么危险的化学药品应该都有管制，从这一点下手，查出源头，便能循线追到有关凶手的线索。然而验尸官也说，这种化学合成物也可通过像乙酸或乙醇这种专门制作标本的非管制药物合成提炼出来，也就是说，只要具备相当程度的化学或医学背景，就能制造出这种危险的剧毒，因此要靠这一点来追查凶手，没有想象中那么容易。

陈韵如不过是个文科高中生，不可能会具备这些知识，或有取得管制药品的渠道。然而，杨碧云却还是特地到学校来一趟，亲自讯问陈韵如，是因为她有种莫名的第六感，总觉得陈韵如隐瞒着一些秘密，而这些秘密，绝对和蔡雯柔的命案有关……

*

几天后，当李子维一如往常地一早来接陈韵如时，递给她一部手机。

“这是给我的？”她接了过来。

李子维点点头：“我昨天帮你办好的。我想，就算我跟莫俊杰想保护你，也不可能一天二十四小时都在你身边，你总会有落单的时候，所以我办了这部手机，让你可以随时能联系上我们。”他凑上前，说，“我已经帮你设好快捷键了，记得，1 是我的手机号码，2 是莫俊杰的，只要按着号码键差不多三秒，就会自动拨号给我们。”

她感动地握着手机，同时心里也不禁涌上不安。

“李子维，”她问，“如果，有一天，我变回以前的陈韵如，你……”

那你，还会喜欢我吗？

但她终究没有问出口，因为，她害怕听到那个答案。

“什么意思？”李子维有些不解。

“我是说，如果，有一天，我回到了 2019 年，然后不再回来了，那你……是不是还会像现在这样……关心我？”

李子维笑着说：“怎么忽然问这么奇怪的问题？你现在不就在这里吗？”

“你先别管这么多，回答我就是了！”她有些焦急。

李子维只好认真地想了想，然后说：“如果，你真的回到了 2019 年，也就是你原本的时空，但那也不表示你不在了，对吧？你只是去到了我还没经历过的未来，所以……我未来一定会遇见你，然后像现在一样继续喜欢你，不就好了？”

那一瞬间，陈韵如心里只有一个念头：不能让他被抢走！不能！

她看着李子维，两个人的脸相距得那么近，然后她闭上眼，将唇轻轻压在李子维的唇上。

这突如其来的一吻，让李子维完全反应不过来。

直到陈韵如微微后退，双唇离开，他仍是一脸茫然，仿佛，不知道刚刚到底发生了什么事。

陈韵如微笑地看着他，眼睛里是无法错认的爱慕与甜蜜。

“你不用特地去找我，因为我，黄雨萱，现在就在这里，再也不会离开。”

这时，她的脑海里清楚地浮现出一道声音——

“你为什么要这么做？为什么要骗李子维你就是我？！”

*

点名的时候，李子维不在教室。

对于李子维惯常性的翘课，班主任早已见怪不怪。

翘课的李子维，一个人来到校园教学大楼的顶楼，躺在地上，看着蔚蓝的天空，满脑子都是今天早上那个突兀的吻。

他应该要感到高兴的，但不知道为什么，就是觉得……不对劲。

是哪里不对劲?

是眼神吗？还是……

“就知道你在这里。”

他被吓了一跳，转过头，居然是陈韵如。

“你不用上课吗？”他问。

“刚刚上课时去帮老师送考卷，经过你们班教室，看到你不在座位上，就猜你一定是翘课了。”她笑着说，“你自己都翘课了，还好意思问我怎么不用上课？”

“好啦，我不该翘课，我现在就回教室可以吧。”他以为陈韵如是来抓他回去上课的。

没想到她却说：“我不是来叫你回去上课的。”

他讶异地看着她。

“我们一起翘课好不好？”她说。

*

李子维熟门熟路地带着她来到学校后门垃圾场旁边的围墙，爬上墙后，拉着陈韵如的手，帮她翻过围墙。就在她动作有些笨拙地要翻过围墙时，还在墙上的李子维看到不远处的教学大楼三楼，教官正瞪大了眼看着他们，然后转身快步朝后门的方向走来。

“等一下，你快下去！”他赶紧说。

“为什么？”她不解。

“我看到教官过来了！等一下要是被教官抓到，你就说你是来阻止我翘课的——喂！你做什么？”他话还没说完，陈韵如已经跳到墙外，还差点摔倒在地上。

她捡起书包，抬头对他说：“你不是说教官要过来了吗？还不快点下来？”

李子维也没空想那么多，赶紧跳下墙，陈韵如随即抓起他的手，两人快步奔跑离开。

她好像从来没有跑得这么快、这么开心过，握在自己手心里的手是那么温暖，如果可以，她一辈子都不想放开。

如果是黄雨萱的话，她会继续牵着李子维的手，还是放开？

如果是黄雨萱，等会儿停下来后，她会对李子维说什么？

如果是黄雨萱……

用尽整个生命奔跑的时候，她在脑海里不断地演练着黄雨萱这时该有的反应。

她是陈韵如，不是黄雨萱。

但是，她想要成为黄雨萱。

因为，李子维喜欢的是黄雨萱。

两人跑了好一阵子，李子维回头确定教官不再追上来后，这才发现陈韵如一直握着他的手，连忙放开。

陈韵如愣了一下，李子维也对自己的反应感到有些纳闷。

仿佛，他本能地知道，他不该握着这个女孩的手……

“刚刚好险，差点儿就被抓到了！”他说，试图掩饰两人间忽然冒出来的尴尬。

“我们翘课成功了，现在要去哪里？”她装作不以为意。

“看你想去哪里？”他说。

“那……我们去看海好吗？”她说。

*

那天，陈韵如回家后，进到自己房间里，第一件事就是从书包里拿出李子维送她的手机，看着手机屏幕，想了一下，发信息给李子维：“我到家了，你骑车小心。”

信息发完后，她一脸微笑地从抽屉里拿出日记本，照例将今天的心情记录下来。

但她写着写着，像是意会到什么，停下了动作。

她看着写到一半的日记，忽然一口气撕掉，将纸张揉成一团，扔进垃圾桶。

然后她重新在日记本上写下一句话：

他就是王诠胜。

她露出满意的微笑。

陈韵如合上日记本，拿起桌前那张三人的合照，里头的女孩笑得特别灿烂。

但那个女孩，并不是她。

她像是在自言自语，却又像是在说给谁听：“你的梦做完了，可我的梦，现在才刚开始。”

*

日子过得很快，转眼 1998 年就过去了。

她小心翼翼地用另一种面貌过生活，庆幸没有人发现破绽。

至少，到目前为止是如此。

新年的第一天，她来到休息的唱片行，找到正在整理唱片的吴文磊，说她想要学拍照。

“怎么忽然想学照相？”吴文磊问。

“就是想要学。”她微笑地看着吴文磊递到她手里的单反相机，“舅舅，你教我好吗？”

吴文磊虽然有些纳闷，但还是教了她一些基本的照相技巧。

于是她用这台相机，开始记录日常生活的点滴，当然，其中最多的主角，还是李子维。

李子维打篮球。

李子维吃盒饭。

一天放学后，他们三个人在图书馆温书，李子维睡着了，她悄悄从书包里拿出相机想要拍下来。

莫俊杰见她眼里满满都是李子维，心中虽然有些失落，但很快就让自己放下。他示意陈韵如先等一等，随即拿出黑色签字笔，在李子维脸上开始涂鸦。

陈韵如遮住嘴，轻轻地莞尔一笑，然后拿起相机开始对焦。

那个含蓄的笑容，忽然让莫俊杰有一刹那的失神。

那是从前的陈韵如会有的笑容。

*

照完第一卷底片，她便迫不及待地拿去冲洗。

隔天，她放学后要去照相馆拿照片，莫俊杰很知趣地找了个借口先离开，于是只剩下李子维陪她一起去。

她在照相馆一拿到照片便抽出来看，因为还是新手，有些照片明显失焦，或是取位有问题，但她仍不减兴致，一张一张地看下去，脸上是止不住的微笑。

当她看到最后一张照片上的自己，脸上的微笑忽然冻住，随即泛起一股淡淡的哀伤。

李子维察觉到她情绪的变化，问：“怎么了？”

她赶紧摇摇头，说：“只是……有点不习惯看到照片里的自己，仿佛是看着另一个人。”

“多拍几张就会习惯了。”李子维不以为意。

“也许吧。”她说。

然后她拿出另外一卷底片，递给老板。

老板递给她一张取货单，要她填写资料。

就在她填写资料时，李子维原本只是不经心地望了一眼，却随即被那张单子上的工整字迹吸引了注意力。

他看看陈韵如，又看看她写出来的字，心头渐渐泛起一片疑云。

忽然间，之前那些细微线索，连成了线，指向一个显而易见的答案。

但李子维并没有开口。

两人离开照相馆没多久，忽然下起了大雨。

“快找地方躲雨吧！我书包里还有照片，别淋湿了。”她着急地说。

两人跑着跑着，李子维忽然停了下来。

她察觉到了，也停下脚步，在雨中回头望向李子维。

就在那一刻，他看着眼前的女孩，不但没有之前的怦然心动，甚至，有些失落与感伤。

仿佛有什么对他而言很重要的东西，不见了。

“李子维，你站在那里做什么？快过来一起找地方躲雨啊！”陈韵如朝他喊。

他回过神，但猛然涌出的强烈疏离感，却让他迟疑着要不要迈出脚步。

大雨打在他身上，直到陈韵如再次唤他，他这才缓缓地跟上。

*

她浑身湿透地回到家里，正好遇到要出门上班的母亲。

母亲见她淋成落汤鸡，忧心地说了她几句，她沉浸在恋爱的喜悦中，浑然不在意。

她接过母亲扔来的毛巾，一面擦着头发，一面走回自己的房间。

关上房门后的第一件事，就是很宝贝地从书包里拿出那些照片。

幸好，一张都没有被淋湿。

就像她小心翼翼地保护着那个秘密，自以为没有人察觉。

她重新一张一张地检视，最后，视线停留最久的，是她与李子维的合照。

照片里，他们对着镜头，笑容灿烂，仿佛无忧无虑。

她伸出手指，充满无限爱意地抚摸着照片中的李子维。

如果，当黄雨萱就可以拥有这一切，她何必继续当陈韵如？

*

球场上的李子维不知道在想什么，居然漏接了莫俊杰传来的球，敌队看到机会，立刻抢过球，在三对三斗牛比赛结束前，硬是投篮得分。

李子维下场后，莫俊杰走到他身后，用力拍了一下他的肩膀，说："你怎么回事？今天一整天都心不在焉，这么好接的球居然还会漏掉？"

面对莫俊杰的关心，李子维不知该从何讲起。

莫俊杰等于是把陈韵如让给了他，若是这时候告诉莫俊杰，他对陈韵如的那种心动感觉正在迅速消失，莫俊杰会作何感想？

"没什么，这几天……没睡好。"李子维随便找了个理由搪塞。

就在这个时候，陈韵如忽然出现，说："你们跑来打球也不说一声，我找你们找了好久。今天放学后可以陪我去拿照片吗？"她说话的时候，目光一直看着李子维。

只见李子维神情不太自在地说："今天没办法耶，放学后我想去买参考书。"

莫俊杰狐疑地看了他一眼。

“那，你先跟我们去拿照片，之后我们再陪你去买参考书？”陈韵如提议。

李子维立刻婉拒：“不用了，而且你不是还要去唱片行打工？又不顺路，我自己去就行了。”

这时连陈韵如也察觉到他的不情愿，但仍装作不在意地说：“那我先回教室收拾书包，等你买完参考书，再看要不要来唱片行找我。”

李子维勉强地笑了笑，点点头。

陈韵如暂时离开后，在回教室的路上，莫俊杰忍不住问：“你干吗忽然想跑去买参考书？”

“没什么，只是觉得多少该准备一下……”李子维有些言不由衷。

莫俊杰停住脚步，一把拉住他，不客气地质问：“你高中毕业后就要去加拿大念书了，根本不用准备联考，连月考你也早就不放在眼里了，一天到晚翘课，你买什么参考书？你老实告诉我，是不是在躲陈韵如？”

没想到这么快就被莫俊杰看破，李子维进退两难，不知道到底该不该说出口。

敏感的莫俊杰从他的表情里隐约猜到了答案。

“为什么要躲她？你们最近……不是越来越好了吗？”莫俊杰问。

李子维犹豫着，最后终于说：“你不觉得陈韵如最近变得跟以前不太一样吗？”

“什么意思？”莫俊杰皱起眉头。

李子维有些烦躁地扒了扒头发，说：“我也说不上来，该怎么说呢？就是，这阵子，我发现她有很多地方都变了，像是她不再提起她是从2019年来的，甚至不再提起曾经袭击她的凶手，可是她之前明明执意要找到那个人，现在却完全当作没发生过这件事。”

“所以你就觉得她变了？”莫俊杰问。

“当然不止这些。”李子维说，“虽然她的言行举止还是跟黄雨萱很像，但不知道为什么，我却有一种感觉，她不是黄雨萱，而是以前的陈韵如。”

“所以呢？”莫俊杰的语气越发冰冷。

“我想找她当面问清楚，到底是怎么回事？”李子维说。

“问清楚之后呢？你要继续躲她？还是要她再称职一点，演得更像你喜欢上的那个黄雨萱？”莫俊杰的眼里带着怒意。

李子维愣住：“等一下，你这是什么意思？难道黄雨萱是陈韵如装出来的？”

“不然呢？你真相信这个世界上会有穿越时空这种荒谬的事情吗？”莫俊杰冷冷地看着他。

“所以你从头到尾根本没相信过陈韵如？”李子维讶异地反问，“为什么？”

“她都是为了你，才逼着自己去扮演另一个人，我只是不想拆穿她。”莫俊杰忍着怒意说。

李子维一脸无法置信。

莫俊杰看了，心头更是火起，逼近他一步，说：“你能不能站在陈韵如的立场想一下，一次就好，去想想看，一个人要做多少努力才能彻底改变自己？她好不容易让自己变成你喜欢的黄雨萱，你能不能就假装相信她，不要再做出伤害她的事情——”

“等一下！”李子维打断他，“我就是因为相信她，才更要去找她问清楚！”

“你们在聊什么啊？”陈韵如的声音忽然传来。

两人立刻很有默契地装作无事，莫俊杰笑着说：“我怕这家伙自己跑去买参考书买错了，提醒他一下。”

“如果你不放心，那我们陪他一起去不就好了？”陈韵如说。

李子维对莫俊杰使了一个眼色，莫俊杰虽无奈，也只好说：“没关系，我已经讲完了，我相信他不会买错。我先陪你去拿照片吧，再拖下去，你去唱片行打工就要迟到了。”然后便拉着陈韵如快步离去。

李子维勉强笑着，直到两人走远了，才收起笑容。

他没有去买参考书，而是怀着更多的疑惑，回到家里。

他拿出自己的插画本，看着那张雨中女孩的背影，若有所思。

他放下插画本，拿起桌上的相框，打开。

相框里的照片正是三人站在 32 号唱片行前的那张合照。

他把照片翻过来，看着上头的字迹，心中的疑惑更深了。

*

“今天你会来接我下班吗？”

她看着手机里敲出来的信息，却迟迟没有发送出去。

她听到了。

当莫俊杰质问李子维为何忽然躲着她时，她其实都听见了。

李子维察觉到了吗？

如果……如果李子维真的来问她，她究竟是陈韵如还是黄雨萱，她该怎么回答？

她会就此失去这一切吗？

她看着准备要发给李子维的信息，然后一个字一个字地将其全部删除。

现在，她还不知道该怎么面对他，不如——

忽然有个人走了进来，她有些惶恐地抬起头，以为是李子维，却没想到，走进唱片行的竟是谢宗儒。

有那么一刻，她想起身拔腿就跑。是的，在 2019 年发生的那些事情，她承袭了黄雨萱的记忆，全部都知道了，她知道谢芝齐，也就是谢宗儒的弟弟，杀死了李子维，甚至，也很可能回到这个时空，杀死了蔡雯柔。

但她醒过来后，却选择什么都不说，也什么都不做。

她以为，自己已经知道了那些前因后果，便一定能避免悲剧的发生，但此刻见到谢宗儒走进唱片行里，她还是无可避免地感到深深的恐惧。

谢宗儒神情相当自在，在唱片行里挑选着唱片和磁带，最后，他拿着一卷伍佰的《爱情的尽头》，缓缓地走向陈韵如。

她觉得自己仿佛是被蛇盯上的猎物，明知道有机会可以逃走，却吓得手足无措，动弹不得。

当谢宗儒来到柜台前，将磁带放在她面前时，她如同惊弓之鸟，整个人从椅子上跳了起来，往后退了一步。

谢宗儒看到她如此恐惧的神情，脸上不由得露出兴奋的笑容，瞳孔微微放大。

“你回来了。”他说。

他最美丽的标本，回来了。

陈韵如几乎要无法呼吸。

幸好，这时有其他客人走了进来，谢宗儒立刻恢复了正常的神情，转头就走，却没有带走那盘磁带。

谢宗儒一离开，她连忙拿出手机，想要打电话给李子维，又忽然停下动作。

李子维一定会追问她现在到底是陈韵如还是黄雨萱，但这个问题，她不想回答。

因为，她不想说实话。

她只好沮丧地放下手机，整个晚上都在心惊胆战中度过。

*

直到唱片行打烊，谢宗儒都没有再出现。

她内心暗暗松了口气，离开唱片行时，再度犹豫着要不要打电话给李子维，但终究还是不想面对他的追问，而将手机收入书包里。

在独自回家的路上，她不经意地抬头，发现巷口的反射镜里，竟有一个人正在远远地跟着她。

她疑神疑鬼，赶紧加快脚步，并不时地回头张望，只见那人越走越近，竟是谢宗儒。

她转头加快脚步，几乎就要跑了起来，经过一个转角时，忽然有人喊她："陈韵如！"

她停下脚步，讶异地看着李子维缓缓地将摩托车停在她面前。

"你怎么来了？"她问。

李子维一面拿下安全帽，一面说："我刚去接你下班，结果你已经走了，所以骑车来找你——"他话还没说完，陈韵如忽然上前紧紧地抱住他。

“还好你来了！刚刚我真的好害怕！”她说。

他轻轻将她推开，问：“你在害怕什么？”

“刚刚有人一直跟着我……”她不敢说是谢宗儒在跟踪她。

李子维随即往她身后张望，却没有看到任何人影，心中不免对她最近怪异的举止又多了些怀疑。

她说的话，到底有几分真？

第十六章

1999 年，台南。

李子维并没有直接将陈韵如载回家，而是载着她来到一处公园。

她下车后，李子维问她："你还记得这里吗？"顿了顿，"这里是我们第一次交换心里秘密的地方。"

陈韵如张望了一下无人的公园，点点头。

"你还记得我们交换了什么秘密吗？"李子维问。

她想起了那天晚上，她以为自己被家人遗弃，不禁露出有些苦涩的微笑，再度点头。

"我记得……你就是在这里告诉我，你高中毕业后就要移民了。"她轻声说。

李子维端详着她脸上的神情，像是更笃定了什么，说："今天带你来这里，是因为我想再问一次你心里的秘密。"他看着陈韵如的双眼，"现在的你，到底是陈韵如，还是黄雨萱？"

她早已预料到李子维会问她这个问题。

但她仍硬是挤出黄雨萱的笑容，一脸像是听到什么荒谬事情的夸张表情，回答："我当然是黄雨萱啊！我又还没回到原本的世界，怎么会是陈韵如？"

然而，当她这么说的时候，李子维看着她，却完全感受不到黄雨萱曾带给他的悸动。

"如果你是黄雨萱，当我问你是否记得这个地方，你应该会说这里就是你第一次对我坦诚你是黄雨萱的地方，再不然，就是你曾在这里告诉我，未来的 2019 年是什么样子，还有你跟王诠胜之间是怎么开始，又是怎么结束的！”李子维再也按捺不住，一句一句地质问，“但你首先想到的，却是黄雨萱来到这里前，你还是陈韵如的那天晚上，在这个公园里发生的一切。所以你是陈韵如，不是黄雨萱，对不对？！”

李子维的每一句话，都仿佛一记重锤，不断捶在她的心口上，她急忙笑着想要否认，说：“不是这样的，你听我说，当我变成陈韵如的时候，同时也有陈韵如过去所有的记忆，所以我才会知道我来到这里之前发生过的事情啊。”

李子维从口袋里掏出那张三人合照的照片，翻过来将背面朝向她，逼问：“这你又要怎么解释？这是黄雨萱给我的照片，上面的字迹，跟几天前我在照相馆看你写出来的字迹，完全不一样！”

她张了张嘴，却一句话也说不出口。

被拆穿了。

所有的谎言，都被识破了。

“陈韵如，请你别再装作黄雨萱的样子了！”李子维痛心地看着她，“告诉我，黄雨萱究竟去哪里了？”

她沉默。

“我就在这里！陈韵如，快告诉他实话！”

那道声音又出现了，在她脑海里激动地呼喊。

“陈韵如，告诉我，之前吻我的那个人，是你还是黄雨萱？”

“陈韵如，你快回答啊！快告诉他未来会发生什么事，告诉他凶手就是谢芝齐！”

“黄雨萱是什么时候离开的？说啊！”

李子维的逼问，还有脑袋里的那道声音不断交错冲击，她忽然举起双手紧紧地捂住耳朵，猛力地摇头，仿佛在抵挡抗拒着什么。

“够了！都不要再说了！”她终于崩溃大喊。

然后，她哀伤地看着李子维，问：“如果我说，黄雨萱她走了，不会再回来了，你……还会跟我说话，还会继续陪在我身边吗？”

尽管，她想自己早就知道了答案，但她仍想赌赌看。

但一如她第一次对李子维告白的那个夜晚，他脸上的表情为难又带着些疏离，他不用说出口，她已经知道了答案。

她垂下了头，一如以往的陈韵如，再也没有自信与勇气面对李子维。

以及面对这个世界。

她默默地转身离开，这时李子维喊住了她。

她转过头，见李子维一脸尴尬，同时带着恳求，问：“可以请你告诉我，黄雨萱她是什么时候走的吗？她走之前，有说过她会再回来吗？”

陈韵如愣住。

李子维又问：“或者你知不知道，我要怎么做，才能再见到她？”

即使到了这个时候，李子维心里还是只有黄雨萱。

那个曾经偷走她身体的黄雨萱。

那个并不存在于这个时空的黄雨萱。

泪水从她眼里落下，她却放肆地笑着，像在嘲笑李子维：“你还不知道吗？黄雨萱，还有你很像王诠胜，都只是我编出来的谎言！难道你还不明白，黄雨萱这个人从来就没有存在过吗？”她几乎是声嘶力竭地喊着，用尽最后一丝力气，在李子维面前，彻底抹杀黄雨萱曾经的存在。

所有人的眼里都只有黄雨萱，那她呢？

还有谁在乎原来的陈韵如？

既然所有人都否定她，为何还要让他们称心如意？

“这一切都只是我做的一个梦，我自以为是的美梦！”她笑着说，泪水却止不住地在脸上流淌。

这一切是多么可笑啊。

不管是她的爱情，或是她卑微的人生。

她硬撑着笑容，转过身，默默地离去。

*

床头的闹钟准时在六点半响起。

她伸手按掉闹钟，起床，刷牙洗脸更衣，一脸漠然，看不出什么情绪。

仿佛这不过就是极其平常的一天，就像以往的每一天，没有任何期待。

走到客厅，电视开了整夜，里头的主播穿得一身喜气洋洋，预告着农历新年的到来，并且提醒今晚小年夜将有一波冷气团报到。

她走上前关掉电视，将倒在沙发上睡着的母亲轻轻扶起，送她回卧房休息。

走出房门的时候，陈思源正好也走出房间，一脸睡眼惺忪，一见到她便抱怨：“你怎么又没叫我起床？害我差点儿又要睡过头了！”

她微微低下头，轻声道歉：“对不起。”然后背起书包，准备去上学。

陈思源叫住她："你怎么了？不会是被男朋友甩了吧？"

不过只是一句玩笑话，却如同刀割般再次凌迟着她。

她身子一顿，停下脚步，一时间只觉得连空气都仿佛变得稀薄，要再迈出脚步，竟是那么困难。

陈思源看着她的背影，疑惑地问："最近这半个月，你真的怪怪的，好像又变回以前的样子了。"

是啊，已经半个月了。

这半个月里，李子维对她不闻不问，而她，也没有继续假扮黄雨萱的必要了。

她转过头，望着自己的弟弟，轻声问："以前的样子，不好吗？"

陈思源不假思索地回答："当然不好啊！我好不容易才开始喜欢你，拜托你不要又变回以前那样好不好？我真的很讨厌你那个样子。"他说完后看了一眼墙上的时钟，喃喃地说了句"要来不及了"，便匆匆走进厕所里。

从头到尾，他都没有仔细看过一眼姐姐脸上的神情。

*

她来到公交车站牌前，上车，然后下车。

她背着书包，耳朵里塞着耳机，低着头在校园里快速地走着，回避所有人的目光，像是生怕被人认出来。

生怕被人发现她曾经是个谎言。

甚至，她走过莫俊杰身边时都没发现，而莫俊杰也没有拦下她，只是忧心地看着她离去。

她低调地走进教室，没有人注意到她。

她走到自己的座位前坐下，身旁的同学正抱怨着高三生涯的辛苦，放寒假也要来学校上辅导课，连小年夜也不例外。

她没有加入讨论，只是静静地听着，同学说到一半转过头，赫然发现她已经坐在位置上了，忍不住问："陈韵如，你什么时候来的？怎么都不跟我们打招呼？"

她抬起头，轻声说："我看你们聊得很开心，就不想吵你们了。"

同学们你看我，我看你，都觉得她不太对劲。

"陈韵如，你最近是不是发生了什么事情？"一个同学问。

"这阵子总感觉你又变回以前的样子了。"另一个同学搭腔。

她的头垂得更低了，问："以前的我，不好吗？"

"当然不好啊！"同学半开玩笑地说，"以前你真的超级阴沉的，别说跟你说话，连接近都不想接近。"

"不过，前阵子跟你比较熟之后，才知道你其实很健谈，又很好相处，跟我们以前对你的印象完全不同。"另一个同学也说，"总之，我超不喜欢你以前的样子，拜托你别又变回去好吗？"

陈韵如笑了，眼神却是空洞的。

"是吗？其实，我跟你们一样，也很不喜欢以前的自己。"她说。

*

放学后，她不经意地在校园走廊上遇见李子维。

只见李子维脸色憔悴，眼神哀伤，像是这阵子过得不太好，她忍不住想上前关心，李子维见到她，却是一脸冷漠。

“请你不要这样。”他说。

她不解地望着他。

“请你不要再用和黄雨萱一模一样的脸看着我……”他转过头。

她愣住。

原来他的憔悴与哀伤，还是为了黄雨萱。

而对眼前的陈韵如，他依旧视而不见。

李子维再也不愿看她一眼，快步从她身边经过。

她觉得自己胸口里那剩下的最后一点什么，也破碎了。

她还在期待什么呢？

她也不想回家，于是慢慢踱到教学大楼前，抬头看了看顶楼，然后走了上去。

当她来到空无一人的顶楼时，她靠在墙边，眺望远方风景，冷风不断吹来，冷气团就要来了，接下来的几天都会是令人难以忍受的酷寒。

但她的心更冰冷。

过了一会儿，她缓缓开口，像是在自言自语：“你看到了吧，当我不再去模仿你，重新做回我自己，我身边的人都好不习惯，他们都好担心，都在问我怎么了？我应该要感到开心的，不是吗？但我知道，他们在乎、想念的，并不是原本的我，而是你之前所扮演的那个陈韵如。”

她露出苦涩的笑容。

她已经很努力了，为什么还是没有人在乎真正的她？

她觉得好累，真的好累。

如果，她就这样消失了，是不是会比较轻松？

会有人想念她吗？会有人来找她吗？

她微微侧过头，仿佛在聆听什么，然后说："你不用跟我道歉，我没有怪你。其实，在你闯进我的生活之前，我就不知道闪过多少次念头，想要就这样消失在这个世界上……"她的眼眶微红，声音哽咽。

这是第一次，她对别人说出自己内心真正的感受。

"可是我知道，如果我就这样让自己消失了，大家一定只会想，陈韵如好可怜，怎么这么想不开，陈韵如好可怜，她一个人这样活着，一定很辛苦，陈韵如好可怜……好可怜……好可怜……然后，我的消失就跟我的存在一样，简单的几句话就被带过，从此没有人再记得我……"她仿佛在低喃着从未有人愿意倾听的最后遗言。

她抹去泪水，眼睛里忽然绽放出异常的神采，说："但自从你闯进我的生命后，我知道了如果我在今天被某个人杀了，那我的消失，就会变得不一样了。"她露出微笑，"因为，这样大家就不会忘记我，也不会怪我为什么这么软弱、这么没有勇气了。"

她仰起头，被夕阳渐渐染红的天空，最深处就像血一般红。

"所以，其实我要谢谢你，黄雨萱。"她一脸期盼。

就是今天晚上了。

今天晚上，她将从这个世界上消失。

她说完后，将脸上的泪痕抹干净，离开大楼。

当她独自走在校园里时，看到长廊的尽头有个人影。

那是谢宗儒。

还是谢芝齐？

不过，他是谁，并不重要了。

重要的是，他将要对她做什么。

此刻的她，已经明白了自己的命运，不再感到恐惧，坦然地走向那个人影。

谢宗儒也走了过来，两人交错而过时，目光短暂交会。

他看到她的目光，坦然无所畏惧，甚至带着期待与鼓励，顿时明白了。

时候到了。

他停下脚步，转头看向陈韵如渐渐远去的背影，嘴角扬起难以自制的兴奋笑容，快步跟了上去。

*

“李子维！”

正要骑车离去的李子维，听见莫俊杰喊他，叹了口气，转过头，说：“不要再说我了，我知道，即使陈韵如说黄雨萱是她编出来的，但我满脑子都还是想着黄雨萱，总觉得——”

“我不是要跟你说这个！”莫俊杰焦急地打断他，“我刚刚看到陈韵如一个人站在教学大楼的顶楼，像是在对谁说话。”

李子维一脸困惑：“她说什么？”

“因为距离太远，我读不太清楚她的唇语，不过我想，我看见她提到了黄雨萱的名字。”莫俊杰说。

李子维整个人一震，连忙追问：“还有呢？她还说了什么？”

莫俊杰努力地回想：“我只隐约看到她说什么，如果她自己消失，大家只会觉得她想不开，很可怜，但如果她在今天被消失，那就不一样了，没有人会怪她……”

两个人面面相觑。

“这是什么意思？被消失？”李子维问。

“我不知道，可是我觉得陈韵如现在精神状态很不稳定，我很担心她会想不开，做出傻事。”莫俊杰担忧地说。

“她现在人在哪里？”李子维问。

“我不知道，我现在又找不到她了，才这么担心。我刚才打她手机，她也没有接。打去唱片行问，老板也说她没有到店里。”莫俊杰说。

李子维当机立断：“我们快分头去找她。所有她可能会去的地方，都去找找看！”

两个人很快跨上摩托车，但直到夜色降临，他们还是不见陈韵如的人影。

直到莫俊杰骑车经过一处产业开发道路，类似的场景让他猛地想起，陈韵如之前被袭击导致昏迷，案发现场正是在一处产业开发道路旁……

不祥的预感油然而生，莫俊杰立即调转车头，踩足油门朝目的地飞快驶去。

*

她记得这里。

那栋废弃的工业大楼。

她从未想过竟会再回到这里，而且是为了迎接自己的死亡。

站在她面前的谢宗儒，脸上是梦想即将实现的兴奋，连说话时都带着些微颤抖：“你准备好了吗？”

她一脸平静，缓缓地点头。

谢宗儒掏出一支针筒，微笑地看着她："我会用最美的方式，将你烙印在每个人的心底。"

陈韵如将成为他最完美的标本。

她看着他手上的针筒，尽管早已做好准备，但预想到即将来临的死亡，年轻的她终究隐约感到了恐惧与不安。

"那是什么？"她问。

"这是我特地为你准备的。放心，我事前已经练习过，成果非常令人满意。"他说。

"那……会很痛吗？"她秀气的眉微微拧起。

他点点头，说："会，而且会很痛很痛。"他缓缓走向她，"但你要明白，就是因为真的很痛，死亡才显得不那么可怕，对吧？"

她的胸口起伏加速，但仍强装镇定，看着他朝自己一步步走来。

他伸出手，爱怜地抚摸着她苍白的脸庞，她忍不住轻轻颤抖，为了要镇定，她硬是将自己的双手紧握成拳。

不怕。她不怕。

死亡不过就是一瞬间。

只要她消失了，就轻松了，再也不会感到痛苦与被遗弃的绝望了。

"闭上眼。"他的声音轻柔如同催眠。

她乖巧地闭上眼，感觉到冰凉的针头轻轻地抵在了自己的脖子上。

他几乎就要无法控制自己，但他要自己不要急躁，一心想要好好地享受整个过程。

就在他要将针头刺入她的脖颈子时，另外一只手忽然像是有了自己的意识，猛地抓住了他拿着针筒的手，他睁大了眼睛，不明白到底是怎么回事。

“住手！”

脑袋里有道声音这么喊。

他愣住。

“不要！住手！”

他用力地甩甩头，将那道声音抛到身后。

就只差这么一步了，怎能让他来捣乱！

他想移开那只手，却发现手脚越来越不听使唤。

“不……就差这一步……就差这一步了……”他抗拒着。

“谢芝齐！”

不！为什么偏偏是在这个时间点？

他猛地发出一声喊叫，接着脚步踉跄不断往后退，看到自己手上的针筒后，立刻将针筒扔得远远的，仿佛那是什么可怕的东西。

陈韵如睁开眼,看到他一脸崩溃的模样,心头不解,问:“怎么了？”

谢宗儒却只是瞪大了眼睛看着她，仿佛看到什么怪物，又开始不断后退，直到踩到一块破水泥块，踉跄地往后摔倒。

“你……你……”他指着陈韵如，好半天却说不出一句完整的话。

陈韵如咬咬牙，冲到他面前，情绪近乎失控，质问：“你不是说要杀了我吗？为什么还不动手？快点啊！”

谢宗儒只是异常慌张地喃喃着：“那不是我，那个人不是我，不要逼我……不要再逼我了……啊——！”他抱头大喊，忽地用力推开陈韵如，从地上爬起来，转头就逃。

她茫然地坐在水泥地上，只觉浑身冰冷。

连他都要放弃她了吗？

甚至没有人愿意要杀死她！

下雨了。

随着冷气团而来的冰冷雨水，将她身上仅有的一点余温，一点一滴地浇熄。

只剩下她了。

她总是害怕，最后只剩下她一个人。

她不想继续面对这样的世界。

她真的好累，好累。

她摇摇晃晃地站起身，朝着大楼尽头走去。

“陈韵如！”

是莫俊杰的声音。

她转过头，看到是莫俊杰，忽然笑了。

“莫俊杰，你来了。”她像是松了口气。

“陈韵如，你在做什么？”莫俊杰走上前。

“莫俊杰，你可以帮我一个忙吗？”她弯下身，拾起一片尖锐的碎玻璃，朝他走去。

莫俊杰愣住，停下了脚步。

她把玻璃碎片交到他手上，说：“莫俊杰，请你杀了我好不好？”她的笑容有些凄凉，“你不是说你喜欢我吗？你不是说，只要我开心，我要你做什么，你都愿意吗？那请你杀了我好吗？”

莫俊杰不敢置信地看着她，一时间竟不知该怎么回应，只能说：“你……你先冷静下来，不要冲动……”

陈韵如拼命摇头，神色满是恳求：“不行，如果我不能在今夜被杀死，那一切就没有从头开始的机会，又会变回以前那样，我不要，我不要这样……”

她受够了这样的人生！

“陈韵如，你在说什么？”莫俊杰焦心又困惑，根本不懂她在说什么。

陈韵如扔下了碎玻璃，在淅沥的雨声里，玻璃破碎的声音显得格外刺耳。

她用已经被玻璃划伤的双手捂住自己的耳朵，拼命摇头，像是控诉般大喊：“够了！不要再说了！你们根本就不懂我的心情，尤其是你——黄雨萱！”

莫俊杰愣住。

她说了“黄雨萱”这三个字？

她在和黄雨萱对话吗？

陈韵如一面摇头，一面痛哭：“你根本不需要努力就能轻易得到我想拥有的一切，你没资格说你懂我！你没资格要我再努力一点！说什么一切都会变好，不会！不会变好！你根本不懂不被任何人需要、不被在乎、不被爱着，是什么感觉！”

莫俊杰缓缓地朝她走近，试图安抚：“陈韵如，你错了，这个世界上不是没有人在乎你，我就很在乎你，能不能给我一次机会，让我证明给你看……”

陈韵如用空洞的眼神望向莫俊杰，注意力暂时被吸引。

莫俊杰一边要自己冷静，一边语气尽量柔和地说：“在这个世界上，我比谁都喜欢你、更需要你，我保证，我会用尽一切努力让你快乐，体会到被人深爱、重视的感觉……”

“被人深爱……重视……”她喃喃地说。

“对！”莫俊杰见她似乎听进去了，难掩激动地说，“我喜欢你，我不想你就这样消失！”

但陈韵如却冷冷地看着他，嘴角浮现出一丝不屑的冷笑。

“莫俊杰，你确定你真的喜欢我吗？”

莫俊杰错愕。

她轻声笑了起来，嘲讽地说：“你还不懂吗？其实你根本就没有喜欢我！打从一开始，你就只是想拯救我而已！就像李子维当初拯救你那样！你只是想证明，你也可以像他那样去拯救另一个人！”

可她不想当他的实验品！

她想要的，从来就不是被拯救。

她想要的，是结束这一切。

她真的已经很努力地尝试过了，可是每个人都还是在不断告诉她，要更努力一点、要更开心一点，不要再变回以前的陈韵如……

她双手捂住脸，不久，从指缝间流出混杂着血水的雨水。

宛如触目惊心的血泪。

莫俊杰看着这一切，竟一句话也说不出来。

“够了……放过我好吗？我不想再逼自己去变得更好，我好累，真的好累……就让这一切到此结束，好不好？”她放下双手，神情从未如此疲惫，冰冷的雨水很快冲刷掉她脸上的血迹。

“陈韵如！”莫俊杰激动地跪了下来，他不知道该怎么阻止她，只能不断恳求，“我求求你不要想不开，事情不是你想的那样！我真的喜欢你！求你不要这样对我——不要这样……”他无助地哭了，但雨水很快就冲掉他的泪水，滂沱大雨甚至让他看不清陈韵如的身影。

她只是微笑地看着他，轻声说：“你有做过噩梦吗？你知道，如果做了噩梦，却发现自己无论如何都醒不过来时，该怎么办？”

“陈韵如，不要……”他多么想冲上前去阻止！但他怕自己一个闪失，反而只会让情况变得更糟！

老天，他到底该怎么办才好？

陈韵如根本就不相信这个世界上真的还会有人在乎她！

她慢慢往后退，莫俊杰这时再也忍不住，跳起来冲上前想要抓住她，但她已经走到了大楼尽头——

“陈韵如！”

她缓缓地闭上了眼睛，整个人往后仰倒坠落，脸上是满足的微笑。

终于，不会再有噩梦了。

*

李子维赶到时，只看到莫俊杰坐在路旁，神情茫然地抱着已经毫无生命气息的陈韵如，她身下是一片不断在雨水里蔓延的血泊。

他震惊到久久说不出话来。

直到附近有车经过，见到这副情景，打电话报案了。

警车很快就来了，刺耳的警笛声划破雨声，终于将李子维唤醒。

“莫俊杰？”他一脸不敢置信，“发生什么事了？陈韵如她……”

莫俊杰没有回应，只是木然地坐在地上，止不住地流泪。

当警察上前要带莫俊杰离开时，李子维冲上前激动地问：“莫俊杰，这是怎么回事？是谁杀了她？”

莫俊杰看着李子维，缓缓地吐出一句话：“是我。是我杀了她。”

“不可能！你不可能做出这种事的！”李子维立刻反驳。

莫俊杰是这个世界上最不可能伤害陈韵如的人！

但莫俊杰转过了头，再也没有说话。

他浑身湿透地坐上警车，看着车窗外陈韵如仍倒卧在地上的冰冷遗体，直到警车开走，他渐渐再也看不见她为止。

这样，大家就不会忘记你了，他们也不会怪你为什么这么软弱、这么没有勇气。

他们只会记得，是他，莫俊杰，在这一天晚上杀死了你。

*

2019 年，台北。

感受到浑身剧痛的同时，她眼前陷入一片黑暗。

接着，她睁开了眼，立刻清醒过来，坐起身的同时不小心扯落了耳机。

外头也在下着雨，有那么一瞬间，她不知道自己身在何处。

她发现自己满脸泪痕，接着忍不住打了一个冷战。

好黑、好暗，好冰冷。

好孤独。

那是她回到过去时，被锁在陈韵如心里的感觉。

她试图想要挣脱，但也许是穿越时空后，她对陈韵如本人的影响已经不如从前，这一次，她被陈韵如牢牢地锁在了心里，只能眼睁睁地看着陈韵如试图扮演她，欺骗李子维。

是她……其实是她，逼死了陈韵如。

谢芝齐说的一点都没错。

汹涌的罪恶感几乎要将她淹没，但至少，她总算知道陈韵如为何而死。

只要她还能回到过去，就能阻止这一切。

她抹去脸上的泪水，重新戴上耳机，迫不及待地按下随身听的播放键，随身听却毫无动静。

她焦急地一按再按，随身听就是没有任何反应，就在她不死心地连续按了十几下后，早已破烂不堪的随身听忽然从播放键处裂开，在她面前支离破碎。

她惊愕地看着那些早已破碎不堪的零件，久久无法回神。

随身听……再也不能用了……

她再也没办法回到过去了吗?

*

老师傅看着那堆支离破碎的零件，最终摇头。

黄雨萱早已猜到这结果，却还是忍不住更觉失落与伤心。

没办法了，再也无法回到过去了。

所有的努力都白费了，而在另一个时空里，那些无止境的相遇、相爱、相离又将重新不断循环，没有尽头。

而此刻的她，没有王诠胜，没有李子维，只剩下她自己。

从随身听坏掉的那天开始，她常常会梦到李子维。

在梦里,她还是在32号唱片行打工,但她不是陈韵如,而是黄雨萱。

念高中的黄雨萱，认识了李子维，还有莫俊杰。

但，每次梦醒，她都感到前所未有的空虚。

她感觉从那天之后，她的灵魂，好像有一部分随着陈韵如在1999年的那一夜一起死去了，同时，她好像也从陈韵如那儿带走了什么。

譬如，她开始写起了日记，而她过去是从来不写日记的。

她总是一边写着日记，一边问自己，如果，如果能够再回到过去，她会怎么做？

要怎么做，才能让陈韵如不要死？

但是，她已经什么都改变不了了。

*

这天，她带着随身听的碎片，开着王诠胜留下的车，来到海边。

她将车熄火，看着一望无际的海洋，本想转换一下心情，却发现，不论她到何处，都只会想到王诠胜，或是李子维。

看着看着，她流下了泪水。

低头抹去泪水时，她看见一旁支离破碎的随身听，想了想，小心翼翼地从其中抽出那盘伍佰的磁带，然后她看见车上的卡式磁带播放器，想也没想，便将磁带放入，倒带，按下播放键。

熟悉的鼓声节奏响起，紧接着是那微微沙哑的沧桑男声——

所以暂时将你眼睛闭了起来……

黑暗之中飘浮我的期待……

她闭上双眼，让自己沉浸在歌声里，想象着，若是自己能再一次回到过去，她会怎么做？

尽管她知道，是再也回不去了。

当歌声播放到以往总会稍微变调的那一段时，忽然一个声音从她脑海里窜出——

“陈韵如！”

终章

她猛地睁开眼，出现在眼前的竟是正朝着她奔过来的莫俊杰！

“陈韵如！不要！”他喊。

她还没来得及反应，脚下一个重心不稳，眼看整个人就要往后跌下，她本能地立刻朝莫俊杰伸出手，就在那千钧一发之际，莫俊杰拉住了她，将她用力地从大楼尽头拉了回来，还因为力道过猛，两个人一起摔倒在地。

“陈韵如，你没事吧？”

他怎么也没想到，在他怀里的陈韵如，竟松了一口气，然后紧紧地抱住他。

“太好了！”她说，“还好有你在我身边！”

还好，莫俊杰始终没有放弃陈韵如。

大雨仍在下着，但她却不再觉得冰冷。

不久，李子维也赶到了大楼附近，他抬头看到废弃的工业大楼里竟然有灯光，立刻往上冲，正好看到莫俊杰扶着她走下来。

她看到李子维，无限的思念立即迸发，充满情感地喊：“李子维！”

李子维先是一愣，停住脚步，接着立刻冲了上来，将她紧紧地拥入怀里。

“是你！黄雨萱！是你！”李子维激动地说。

她又是意外又是感动，问：“你……你怎么知道我是黄雨萱？”

“你不用说我也知道。你终于回来了！”李子维说。

她只觉欢喜的泪水在眼眶里打转，忍不住也伸出手臂，紧紧地搂住李子维。

她没有死。

陈韵如没有死。

这也就意味着，未来将因此而改变，那么李子维也不会被谢芝齐杀死了。

但，就在这个时候，她发现四周的景象忽然开始模糊，李子维与莫俊杰也发现了，三个人面面相觑，直到，她意识到什么，更加拥紧了李子维。

既然陈韵如没有在今夜死去，未来已经改变，那么她也不可能再存在于这个时空了。

所有关于李子维与莫俊杰、所有关于陈韵如，以及所有在 1998 年发生过的一切，对黄雨萱而言，都将不存在了。

这是她改变过去所必须付出的代价，但是她不后悔。

她忽然亲吻了李子维，眼泪随之落下。

“黄雨萱？”

他看见她笑着流泪的脸庞，伸出手想要碰触，却发现她的身形越来越模糊，仿佛就要消失。

“未来……改变了。”她欣慰地说，“我相信，如果是你的话……你一定不会忘记我……一定……还是会找到我的……”

“黄雨萱！”

李子维终于意识到她即将离去，慌张地将她抱得更紧，想要阻止这一切。

“黄雨萱，别走！”

“……答应我，李子维……一定要找到我哦……”她的声音竟显得那么遥远，几乎就要听不见。

“我答应你！我答应你——”

忽然，他的面前一个人都没有。

大雨仍旧下着，他淋着雨，一脸茫然，却仍记得自己刚刚嘴里说过的最后一句话。

我答应你。

答应什么呢？

他怎么，想不起来了？

“李子维！”

他朝声音来源望过去，是莫俊杰在叫他。

“雨下这么大，你还一个人站在那边发什么呆？”

他想起来了，他和莫俊杰在放学回家的路上，忽然下起了大雨。

他回了一声，赶紧跑向莫俊杰，跑到一半，不知道为什么，想回头望一望。

他看见一把雨伞孤零零地倒在湿淋淋的路上。

那是谁的伞？

*

2019 年，台北。

黄雨萱再次睁开眼时，发现自己站在台北的房间里。

她还来不及反应，便发现屋内她原本熟悉的一切，正在接连消失。

所有与王诠胜一同生活过的痕迹，不管是床头柜旁的两人合照，还是一同买下的音响与床单，甚至是小饰品，一切都在她眼前开始消失。

她原本还有些惊慌，毕竟是那么多年的回忆，那么多年的爱恋与伤痛，她怎么舍得?

但眼睁睁地看着那些回忆消失时，她再次明白，这是她改变过去后必须要付出的代价。

她赶紧翻出手机，打开IG，发现上头所有关于她与王诠胜的照片动态，也正在消失。

她感伤地将手机紧紧地贴在自己胸口。

不想遗忘，她一点都不想。

这么深刻的爱情，不断跨越时空的追寻，她不想就这样全部遗忘。

能不能，至少留下些什么?

在最后一丝记忆将要消失之前，她低声地唱起了那首情歌。

……你给的爱，甜美的伤害……

想问问你的心中，不愿面对的不懂……

明天之后……不知道面前的你是否依然……

歌声中断了。

房间里空无一物。

甚至连一个人影也没有。

*

1998年，台南。

头上仍绑着绷带的陈韵如，站在校园大楼顶楼，靠在墙边，眺望着远方的天空。

李子维和莫俊杰为她过生日的那天晚上，她回家后，发现家里空无一人，急着外出寻找家人，结果出了车祸。

她在医院里昏迷了几天，醒过来后，一直守在病床旁的母亲喜极而泣，紧紧地抱着她，不停道歉。向来中二的陈思源也别扭地说了句：“醒过来就好。你干吗那么不小心啊！”

韵如母亲立刻拍了陈思源后脑勺一掌，狠狠地瞪过去，说：“姐姐才刚醒来，你给我安分一点！”

陈韵如出院后，回到学校上课。

日子，还是像以往一样，没有太大改变，唯一的不同，是她身边多了莫俊杰。

还有李子维。

尽管，那一夜，李子维婉拒了她的告白，却仍以朋友的身份继续关心着她。

在出车祸之前，其实她一直很不快乐，好几次甚至想着，如果可以就这样从这个世界上消失，该有多好。

但在她昏迷时，她似乎做了一个梦。

她梦见了另一个自己。

一个长得和她一模一样，却又不是她的人。

那个人说，她会这么想从这个世界上消失，不是因为她对这个世界太失望，而是有着太多期待。

“气死我了！”

她回过头，是莫俊杰。

他气呼呼地走过来，扬了扬手里的手机，说：“李子维那家伙！都被留校察看了还敢翘课！完全不把别人的担心当一回事，我快被他气死了！”

她看着莫俊杰，这一阵子，他总是在她身边。

他总是把她放在心上。

即使，他不是李子维，但能有个人，将她放在心上，在乎她、关心她，就该好好珍惜，不是吗？

你不是对这个世界太失望，而是有着太多期待。

那个人这么说。

她闭上眼，深吸一口气，再睁开眼时，总是黯淡的眼眸，微微地亮出了神采。

“怎么了？”莫俊杰敏感地察觉到了她的心情转换。

她露出浅浅的微笑，再次眺望远方，说：“我好像开始觉得，这个世界其实也没有我想象中那么糟。”

心头，有什么很沉重的东西，终于被放下了。

莫俊杰望着她微笑的侧脸，也露出微笑，点点头，然后转过头，陪着她一同眺望远方。

尾声

翘课的李子维一个人来到海边。

他坐在沙滩上，听着浪潮声，心中空落落的，却始终不知道，自己到底失去了什么。

他拿出一台随身听，戴上耳机，按下播放键。

一阵急促的鼓声响起，接着，是一道沧桑的男声唱着——

所以暂时将你眼睛闭了起来，

黑暗之中飘浮我的期待。

平静脸孔映着缤纷色彩，

让人好不疼爱……

似乎，曾经有个人在他心里，让他想真心疼爱，但那个人是谁？

你可以随着我的步伐轻轻柔柔地踩，

将美丽的回忆慢慢重来……

戴着耳机的他并没有听见，有一串踩在柔软沙滩上的脚步声，由远而近。

直到一道矮小的影子出现在他身旁，他才回过头——

“大哥哥，你在听什么？”小女孩问。

文治
© wénzhì books

更好的阅读

出 品 人　沈浩波
特约监制　潘　良　于　北
产品经理　烨　伊
特约编辑　叶　青
版权支持　丁德凤
营销编辑　金　颖
装帧设计　几何设计

关注我们

官方微博：@文治图书
官方豆瓣：文治图书
联系我们：wenzhibooks@xiron.net.cn

图书在版编目（CIP）数据

浙 江 省 版 权 局
著作权合同登记章
图字:11-2020-062号

想见你 / 简奇峰，林欣慧著. —杭州：浙江人民出版社，2020.5
ISBN 978-7-213-09694-5

Ⅰ. ①想… Ⅱ. ①简… ②林… Ⅲ. ①长篇小说—中国—当代 Ⅳ. ① I247.5

中国版本图书馆 CIP 数据核字（2020）第 044185 号

想见你
XIANG JIAN NI
简奇峰 林欣慧

出版发行 浙江人民出版社（杭州市体育场路 347 号 邮编 310006）
责任编辑 徐 婷 张世琼
责任校对 陈 春
封面设计 几何设计
印 刷 天津旭丰源印刷有限公司
开 本 880 毫米 × 1230 毫米 1/32
印 张 10.75
字 数 245 千字
版 次 2020 年 5 月第 1 版
印 次 2020 年 5 月第 1 次印刷
书 号 ISBN 978-7-213-09694-5
定 价 49.80 元

如发现图书质量问题，可联系调换。质量投诉电话：010-82069336